中篇小说集

女人酒

夏天敏 著

云南人民出版社

图书在版编目（CIP）数据

女人酒 / 夏天敏著 . -- 昆明：云南人民出版社，
2025.4. --ISBN 978-7-222-23540-3

Ⅰ. I247.5

中国国家版本馆 CIP 数据核字第 2025NV4670 号

责任编辑：赵　红
装帧设计：蓓蕾文化
责任印制：代隆参

女人酒
NUREN JIU

夏天敏　著

出版　云南人民出版社
发行　云南人民出版社
社址　昆明市环城西路 609 号
邮编　650034
网址　www.ynpph.com.cn
E-mail　ynrms@sina.com
开本　720mm×1010mm　1/16
印张　16
字数　220 千
版次　2025 年 4 月第 1 版第 1 次印刷
印刷　成都新恒川印务有限公司
书号　ISBN 978-7-222-23540-3
定价　68.00 元

如需购买图书，反馈意见，请与我社联系。
图书发行电话：0871-64107659

云南人民出版社微信公众号

目 录

女 人 酒

一

　　天刚黑，郑琼匆匆收拾了一下屋子，碗筷也没洗，对婆婆说："妈，麻烦你洗一下，招呼王勇他们把作业写了，早点睡觉。"婆婆叹口气，说："又要去喝酒，喝酒伤身体，每次你回来都是又吐又呕又哭又笑，这样咋行哟。"郑琼既兴奋又愧疚地说："妈，不去不行哟，几姊妹约好了的，我不去她们会来家里把我拖走的，你是晓得她们的疯劲儿的，再说，不喝次酒我会憋疯掉的，你让我释放释放，妈，拜托你了。"苍老憔悴的婆婆又叹了一口气，说："你去吧，记得少喝点，不要弄得跟疯子似的。"

　　郑琼匆匆忙忙地朝村尾淑芬家走去，走到小卖部那里，她买了点袋装的土豆片、花生米、鱼干、五香瓜子、水果糖等小吃。虽然今晚轮到淑芬做东，吃的菜、喝的酒都是她负责，但她还是买了一堆零食，吃不了也留给她的几个娃娃。小卖部的周大爷说："又要喝酒去啦？你们几个堂客过得潇洒呀，轮流做东，定期喝酒。过去是男人喝酒，现而今是女人喝酒，这世道真是怪了个哉。"周大爷念过几天私塾，喜欢咬文嚼字。郑琼说："这有啥奇怪的，我们喝喝酒咋的了，男人喝得女人就喝不得？再说，你老人家不知道我们留在家里的女人有多苦……"说完拿上东西就走了。周大爷看着她的背影，说不容易，都不容易。这日子，一天天的……

淑芬家住在村尾，她家门前有一排大杨树，枝干稠密，浓绿翠迭，风一吹，树叶互相碰撞，像人在拍手，晚上听起来有些瘆人。树上不知何时来了一群老鸹，在这里筑巢安家，繁衍子孙。老鸹越来越多，赶也赶不走。她想把老鸹的巢端了，但几个老鸹的窝都在树梢，它们像一个分了家的大家族，子孙多了就得再建新房，看样子还要再筑新巢呢。树太高，拿竹竿是捅不到的，自己又上不了树。请人呢，村里的男人，但凡能动的都出去打工了。每天晚上，她和几个娃儿在森然的、白杨树鬼拍手一般的呼啸声中和老鸹惊悚的叫声中吓得不敢出门，早早上了床躲在被子里。

淑芬家房子倒是新盖的，三层钢混青砖砌的，房倒盖好了，但只是个框架，楼上墙体没抿刷，地面也没抹水泥，更没有贴瓷砖，装修的钱就没有了，好歹把一楼的门墙安了，墙面抿白了，地面原本要贴地板砖的，但钱不够，只能用水泥抿平，虽然寒酸点，但总是可以住了。

才到大门口，就听到屋里乱哄哄的，你呼我叫，热闹得很。从门里飘出炒菜呛人的油烟味，麻辣味，肉香味。一帮婆娘在屋里串来串去，灶台生了火，地上平时不用的铁炉子也生了火，她们有的在洗菜，有的在切菜，有的在炒菜，有的在支桌子、摆碗筷。见她来，说："你这骚婆娘，这阵才来，是被骚鸡公缠着啦，难解难分，舍不得离开？"有人说："喝酒重要还是约会重要？你们是吃不到葡萄酸溜溜的，有本事自己也约一个去。"另一个说："我们没本事，你有本事还会来和我们混在一起，喝酒吃肉撒欢，又哭又闹？"郑琼没答话，一答话她们闹得更欢。

酒菜摆好了，婆娘们各自找了位子坐下，菜是很丰盛的，都是她们的拿手菜，有红烧肉、酥肉、蒸肉、炒猪肝、腰花、蒸膀、老猪脚炖粉丝，蔬菜都是园里现摘的，有小白菜、豌豆苗、茄子、黄瓜，荤素搭配，香气扑鼻。淑芬从里间屋中提出一个白色的塑料桶来，说："昨天我才从乡场上打来的苞谷酒，纯粮食酒，绝不掺假，今晚放开喝，不准装假，不醉不散。"王艳惊呼："哇，这么多，怕有十斤吧，咋喝得完。"淑芬说："放开喝，喝了好回去睡觉，省得你无事尽想男人。"王艳说："你不想？你还不是一醉了就叫男人的名字，就咒他，咒完又哭天抹泪。"

淑芬坐在郑琼旁边，对着她的耳朵说："今晚要来一个人，是我答应的，你不要闹，要给我面子。"郑琼问是谁，淑芬说是刘菊。郑琼脸色难看起来，说："她来我就走，我们坐不在一起。"淑芬说："妹子，冤家宜解不宜结，你们也没得啥子夺夫杀子的仇，都是那鸡零狗碎的事，再说，刘菊的日子是很煎熬的，你也不容易，大家都不容易，何苦见不得呢？凑在一起喝个酒，气也消了，怨也解了，大家帮衬着点不好吗？"郑琼低着头不说话，大家又七嘴八舌地帮着说话，郑琼心里五味杂陈，想着大家的一片好意，她实在讲不出什么来。淑芬说："不讲话就是同意了，今晚你一定要大度点，给我，给大家一个面子，也给刘菊一个台阶下，大家高高兴兴喝酒，一喝就解千古愁了，你说是不是？"大家说就是，酒是良药，一喝就解千古愁。

二

刘菊来了，这个一脸沧桑、满身疲惫的女人，神情焦虑而又忐忑不安地站在门口，她迟疑着不敢迈步，淑芬大声喊："进来呀，你愣着干啥？"大家也七嘴八舌地说："进来呀，就等你一个人了，酒都倒好了。"刘菊见了坐在桌边的郑琼，她感觉到郑琼脸色铁青，阴沉可怕，她心跳加快，脸憋得通红。

周家庄女人的约酒最近是出了名的，过去漫长的岁月里，从来没听过女人要在一起喝酒，喝酒是男人的事，家里盖房子、娶媳妇、请客、人情往来都是男人们在一起喝酒。她们会行酒令，高谈阔论，你敬我，我敬你，来来往往都往死里灌，直到醉了，你扶我，我扶你，趔趔趄趄，跟跟跄跄，相拥而去。赶场天，更是喝酒的好机会，在乌蒙山区，山高坡陡，峡深水急，住的东一家西一户，村庄大的有几十百多户，小的就是几家甚至一家，平时他们的日子过得孤独而寂寞，听不到人语喧腾，看不到熙熙攘攘的情景。人是群居动物，他们渴望有人搭讪，有人交流。他们都喜欢赶场，赶场天乡场上的街道就像骤涨的河流，四面八方的水都汇聚在一起，一个乡场人声喧嚣，人头攒动，各种各样的货物摆满整条街。乡场外的小径上，人们背着蔬菜、瓜果，扛着火腿，提着鸡，络绎不绝地朝着乡场涌去，也有的什么都没拿，空着手悠闲地走，他们不是去卖东西，一般也不会买东西，他们赶乡场就是图个热闹，沾沾人气，排遣闷在家里的孤寂。乡场上，认识的、不认识的，或似曾相识的人都在打招呼："老表，好久没见，我还以为你已经跷脚了。""龟儿子，你才跷脚了，我还等着去你坟前割草呢。"那人说。"嫂子，穿得恁个漂亮，是去见老相好？我看见了，他就在前头呢。""放你妈的屁，我去跟你爹约会，你管得着吗？""噢哟，你就是我小妈了，我喊你一声小妈，你敢答应？""喊嘛，喊嘛。"大家起哄，一片嘻嘻哈哈的声音，好不热闹。

乡场上，到处都是喝酒的人，小饭店、小酒铺、小茶馆里和街上宽敞点的地方，都有不少人在喝酒。他们或蹲或坐，端着一个满满的、斟满酒的大土碗，里面装的是散酒，酒不好且冲劲大，烧刀子一样地割脖嗓。他们就喜欢这种酒，价钱低，够劲。他们喝的是转转酒，几个熟人约着在一起喝，见到不熟的，只要喊一声，"老表来喝酒"，来人就会蹲下来和他们一起喝，越喝越多，蹲的圈子就越来越大，这个喝了，用手抹抹碗的边沿，礼貌地递给下一个。他们喝酒都不要啥下酒菜，如果有人带来干辣椒，就会一人分一个，边喝酒边嚼干辣椒，他们喝得畅快、惬意、肆无忌惮，大碗喝酒，大声调笑，有人醉了，手舞足蹈，唱起情歌。也有喝着喝着就打起来的，互相撕扯着，从屋檐下打到街边，他们也不去劝，任他们厮打，打累了，两人又爬起来蹲下去继续喝酒。

乡场散了，总有一些人醉得厉害，他们东倒西歪，踉踉跄跄地走，边走边喝，或者痛快地吼，沟边、田埂边都看得到喝醉的人，就有熟人和他们的亲人用马将他们驮回去，横卧在马上，喝醉酒的人心旷神怡，兴奋无比，天空倾斜，白云飘到身边，青山像水一样流淌，树木野花扑面而来，河水像流到了头顶，还没到家，就问是不是赶场天到了，走呀，快去赶场……

喝酒是男人的专利，从来没有见过女人在赶场天喝酒，更没见过女人聚在一起猜拳行令，举杯推盏，肆意狂欢。其实，她们还是羡慕男人们可以随时随处地喝酒，男人们高兴了或者苦闷了都可以喝，喝了，醉了，唱一阵、笑一阵、哭一阵、闹一阵，醒了，就什么都释然了。女的呢，苦闷、孤独、愁怨、焦虑、忧伤都要压在心头，越压越久，越压越深，使她们的日子变得忧伤无助，怨气丛生。

淑芬是个和善内向的人，说话轻言慢语，做事忍让克制，人又勤劳，在村里人缘很好。她的男人却性格暴躁，争强好胜，常常为几句话一点小事与人发生争端，也就得罪了村里不少人。每次和人发生冲突，事后总是淑芬给人家道歉，好言劝说，笑脸相迎，大家不怪淑芬，总说不和他计较，但惹的事情多了，人家总不能都原谅，积怨渐渐深了。淑芬的男人不仅在外面惹事，在家里也是霸蛮的，常常对她拳脚相向，事后又对她说些后悔的话。淑芬自怨自艾，心想这日子何时是个头，男人不在家的日子，她感到轻松自在，她想哪天男人不在了，日子也出头了，这想一想，她又骂自己狠毒，骂自己不是人。男人终于不在了，这一次他不是赶乡场，不是去亲朋好友家，而是出去打工，这一去就是三年多没回来。开始她还觉得好，脾气暴躁、嗜酒如命、惹是生非的男人终于出去了，喝醉了酒就打她的男人终于出去了，家里的日子平静如水，没有烦心事，没有打闹，这样的日子挺好。日子虽然艰难点，但自己扛着。渐渐地，她就觉得男人不在的日子其实是很难过的。一个家，男人是山，女人是水，脏活累活自己可以干，无非就是苦点累点，但有些事是女人干不了的，譬如犁地，家里是有条老黄牛，但老黄牛不听她的，任她怎么吆喝它就是不走，气极了，扬起鞭子打了它一下，它就撒腿狂奔，她驾住犁头，差点被犁头划成重伤，虽然伤不重，还是被拖着走了一段，有人叫她快撒手，快撒手，她才停住，脚还是被戳伤，鲜血汩汩地流，在家里躺了半个月才起床。譬如说房子漏了，那时她家还没盖房，房子是祖传的老房子，有年代了，每年的雨季必须检漏，换坏的瓦，这些都是男人干的。男人出去的那年雨特别大，雨季特别长，屋里成了水乡泽国，地下被水淹着，什么都是湿的，连铺盖被褥都捏得出水来。娃娃还小，上不了房，爬不了树，村里的男人呢，都出去打工了，剩下的都是老年人，还有一个虽然年轻，她却不敢叫他，那人是出了名的懒，还流里流气。她鼓起勇气自己上去捡瓦，但她不会站脚，百年的老房子了，椽子是朽的，站得不对就将椽子踩烂了，瓦没捡好，倒哗哗地掉下一片片瓦，形成个窟窿，雨一下，屋里成河了，娘几个抱着蜷缩在床角，娃娃哭，她更是忍不住地哭，哭得伤心，哭得凄凉，哭得绝望。

男人倒是寄钱来，寄的还不少，她知道男人的心愿，是要攒钱为她们盖新房，听说他干得很努力，常常加班，还成了熟练的钢筋工，他感到高兴，带信叫她悠着点，该吃吃，该用用。可她咋舍得，这是男人的血汗钱，她一收到钱就到镇上储蓄所把钱存着，这个时候，她念起男人的好来，男人的各种不是都忘记了，就是打她，她也觉出甜蜜来。晚上睡觉的时候，男人总会搂着她，抚摸她，亲吻她，被他打的瘀伤，他还用嘴去舔，还打自己的耳光，说自己不是人……现在，男人不在了，她一个人扛起了所有的事，累死累活，烦心事不断，尤其是在漫漫的长夜里，她寂寞难耐，想许多事，想寂寂长夜一片漆黑，屋外只有大白杨树哗哗作响，只有老鸹的凄啼，叫得人胆战心惊，头皮发麻。屋内一只蟋蟀，叫得急促，叫得慌乱，更叫人烦躁，叫人孤寂。这时的女人辗转反侧，既慌乱又烦躁，身体的渴求难以抑制，抓起一只枕头抱着，想着往日的温存更加烦躁，身子滚烫，脸颊发红，起身去厨房喝了一大瓢凉水，依然睡不着，只有起来，去院里吭哧吭哧挖了一阵地，地已经挖了几遍了，才长出的小白菜苗又挖掉了，还挖……

回屋躺下后，想起男人以前喝酒的样子，想起他约了人在家里喝酒，猜拳行令，你灌我，我灌你，大声喧哗，胡言乱语，高兴得忘乎所以；想起在乡场上，一群一群的人蹲在人家的屋檐下、空地里，一个土大碗盛满散酒，你递过来，我递过去。搂肩搭背，喝到高兴处，讲笑话的，讲晕段子的，还有唱山歌的，说桃红柳绿的，唱郎妹情歌的，形形色色，无拘无束，任意自然，就是喝醉了，也与山川大地融为一体，想笑就放声大笑，想唱就扯着嗓子乱吼一气，就是想到伤心的事，也可以旁若无人地哭在一起。醉了，卧在路边或被人用马驮回去，何等的潇洒，何等的惬意……

她突然想喝酒，起来找到一瓶男人放在柜子里的酒，倒了半碗。家里是有酒杯的，但她想像男人一样大碗喝酒，想体验一下那种感觉。她是没喝过酒的，多少年来女人都不能喝酒，更不能与男人们一起喝酒，喝了一口，觉得一股热流穿胸而过，胃里热辣辣的，辣得眼泪都出来了，但很快，她就觉得胃里长出钩子，想再喝，又喝了一口，虽然热辣辣的，辣得汗珠一串串的，脸热心跳，但她觉得遍体通泰，神情亢奋，从来没有过的惬意，一瞬间，竟然忘记了许多的忧伤，许多的困苦，许多的孤寂，觉得浑身的热量噌噌往外冒，觉得手也不听指挥，脚也不听指挥，大脑一片混沌，手乱挥舞脚乱蹬，觉得想哭、想唱、想跳，想自由自在地倾泻。她不知道她是不是哭了笑了，唱了跳了，她不知道她到底唱得有多大声，笑得有多放肆，跳得有多疯狂，反正就是觉得从来没有过的放松，从来没有过的惬意，多少忧伤、焦虑、孤独、寂寞都随着这肆无忌惮的倾泻而宣泄。直到娃娃们被吓醒了，起来拉住她、叫她、拍她，娃娃的声音使她清醒了，她把他们叫回去睡，然后跑到门外尽情呕吐。回来昏昏沉沉睡到中午……醒来后，她感到慵懒，疲惫，全身无力，但精神却是轻松的，愉快的，昨晚的酒释放了她多日的孤独、苦闷、无望和空虚的积郁，起来洗了个脸，精神就振奋了，元气溢满全身。

她突然萌生出约一些相处甚好的姊妹们来聚集喝酒的想法，这个想法使她震惊，兴奋得难以自抑。女人聚集喝酒不仅是在本村，就是在整个乌蒙山区都是绝无仅有的。女人聚集喝酒会使许多人震惊、不高兴，甚至愤怒和仇视，仿佛喝酒尤其是聚在一起喝酒是男人的专利，女人这样做是大逆不道。淑芬想起来就生气，凭什么男人能喝女人就不能？凭什么女人再苦再累，再煎熬、再孤独、再苦闷也不能喝？现在，男人们都出门去打工了，一个村子就剩些老人和独守在家里的女人和娃娃，日子孤独而艰难，当然还有难以言喻的需求，这样的日子喝点酒怎么了，谁还能劝阻她们喝酒，再不排遣一下她们恐怕就要疯了……

淑芬把这个想法和几个要好的姊妹讲了，她们都说好，不说喝酒，就是几个姊妹坐在一起吃吃饭扯些家常，讲些她们自己之间的隐秘事儿也是挺好的。有酒助兴，有酒盖脸，当然就可以肆无忌惮地开心快乐了。王艳说："我不敢喝，我怕喝了疯天磕地丢人现眼。"郑琼说："那又咋个啦，你男人又没在，害怕他嫌弃你，你恁个好的身段，奶奶大屁股翘，还怕没人要你？他要嫌弃，我喊我兄弟来把你娶了，他单了好多年了，还是青头小伙。"王艳去撕她的嘴，两人打打闹闹。淑芬说："别闹了，现在讲正事，大家表个态，统一一个意见就行。"郑琼说："不要整得像公家开会样的，就这样了，我们都没意见。只是地点呢，就在你家最好，你家宽敞，两边的老人都不在身边，无拘无束的，想咋喝就咋喝，想咋疯就咋疯，放在老人在的家里，不把你咒死。只是也不能让你一个人破费，轮流做东，时间呢，一个赶场天一次，你们看可好？"大家都表示这个办法好，聚在一起太过频繁地喝酒也不好，让一个人承担也不公平，这事就这样定下了。

三

刘菊来了，这是一个满脸沧桑、满身疲惫的女人，神情紧张，忐忑不安地站在门口，她迟疑着不敢跨进屋里。淑芬大声喊："进来呀，你愣着干啥？"大家也七嘴八舌地喊："进来呀，就等你一个人了，酒都倒好了。"刘菊瞥见了坐在桌边的郑琼，郑琼脸色铁青，阴气沉沉，似乎随时要扑过来打她一样，她甚至感到脸被抓伤，火辣辣地疼，不由自主地退了一步。郑琼真的想扑过去打她抓她，她们两家的矛盾由来已久，刘菊的男人在村里也是凶悍霸道出名，同样喜欢酗酒，啥事都要占上风，占便宜。郑琼家的一棵梨树在两家的地埂边，是她老公公在世时栽的，开头也没啥争议，后来梨树大了结梨了，这梨大，圆润饱满，皮嫩多汁，是好品种，每年都可以卖个好价钱。刘菊的男人说树荫遮了他家的地了，要砍掉。郑琼家舍不得，和他商量后每年给予一定的补偿。刘菊男人见树越来越大，梨越来越多，心中不舒服，就要涨补偿费，提的数额还挺高的。两家说不拢，刘菊的男人就把伸到他地里的梨全摘了。摘了就摘了，他还把树锯倒一半，锯得太凶，伤了树的元气，这棵枝繁叶茂硕果累累的梨树，犹如锯了半边身子的人，从此萎靡不振，日渐枯萎。两家为此打了一架。刘菊的男人凶悍，把郑琼的男人打伤住院，过后村里调解让他赔礼道歉并赔偿医药费，但刘菊的男人横行霸道惯了，从不认输，拒不赔礼道歉，更不赔医药费，村长也怵他，不想惹事，这事就不了了之。刘菊是软善之人，知道是男人的不对，但她不敢说。她是从外村嫁过来的，男人也随时骂她打她，好像是宿命，村里的女人多是如此，她也只有忍气吞声，她背着男人提了一篮鸡蛋、几把挂面，还买了点红糖、糕点，悄悄去医院，可是郑琼家咋会原谅，郑琼的男人正在疼得龇牙咧嘴地叫，见她来更加愤怒，把她带的东西掀了，鸡蛋碎了一地，流黄淌白，叫她滚，她还愣着，郑琼也愤怒了，扯着拽着推她出去。

刘菊家就一个儿子，刘菊身子弱，可能得了啥病，再也不会生养，这个儿子被惯着宠着，养成了和他爹一样的脾气。郑琼的大娃和他在一个学校，一个班级，经常被他欺负，儿子不敢讲，怕惹祸。一天，郑琼下地，在村头看见儿子被他压在地上打，扇他的嘴巴，还说要屙尿给他吃。郑琼太气愤了，冲过去把他拽了下来，顺势给了他两巴掌。这事可不得了，刘菊的男人冲到他家要打人，她吓得紧紧关了门，刘菊的男人顺手抄起她家墙角的锄头，把她家的门也砸烂了。刘菊吓得紧紧地拖住他，还被他踢了两脚。

刘菊的男人是最先出去打工的人，他身强力壮，一身蛮力，很得包工头的赏识，给他的工钱比别人的多一些。但他争强好胜、凶狠霸蛮的脾气彻底改不掉，出门前刘菊流着泪求他在外凡事要克制，不要和人打架闹事，要平平安安回来，他也答应了，可是没多久他就和人打架把人打伤了，而且是重伤，这就不是罚款赔医药费的事了，他被判了三年，关进去了。

男人进了局子，刘菊不仅断了经济来源，而且在村里的日子更加难过了。男人横行霸道，和村里不少人家都结了怨，男人进去大家不仅拍手叫好，还挤对她家，欺负她家。放水的时候，周文英家把沟挖断了，不让水流到她田里，她上门去苦苦哀求，人家说："叫你男人来呀，他不是凶得很恶得很，我们惹不起呀。"原来男人也是欺负过人家的。她坐在田埂上，望着别人家的田水波盈盈，秧已插上，自己的田里干得龟裂，她无助无望地哭起来，哭得凄凄惨惨、哀哀怨怨……夜色朦胧，夜风吹起，她才拖着疲惫的身体，揣着沮丧的心回去。

淑芬说："今天我们新添了个人，这事我和大家讲过的，也和郑琼讲过的，大家知道，刘菊的男人在村里时确实凶恶，得罪了不少乡邻，欺负过好些人，现在他进牢里去了，也是罪有应得，大家也晓得，刘菊是从外面嫁过来的，孤苦无靠，现在更是独木难撑，大家恨她男人，也是可以理解的，但这事不要牵扯到她，不要把恨转移到她这里。她家的田灌不上水、栽不上秧，明年吃什么、喝什么？她家的路被挖断，难道叫一家人长翅膀飞过去？她娃娃过去欺负人，现在被欺负，学也不上了，大家说应该吗？"

淑芬这样一说，屋里就静了，大家心里都觉得不是滋味。农村人家，家家都有难处，家家都有心酸的、难以言喻的事，这些都触痛了她们的心。刘菊听了，更是难过得流下眼泪，听到她的抽泣声，郑琼不耐烦了，说："她现在是不好过，可大家想过没有，她男人过去那个凶狠、霸道，被他欺负过的还少吗？光我家，男人被他打伤住院，树被他砍死，娃娃被她家儿子经常打，这是应该的吗？现在他进了监狱，他家成这个样子，不是报应吗？苍天有眼，天道好轮回，老天饶过谁。"刘菊惶恐不安，说："你说得都对，这个砍头的祸害乡邻，到处惹是生非，欺负这个，欺负那个，当初砍你家的树，打伤你男人，我都劝过，这个砍头的恶得很，不听劝说，还把我也打了。今天我来向你赔罪，向大家赔罪。"说着就要跪下去，淑芬一把将她拉起来，说："跪什么跪，男人脚下有黄金，女人脚下也有黄金，你男人的事就不说了，大家没怪你，还要帮扶你，互相拉扯着过日子。"刘菊见郑琼没开腔，还要跪，淑芬说："郑琼，她要给你跪，你看咋办？"郑琼扭开脸说受不起。淑芬说："这是原谅你了，快坐下，姊妹们高高兴兴地喝起来。"

满满的一桌菜，满满的一塑料桶酒，仍然是用大碗盛酒，但不是土大碗，而是细瓷碗，女人一般不喝酒，但一旦喝起酒来，你就不知道她们多能喝，真的拼酒，许多男人不是女人的对手。她们畅快地吃起来，喝起来，碗只用一只碗，喝转转酒，她们觉得这样过瘾，她们学着男人一样喝酒，喝一口，蚀下一截，用手抹抹碗沿，下一个接着喝，谁也不会偷奸耍滑，谁也不会喝假酒。喝了一巡，一碗酒见空了，淑芬说吃菜，吃菜，空肚容易醉，大家又风卷残云般地吃菜，她们都是出苦力的人，能吃，谁也不装，狠狠吃了一气。淑芬说接着喝，接着喝，又一轮酒喝下去，大家脸开始红了，心开始跳了，都说："放开喝呀，一小口一小口地，装什么文雅呢，难道你是赵有财的小老婆？"赵有财是本村的一个财主，早死了，他从城里讨了个小老婆，挺文雅的，吃东西抿着嘴一小口一小口地吃。郑琼心里还有气，她想把刘菊灌醉，看看她的笑话。她说："转转酒也喝几巡了，我来敬酒，先敬淑芬，她把我们聚在一起，让我们女人也能聚酒，让我们放松，把心中的烦恼忧愁忘掉，来，我先干，你随意。"郑琼的酒量大家是晓得的，她到底能喝多少谁也不知道，只是她从来没醉过。换了酒杯，那酒杯是装二两的，她咕咚一口喝下，脸是红了，热气腾腾，但没醉态。她走到刘菊旁边，说："冤家宜解不宜结，今天你礼也赔了，歉也道了，我也就不记在心里了，我敬你一杯，先干为敬。"说完咕咚一口就喝了。刘菊以前是没喝过酒的，她被淑芬约来喝酒，原本想拒绝，但想到淑芬不计前嫌，为了使她融入大家庭中，煞费苦心，她就来了。她见到郑琼来敬酒，十分惶恐，她是想先去敬酒的，这一步很重要，是个态度，但她又怕郑琼拒绝，以她们之间的积怨，这是完全可能的，当着大家的面被拒绝，甚至还会听到郑琼难听的话，那就尴尬了。谁想人家却主动来敬酒了，她又惶恐又感动，这酒必须喝下去，哪怕是毒酒。刘菊说："谢谢你了，你看得起我，原谅我，我就十分感谢了。"说完也就一口将杯中的二两酒喝下去了。淑芬刚要说慢慢喝，不要喝急酒，刘菊的酒已喝下去了，她是没喝过酒的，这杯酒下去，她觉得像沸腾的铁水浇进胃里，胃里烈焰四射，热火蒸腾，全身血流加快，口渴心跳，目晕神迷，神态恍惚起来。郑琼知道她是中招了，只需再灌一杯，必醉无疑。她向两人的杯里倒满酒，说："爽快，爽快，妹子是直爽人，光凭这杯酒，我们从此就是亲姊妹了，过去的事，见她妈的鬼去吧，来，姐再敬你一杯。"说完又将手中的酒咕咚一声喝了，喝完她感到口干舌燥，浑身滚烫，目光迷离，但她知道自己的酒量，缓缓就好了。淑芬说刘菊不要喝了，要喝也要慢慢喝，淑芬看出郑琼的意图，就阻止她。郑琼说："咋个说，我喝你不阻止，轮到她喝就阻止了，这是啥意思？"众人都劝，说慢慢喝吧，喝醉就不好玩了，郑琼要摔杯子，被王艳一把接住了，事情就有些僵了。刘菊虽然晕晕乎乎的，但她心里是明白的，她说："郑琼姐，这酒我喝，谢谢你的大度，就是醉死了我也要喝下去。"说着咕咚一口就将那杯酒喝了下去。

刘菊是真的醉了，这杯酒喝下去，她就从桌上梭下去了，成了一摊软泥。大家见状就慌张起来，将她扶到沙发上，掐的掐人中，揉的揉胸口，淑芬端了碗蜂糖水来给她灌进去。淑芬摸摸她的胸口，探了探她的鼻息，说："没事，让她好好休息一下就好了，大家坐好，继续喝。"这样一折腾，气氛就有些僵。郑琼心里有愧，本来想只是将她灌醉，出一回洋相，泄泄心中的愤，没想到她真的不能喝酒，醉成这样，出了事咋办？她担心着，时刻瞅着刘菊，刘菊突然要起来，郑琼几步蹿过去扶她，刘菊一口肚里的秽物喷出来，喷了郑琼一身，郑琼是个爱干净的人，但她此刻也没嫌弃，忍住满腔的恶心，拍着刘菊的背，说："吐吧，吐吧，吐完就好了。"刘菊像开了闸，一阵一阵地狂吐，吐得眼睛翻白，瘫软如泥。大家过去，扶的扶，拍的拍背，端水给她漱口，泡蜂糖水给她喝，打扫打扫卫生。郑琼忙去拿拖把拖地，淑芬说不碍事，吐了就好，郑琼见她衣服已吐脏，忙把她的衣服脱下，又拿脏了的衣服去灶房洗。

洗完出来，郑琼见刘菊伏在王艳身上，双手紧紧搂着她的肩膀呕，郑琼怕她再吐，一吐就要吐到王艳身上，王艳是个干净俊俏的小媳妇，她把头扭向一旁。郑琼忙说："你让开，我来。"刘菊乖乖靠在郑琼肩上，嘴里说："我难过呀……我难过呀……天杀的呀，你到牢里躲瘟躲，我一个人带着娃娃咋过呀……"郑琼听她带着哭腔的诉说，心里也不是滋味，说："你要说什么说出来，平时憋着，今晚放开说，说出来就好过了。"

刘菊突然一把推开郑琼，说："让开，让开，我要唱歌。"大家一听笑了，说唱呀，唱呀，唱唱好。刘菊跪在沙发上开始唱。

　　　　一呀一更天，寒风刺骨好凄惨。
　　　　身边没个暖心人，手僵脚冻没人暖。
　　　　鸡鸭都会抱成团，只有我眼望穿，
　　　　不见冤家把家返。
　　　　二呀二更天，野狼突然跑进圈。
　　　　鸡鸭吓得不见影，老牛吓得打闪闪。
　　　　想着出门又不敢，守家的女人好惨。
　　　　哎呀我的天。
　　　　三呀三更天，腰杆酸疼不能弯。
　　　　浑身疼痛难忍耐，地里活路干不完。

节令过了吃啥子，哎呀我的天。

四呀四更天，起床柜柜翻。

到处都翻遍，没有一分钱。

娃娃上学无学费，公婆病了要住院。

这咋办呀，哎呀我的天。

刘菊是从外面嫁过来的人，她的老家盛行唱山歌，男人女人、大人小孩都会唱。她唱的是乌蒙山歌，这种山歌调子很长，一唱三叹，尾音拖得幽幽长长，带着哭腔，有些像本地办丧事的子女在死者棺前的哭诉，听得人背脊发凉心发颤。刘菊声音沙哑、低沉，唱得很投入，无限的心事无尽的心酸，全部倾泻出来。她边唱边哭，大家听了，想起无限的心事，心里很是难受。她的山歌勾起了大家对自己生活的记忆，烈日炎炎下的耕作，从清晨到夜间的劳作，肩挑手拿，长路漫漫，汗流浃背都要咬牙坚持。老人生病，娃娃顽劣，一日三餐，喂猪喂鸡喂牛，累得半死，躺在床上呼呼睡去，半夜醒来，屋内一片漆黑，床空被冷，一个人独享孤寂，都是些三十来岁的女子，难免要想些男女之事，翻来覆去，难以入睡。

有人低低啜泣，有人深深叹息，大家都流下眼泪，接着有人哭出了声，大家也毫无顾忌地哭了起来，你搂着我，我抱着你，哭成一团，越哭越大声，越哭越酣畅，像山洪暴发，滔滔不绝……

哭完，大家都说轻松了许多，情感的山洪暴涨，需要及时泄洪，洪水过后，云消雾散，一切又从头开始……

四

王艳来串门，郑琼正在剁猪草，说桌上有才摘的苹果，自己拿来吃。王艳拿了个苹果，边吃边说："郑琼姐，我心里孤独得慌，长天白日的，村里见不到一个人，一个人坐在屋里，只听得见虫叫蝉鸣，这日子好难熬哟……"郑琼说："你怕是想男人了哟，这叫怀春，你没听见猫都在叫，一晚上不停歇。"王艳说："你才怀春呢，你还不是一晚上睡不着，起来拿竹竿撵猫，你以为我不晓得。"郑琼叹口气，说："咋不想呢？我也是人，是个正常的女人，男人们都出去打工了，一去一年，也就是过年那几天回来，还没亲热够又走了。我家那死鬼，两年没回来了，说房子太老了，要把修房子的钱挣够，来回一趟开销大，况且，春节那段时间没人干活，工钱加倍给呢。你说，再难熬也得熬呢。"王艳凑近郑琼，说："郑琼姐，你我是最亲密的姊妹，你讲真话，你想男人了咋办？我呢，想男人了，真的难熬，不结婚还好，结了婚又是这样子，真的难熬哟。"郑琼说："妹子，你男人每年都还回来，还不知足，你咋想的。"王艳说："都两年没回了，你还说一年。"郑琼说："村里只有公鸡公狗公猪，除了王幺幺一个男人还有谁，想也白想。"说到王幺幺，王艳脸红了一下，说公鸡公狗也比王幺幺强，恶心个人。

王艳才结婚两年，人长得很美，又爱收拾打扮，出门一阵香风飘过，走路还爱摇晃腰肢，是个逗人想的小媳妇。村里的男人对她都馋涎三分。王艳虽然惹人喜欢，但她却也是正经人，农村女子传统观念重，恪守着千百年留下的妇道，抵御着外面的诱惑。她前凸后翘，身材火辣，好些男人想打她的主意都被她严词拒绝。现在村里的男人除了王幺幺都走了。王幺幺是个好吃懒做的人，他家三代单传，他的爹妈对他宠爱得不行，在村里，没有哪家特别富，王幺幺家条件好一点，只有一个独儿子，从小就惯着他，吃好的，穿好的，啥也不做。别人家的娃娃稍大一点就割猪草，放牛羊，下地劳动，他则一天闲逛，爬树掏鸟，下河摸鱼，偷鸡摸狗，拈花惹草，小小年纪就养成一身的毛病。可惜好景不长，他的爹妈先后得病死去，留了一间陈年老屋给他，他的日子一落千丈，不会种地，不会做饭，屋里脏得像猪圈，衣服从不洗，脏得实在不像样了，他就穿着衣服在河里洗澡，爬上岸躺在沙滩上晾干，说人也洗了，衣裳也洗了。他爹妈在世时给他订了一门亲事，那时他还小，等他爹妈死了，人家看他这副模样就悔婚了。他一个人过日子，爹妈为他留得一些钱财，他倒也落得潇洒自在，每天睡到日上三竿，起来随便吃点，就在村里，或去集镇上瞎逛。那时镇上已有录像馆，放些打打杀杀的片子，过了晚间十二点，录像馆就放些叫人血脉偾张、热辣辣的片子，叫他欲火烧身。出门来，夜色阑珊，一片岑寂，见树踢树，见墙踢墙，惹得沉沉睡去的狗醒来一片狂吠。他更加亢奋，追着狗遍街跑，如是三番，狗的主人以为有人偷东西，出门来提着棍子追得他发疯样跑。

村里的男人没出去打工的时候，他虽然燥热难耐，也只敢说些逗骚撩情的话，他知道村里男人的狠劲，如果做了出格的事，他的腿是保不住的了。男人们都出去打工，别人约他，经不住劝说，他也去了，但还不到一个月他就跑回来了，他实在吃不了那份苦。他一回来，在村里就显得重要了，什么都是物以稀为贵，许多活是女人做不了的，他虽然懒，但毕竟是男人，爬高下低、挑轻拿重他是可以做的，就有人喊他去做一些事。这下他变勤快了，女人挖地他也挖地，他喜欢和女人在一起劳动，他爱看女人弯腰撅腚的姿势，挖地时他总是火辣辣地盯着人家撅起的地方看，圆溜溜的屁股令他浮想联翩。女人说："看什么看，有啥好看的，快些挖。"他说："好看哩，远看像座山，近看像丘田，山上光溜溜，田里跑泥鳅……"女人说："你龟儿想女人想疯了哩，你好好劳动，我帮你去和隔壁望云村的张寡妇说合说合，让你有个家。"他说："我还是青头小伙哩，你给我说个寡妇。"女人说："寡妇咋的，人家还看不起你哩，人家穿的是皮衣，对襟衣上起包包，坐着还比站着高。"说着笑了起来。他说："你这骚婆娘，那不是狗嘛。"说着就去摸女人，女人吓得地也不挖了，挣脱他拼命跑回去。第二天他又死皮赖脸地要去帮女人挖地，女人在给娃娃喂奶，说什么也不要他去挖了，说："你走吧，地也不多了，我自己挖得过来。"他不走，嬉皮笑脸地站着，说："再不挖就误了季节了，你不去我去，我帮你挖完。"女人说："你去嘛，你反正也闲着。"王幺幺看见女人在给娃娃喂奶，女人年轻壮硕，腰粗奶大，奶水丰盈得很，娃娃咕咚咕咚吃一气就饱了，不再吃。女人硬把奶头塞到他嘴里，说："乖乖，赶紧吃，赶紧吃，吃饱好睡觉。"女人也晓得娃娃吃饱了，但她奶水太充足了，吃不完涨得难受，男人在家的时候，有人帮着吃，现在弄得胸口上经常湿一片，村里女人打趣她是一头奶牛。王幺幺眼睛直勾勾地看着女人给娃娃喂奶，看到女人隆起的胸膛，衣襟半遮半掩……看见娃娃将奶头吐出，又被女人塞进去，王幺幺热血奔涌，直冲头顶，浑身燥热。他奔过去，从后面抱住女人，伸手去摸，女人大惊，这突如其来的动作出乎她的意料，她惊慌失措，大声地喊叫起来。她让王幺幺住手，放过她，娃娃还在吃奶哩。王幺幺热血上脑，哪里听得到她说的话。娃娃吓得大哭起来，在挣扎中摔到地上。女人哭起来，说："娃娃还小，你放过我吧，跌伤娃娃就是罪过了。"王幺幺被欲望冲昏了头，也不管娃娃哭不哭，拼命地去拖，去拽，去按女人，几次差点踩到娃娃。女人大声喊，村里空寂，此时留在村里的女人差不多都下地了，喊也白喊，女人说："你放开我，我把娃娃哄睡了就顺从你，你这样踩到娃娃咋整。"王幺幺头胀脑热，浑身热血沸腾，他说："你说话要算话，要不然……你赶紧哄娃娃去睡，我去喝瓢凉水……"女人说："你去，你去，灶房里有凉水。"王幺幺起身去灶房，女人一把抱起娃娃就朝门外飞奔，跑在空寂的村巷里，她也不敢大声喊，她怕激怒了王幺幺，发生意想不到的事，现在不仅自己，还有娃娃呢，这才是大事。她想找一户人家进去躲一躲，等王幺幺疯狂的劲头过了再出来，这时家家的门都是紧紧关着，再找不到一个地方藏身，王幺幺追来就麻烦了。正在这时，她碰见从巷里闪出的一个女子，这人正是王艳，王艳是不下地干活的，地本来就不多，她家也不指望着从地里刨食，就把地借给一家亲戚种了。她家不缺钱，男人是个包工头，看不起鸡零狗碎的毛毛钱，做个人情把地送给亲戚种了。不种地中午就可以不下地，在家里做做家务，洗洗涮涮，收拾打扮，看看电视，嗑嗑瓜子。也不晓得是谁的问题，结婚几年了，王艳的肚子依然没有动静，男人长年在外很少回来，有时想他了打电话去，男人总是说走不开，工地上一摊子事，他走了谁管，好几十号人等他开工资吃饭哩。王艳想想也是，谁叫男人是包工头呢？他是离不开工地哩，几十号人的工资等他带着大家挣哩。男人倒是经常寄钱来，叫她该吃就吃，该花就花，寂寞了到处走走。实在无聊了，到集镇上赶赶乡场，看看热闹，买点东西。可她在村里找谁去闲聊呢？留在村里的女人其实是很忙的，男人不在家的日子，地里的活都是女人扛下来，重活脏活一样不落，家里的事更是理不清做不完。喂鸡喂猪，人一回家，鸡在叫猪在哼，等着喂食。娃娃放学回家，也饿得叫唤，忙这忙那，人像陀螺，转个不停。等把这些做完时，人也累得像狗一样地瘫倒，躺在沙发上不想起来。刚想歇一会儿，做作业的娃娃又叫起来，为争点什么东西，几个人又打起来，起身去呵斥，去制止，打大的，骂小的，闹得鸡犬不宁。才把事情平息，想起泡了几天的衣服没洗，又挣扎着去洗……像这样鸡飞狗跳的日子，谁有心思和时间去陪她闲聊呢？

女人见到王艳，一把扯住她："妹子，快，快去你家。"王艳惊慌："咋的了，姐，鬼在追你，大白天的，你慌慌张张跑啥？"女人听到后面有脚步声，更慌张了，说："王幺幺这贼杀的，他……他……""他咋了？他要干啥子？姐，你不要怕，有我在，青天白日的，他敢咋个？"正说着，王幺幺已经跑过来，见女人和王艳在一起他心里有些慌，身上的热潮倏地退去，咋就这么倒霉，碰到王艳这小婆娘。他知道王艳性格泼辣，敢骂敢打，见不惯的事就要出头，村里有人受了欺负就要去找她诉说，她心直口快，是谁的错一分析就清楚，就要去主持公道。王幺幺知道王艳不仅性子急，更主要的是她有个包工头老公，她老公在村里时就有威望，人长得五大三粗，孔武有力，又仗义，好结交朋友，村里恶人都不敢惹他。他做工程做出了名堂，手下经常有几十号人，工程质量也做得好，就能不断地接到工程，这些年他也赚了不少钱。他不敢惹王艳，惹了王艳被她骂是小事，若是她的男人回来，他的下场就惨了。王幺幺说："艳姐，你也在这里？"王艳说："在这里咋啦？你贼惊惊地干啥子？你是撵我姐？我给你讲，你一天好吃懒做，正事不干，净想些偷鸡摸狗的事，二十多岁的男人，婆娘也不讨，打工也不去，像骚狗一样到处乱窜，我给你讲，你若想打村里女人的主意，我就约起她们把你那玩意割了喂狗。"王幺幺心里好羞又气，好不容易的好事被她坏了不说，又被她这样羞辱，他恨王艳恨得牙痒痒，可又无可奈何，心里恨恨的，脸上讪讪的，说："你说啥呢？我虽然日脓，但我也是正派人，我干什么了？你问她我干什么了？我说去帮她挖地，她不干，爬起来就跑，你问她，我做啥了？"王艳问女人他到底做啥了？女人心里又羞又气，但见王艳镇住了他，她又不好讲啥了，毕竟是难以启齿的事。女人说："我给娃娃喂奶，他盯着看，还说娃儿快些吃，不吃我就吃了。"王艳说："只要他没动手，以后喂奶避开点，尤其是王幺幺这样的人。"王幺幺说："就是嘛，又不是我扯开你的衣裳看的。"王艳说："行了，行了，不要胡扯了。王幺幺，我给你讲，你以后敢动我姐的歪心思，小心我打断你的腿。"

王幺幺回去，越想越气，越想越划不着，想想王艳这狐狸精，一天收拾打扮，逗骚撩汉的，村里又没男人，你要撩就来撩我好了。想到王艳千姿百媚的样子，王幺幺心中春心荡漾，浮想联翩，但一想到王艳的暴烈，尤其是她老公的时候，他就泄了气，咽下了一包口水。王幺幺想我不去惹你，你还坏我的好事，这还不说，还杂七杂八连讥带讽地教训我一顿，还说恶毒话损我，这个仇一定要报。

夜色朦胧，村巷寂寂，王幺幺爬起身。王艳家的房子是村里最好的，钢混小洋楼，还有个很大的院子，门楼高大，围墙也很高，狗在深夜嗅觉很灵，尽管王幺幺蹑手蹑脚悄无声息，狗还是狂吠起来了，王幺幺说："好，使劲叫，吵死这个死婆娘。"狗叫了一阵就不叫了，王幺幺说："让你叫你不叫，不让你叫你又叫。"他扔了一个石子进去，狗又急切地大叫起来，王艳听狗叫得凶，穿衣起床，拿着手电在院里看了看，见无异样，说："叫啥叫，还不好好睡觉，不要吵我的瞌睡。"王艳回去，刚刚睡着，狗又叫起来了，她又起床查看，如是三番，都只有狗叫，没啥异样，王艳烦躁，说是有人故意逗狗来烦人哩，她找来梯子趴在墙头上，果然，一个熟悉的黑影在向院里扔石头，是王幺幺。这个贼杀的，黑心烂肝的坏家伙，白天被她训了一顿怀恨在心了，又没有大的贼胆，只敢做点偷鸡摸狗的事。王艳大喊一声："王幺幺你这贼杀的，你有本事你来找我，只敢半夜三更做些丧德事。"王幺幺一惊，撒起脚丫跑得无影无踪。

五

又到了女人聚酒的日子，淑芬家照例地热闹起来，女人们都很兴奋，过了一个赶场天的孤独而烦躁的日子，终于有机会聚在一起，能够把一个赶场天的烦扰和夜里的孤寂排遣出来。她们像从樊笼里放出来的鸟儿一样叽叽喳喳讲个不停，她们忙着做菜、做饭，忙着张罗晚餐该做的一切。她们可以放肆地说笑，敞开心扉地倾诉心里的一切。喝醉了，还可能做出一些平时不敢做的事，就是哭，就是笑，就是闹也是允许的。

喝着酒，大家就讲着最近的事，这些事也没有多少新鲜的，还不是娃娃不听话，学习不长进，猪病了，鸡不下蛋，牛发情找不到地方配种，还不是地里还没薅第二遍草，果树打不上药等。只有一件事是大家不讲的，那就是夜里的孤寂，夜里对男人的思念以及讲不出口的渴求。王艳说这些都是每次讲过的，有没有点新鲜的，大家说天天地里家里，也没时间串个门摆点龙门阵，哪里有啥新鲜的。王艳说："王幺幺这个贼杀的骚扰我。"大家一听来了兴趣，说："咋骚扰你？他对你讲些啥骚话？他动手了吗？"王艳说："他敢，借他一百个胆子他也不敢。""你不是说他骚扰你了吗？"郑琼说。王艳说："我说的骚扰是另外一种骚扰。前两天我碰见村东头的桂花在巷子里跑，手里抱着娃娃，脸红筋胀，慌慌张张，说要到我家去躲一躲。大白天的，我想不会有人去她家抢东西吧，慌成这样。就在这时王幺幺来了，也是副贼慌慌的样子，我问他干啥子，他支支吾吾不讲，最后说是看见桂花在喂娃娃奶，也没干啥，就是多看了几眼，讲了几句调皮话。问桂花姐，她也说没做啥子。"王艳还没讲完，大家兴奋起来，说这还用问，肯定是王幺幺这个狗东西起了歹心，想去桂花家做那事。他专门捡软的，桂花娃娃小，男人出去打工了，公婆也不在世，他就起了歹心。王幺幺二三十岁了，婆娘也讨不到，又不务正业，一天东游西逛，像发情的公狗。有的说这憨杂种，好吃懒做，地不种，饭也不做，一个屋里肮得像猪窝，穿得油腻，裤脚一只长一只短，见到都恶心。有人说："恶心？恶心你还喊人家去帮你上房捡瓦，还叫人家去帮你挑水？"被说的人说："你还说我，你还不是喊人家帮你送娃娃到乡场上去看病，半夜三更不是人家帮你背着娃娃到乡场，娃娃就危险了，你敢说，村里谁没喊过王幺幺？"这样一说，大家都觉得真是这么一回事，没有男人的日子，谁家没个大事小情，哪个没得找人帮忙的事。王幺幺家懒外勤，他连自己的生活都料理不好，却热心去外面帮人，一为混顿饭吃，二来还可以和女人们讲些无聊八扯的骚话，过过嘴瘾，过过眼瘾。当然他也有些动作，村里好些女人都被他骚扰过，但大家咋会对他有兴趣呢，都是骂他一顿或操起棍子要打他，他也就跑了。

王艳说："我还没说完呢。他被我狠狠地骂了一顿，怪我坏了他的好事，就怀恨在心了，他不敢对我来明的，就搞些见不得人的事。"大家又兴奋，说啥见不得人的事，说来听听。王艳说："他敢咋呢，也就是半夜三更跑到我家院子外，朝院里丢石头，惹得狗叫，我起来，见没啥就去睡了。刚睡下，狗又叫了，起来看，还是什么都没有。这样反反复复一直折腾到深夜，你们看我的黑眼圈还没消呢。"其实，村里大多数女人都被他骚扰过，只是不好意思说出来罢了。王艳他都敢骚扰，还有什么人他不敢的。王艳说："看来不教训他是不行的了，一个村子让一条骚公狗搅得鸡犬不宁，这还得了，他是欺负我们这些男人没在家的，我们合起手来收拾他，让他知道锅儿是铁铸的。"王艳一说，大家兴奋起来，酒精发挥了作用，个个脸色砣红，摩拳擦掌，兴高采烈，都说走，现在就去他家里，把他提起来打一顿。有的说老娘要用鞋底子扇他的嘴，把他的嘴扇烂；有的说我要带根大号针去，使劲戳这死家伙，看他还骚不骚；有的说我不打别处，就打他那里，给他打废掉。有的说："哪里嘛，你讲明点。"那人说："那里你还认不得，还装大闺女。"淑芬说："教训他一下是可以的，但要有分寸，不要把他打坏了。王幺幺虽然流里流气，不务正业，但他也是个可怜人，无爹妈教育，无女人管教，日子过得不成样子。"有人说这怪不得别人，是他自己找的。淑芬说："一个村子住着，大家各有各的难处，我们还好，一帮女人，一场定期酒宴，可以放开地诉说，可以哭可以笑，有啥难事大家可以互相帮衬。那些没人帮衬的，她们的日子比我们煎熬呢。"

女人们虽然也赞同淑芬的话，但她们实在太恨王幺幺了，被他骚扰过的女人，有的被他摸过这里摸过那里，有的被他强行搂过，虽然没得逞，但她们觉得吃了大亏，王幺幺是什么人？这是说不出来的耻辱，不出口气是不行的。

王艳说："要收拾王幺幺，也不能无缘无故的，要有个事实，你们谁愿意，他来骚扰时大家一哄而上，收拾这个死家伙。"这样一说，没有谁愿意，出气是大家出，以后成笑话的是自己，想来想去，王艳说："你们不愿意，我去，我就不信会咋个！"大家说算了吧，王幺幺谁都敢骚扰，他敢骚扰你？他只敢晚上扔石头。王艳想想，说："王幺幺对桂花肯定不死心，他还会有下一步的行动。我去跟桂花讲讲，让她放心，只要王幺幺一有行动，我们就全部出来，教训教训他。"

她们按计划行动。那天，王幺幺果然又来桂花家，说要帮她打扫猪圈，猪圈的粪水已经厚得很了，再不打扫猪都淹倒了。桂花本不想要他做事，她躲他都来不及，对他心有余悸，但王艳她们动员她，让她配合，按计划教训王幺幺。王艳说："桂花姐，你不能光一味忍让，一味忍让只能让他一味惦记，他会一直纠缠，让你过不了安心日子。"

王艳她们几人躲进桂花的房间里，淑芬也来了，淑芬不放心她们，怕她们把事情做过头，有她在能及时制止。教训一下王幺幺得了，把他弄废了，良心上过不去呀。淑芬晓得乡里一旦被激怒了的女人会做出啥事来，不是还有身藏剪刀，把那玩意儿剪了的事么。

王幺幺来了，果然像以前一样，两眼火辣辣地盯着桂花的身子，两个眼珠子深深陷在桂花丰满、润湿的胸脯上。桂花心里慌张，她怕王幺幺有所举动，但想到王艳她们，她的心又沉下来了。

桂花说："你怕没吃饭吧？我弄点饭给你吃，吃了就干活。"王幺幺说："我吃过了的，你快去找板锄、撮箕，好干活。"桂花弯腰去拿撮箕，撮箕被一堆杂物压住了，火辣辣的部位让他忍耐不住，他从后面抱住桂花，桂花怒斥："你干啥？我不要你打扫猪圈了，我自己会干，快走，快走。"说着转身去推他，王幺幺说："我抱一下嘛，就抱一下。"王艳她们一哄而出，抓住他，说："王幺幺你这个龟儿子，今天终于抓到你的现场了，你成天在村里到处瞎逛，骚扰妇女，你这个臭流氓，今天不给你点颜色，你就不知道老娘们的厉害。"其实，这些女人都或多或少，或轻或重地遭到过王幺幺的骚扰，又不好意思讲出来，把积怨埋在心头，今天有机会教训王幺幺，她们都异常的勇猛。乡下的女人长年累月干活，一身都是力气，她们心里愤怒，下手就特别狠。她们抓的抓头发，拽的拽胳膊，打的打，踢的踢，还有动嘴咬的，王幺幺被打得嗷嗷大叫，他死命挣扎，无奈女人们人多势众，又都是满腔的愤怒，就打得格外卖力。不一会儿，王幺幺就被打得躺在地上了。王幺幺不会看形势，嘴里还在骂骂咧咧，说些威胁的话。女人们更加愤怒，就上去围着他踢。淑芬怕再打下去会出事，即使不出人命，把他打残也就造孽了。淑芬上去叫住大家，说不要打了，不要再打了，打死人就麻烦了。大家还是忍不住打，淑芬上去拦住，"要打你们就打我吧，我今天来是有责任的，大家打也打了，教也教训了，再打后果就严重了。"

淑芬蹲下身来，说王幺幺呀王幺幺，要说我们一个村住着，都是几辈人了，弯去拐来不沾亲就带故，你爹妈不在了我们有责任帮你，你年纪轻轻，好好劳动，好好生活，等有合适的我们给你娶一个媳妇，安家立业不好吗？王幺幺哼哼着不搭腔。淑芬又说："今天姐妹们实在忍无可忍了，你在村里做些什么你晓得，一天游手好闲，东游西逛不务正业。村里的男人们打工去了，哪个女人的日子不艰难，你真的帮衬一把也是好的，但你却打歪主意，想占大家的便宜，今天骚扰这个，明天骚扰那个，把一个村里搞得鸡犬不宁。王幺幺呀王幺幺，今天给你点教训，看你长不长心，你再不改正以后就不是这样的了，不把你那骚东西割掉才怪。"

王幺幺挣扎起来要回去，淑芬见他撑起来又跌下，撑起来又跌下。淑芬心里不忍，说："姐妹们，大家搭只手，把王幺幺搀起回去。"女人们的心是软的，打他的时候是把积怨释放出来，打过了，气也消了，见他这样心里也不忍，大家就七手八脚地把他搀扶起来，趔趔趄趄往他家走。到了王幺幺家一看，这哪里是家呀，屋里脏得脚都下不去，桌上的东西乱七八糟，还蒙满灰尘，地下的坛坛罐罐东倒西歪，锅锅家私放得到处都是。大家叹口气，说："王幺幺呀，你这是人住的地方吗？猪圈嘛也要收拾收拾，你看你这日子……"淑芬说："你坐着，我们帮你收拾一下屋子。"王幺幺哼叽着，说："不麻烦你们收拾了，我身上疼，你们走吧，我要去睡了。"王艳见他身上到处是瘀伤和抓痕。她说："村里也没有卫生所，我家里有药，我去拿点药来。"说着就走了。

王艳家的药是很齐备的，她找了些吃的、擦的、包扎的，返身回来。姐妹们在打扫卫生，王幺幺在呻吟。王艳说："坐好，我给你擦药，擦完再吃药，这药好得很，是我老公从大城市带回来的，吃了就见效。"王幺幺身上疼，但眼睛还不忘往王艳身上瞟。王艳说："你还不老实，再瞟我还打你。"王幺幺说："我眼睛放哪里呢？我闭着眼总行了吧。"王艳给他擦药，擦了裸露在外面的伤后，又叫他把衣服脱下来，王幺幺说："我不敢，脱了怕被你们打。"淑芬说："你装什么装，脱了衣裳咋了，难道隔着衣裳擦？"王幺幺一边脱一边大声地呻吟，看来是真的疼。脱了衣裳，王艳被他的臭味呛得出不了气，王幺幺实在太懒了，长年累月不洗澡，衣服脏得像油渣，洗了可以压田，身上脏得起鳞甲，一大股馊臭气呛得王艳差点吐了。王艳是爱干净的小媳妇，家里收拾得一尘不染，时常洗衣洗澡，身上香喷喷的。她还是忍住恶心，耐心地给他擦药，擦完差点大吐起来。

屋里收拾好了，这些女人都是些手脚勤快、做事麻利得很的人。王幺幺呻吟着，但他心里还是感激的。父母不在，无人管束他，加之他从小娇生惯养，好吃懒做，把日子过得一塌糊涂。不仅如此，还成天尽想些不该想的事，到处闲逛，拈花惹草，想找机会占人家的便宜，他心里生出些悔意，这些都是朝夕相处在一个村里的姐妹呀。她们的日子过得艰难，本来帮她们做她们做不了的事，是应该的，自己却尽动歪心思。

已经到了吃晚饭的时候，淑芬她们想帮他做晚饭，但他家里啥也没有，锅里剩的菜早已长了霉瘀，她们也就没有心思做。淑芬说："大家散了吧，各自回家做饭，我做了端来给王幺幺吃。"王艳说："我这里近，我送来吧。"淑芬说："我家里是现成的，加点菜就行，你就算了。"

六

王艳听到一个消息，她男人在外面有个相好，时常带着去餐厅、舞厅，说那女的妖娆得很，披肩长发，不是穿短裙就是紧身牛仔裤，胸口像揣了个篮球，圆鼓鼓的，屁股又圆又翘，穿得性感时髦，身上尽是名牌，说那耳坠也不知是啥，贵得很，那包包，说是啥名牌，要一万多呢。男人在外租了房子，两人出双入对，形影不离。王艳听到消息，如五雷轰顶，气得两肋抽心疼。王艳想，你这个死杂种，怪不得很长时间不回家，时刻说工程紧，原来你在外面养了人，你的老婆难道不如那个人吗？你的老婆也是要身材有身材，要相貌有相貌，在村里也是数得上的，你却在外面拈花惹草，嫌弃起糟糠之妻。你也晓得，我也是正当年轻的女人，我天天独守空房，偌大的房子，夜里听风听雨，听虫叫鸟鸣，又孤寂又害怕，翻来覆去，思来想去，浑身燥热，难以入睡。我为你独守空房，只想到你在外面打拼，风吹日晒，各处奔走，费尽心思，心疼你无人照顾，饱一顿，饥一顿，好一顿，坏一顿，忙起来吃两个馒头，舍不得吃山珍海味，加起班来不分昼夜，想不到你却背着我在外面养相好的，过着天天新婚、夜夜新郎的日子，都说男人有钱就变坏，果然如此呀。你在村里的时候，为人正派，又勤劳又仗义，日子虽然穷，却也过得温暖，过得舒心。想当初，我一个高中生，一个村花嫁给你，不就是看上你的人品吗？为了你，我夜夜煎熬，却不敢有半分非分之想，男人想的，女人不想吗？女人也是人，而且是正当年轻的人。你想过我的孤独、寂寞、思念？不管欲望是如何强烈，我都要时刻纠缠在坚守和渴望之中，我要为你守住一份清白，多少个辗转反侧孤独无眠的夜晚，起来、睡下、打开灯、熄灭灯、拿出相册，反反复复地翻，思绪如河水流淌，思念如云絮般绵长。

王艳哭泣、诅咒、茶饭不思，在床上睡了三天三夜，人一下消瘦了许多，憔悴了许多。王艳是个要强的人，她不想把这事讲给别人听，她怕别人取笑她，她把自己憋得快疯了，如果不是过几天她们之间要喝一次女人酒，恐怕真的要出事了。

一如既往约酒的时间到了，女人们一如既往地聚在一起，讲笑话、唠家常、说疯话、互相取笑，一如既往地忙碌，准备晚宴。可是到了快开饭了，仍然不见王艳，这就有些反常了，王艳是酒会上必不可少的角色，是酒会的倡导者，没有她气氛就差多了。淑芬说："这几天都没见她出门，不是病了吧？唉，留守女人真难呀，有个三病两痛谁来关心呢？你们忙着，我去她家看看。"郑琼说："你走不开，这里离不开你，我去。"

见到王艳，郑琼吃惊不小，几天不见，王艳头发蓬乱，脸色青灰，眼眶也凹下去了，人憔悴得不行，病恹恹地躺在床上。见郑琼来，王艳才想起今天是她们聚会的日子。王艳百般酸楚，差点哭出声来，她很怀念她们的聚会，姊妹们聚在一起，家长里短，各种快乐忧愁，难以排遣的孤独寂寞，都得到舒缓，不仅得到舒缓和释放，还会得到姊妹们的劝慰、开导，都说抱团取暖，她们真的是孤寂、困苦、艰难中的抱团取暖啊。

任凭郑琼怎样问，王艳就是不开口，她不是不信任郑琼，她俩是姊妹中走得最近、最了解彼此的人。但王艳要强、要脸面，男人出问题，羞辱却在她头上，在村里你不是比别人光鲜，比别人富有，比别人幸福吗？你不是有人宠你、爱你、挣钱给你花，舒坦得很吗？这下好了，你成了弃妇，成了帮别人守家看房子的人。

看问不出什么，郑琼说："好好好，你不讲也就算了，但酒总该喝的吧。她们派我来接你，你不去我就交不了差。走吧，喝酒去，一醉解千愁，喝完酒就啥事也没有了。"王艳不愿去，郑琼拖她、拽她，折腾得大汗淋漓，她还是不去。郑琼说："不去就算了，算我没得这个面子，这样好了，我回去等她们来接你，你是晓得的，到时候大家七手八脚抬也要把你抬了去，反正你是躲不掉的。"

王艳最后还是来了，见她的状况，大家都不好多问什么，女人之间是通灵的，都晓得她是遇到了难以过去的坎，此时最大的安慰就是不问。只是她们心里也隐隐难受，王艳这么个开朗活泼、爱笑爱闹的人都如此了，可见大家的日子有多么难过。

淑芬说："喝起来，吃起来，难得一聚，开开心心、快快乐乐，祝大家万事如意，我先敬大家。"说着喝了一大口。她们还是用土大碗，这个气氛好，仪式感强。她这一口喝完碗里就蚀了一截，喝完用手抹抹碗沿，一个接一个地喝了起来。

她们尽量地说笑，喝酒的日子是快乐的日子，喝酒的日子是舒缓释放的日子，大家就讲笑话，就相互取笑，把气氛搞活跃。王艳强压住心中的忧伤、烦恼，她不愿把这些情绪带给别人，勉强挤出笑脸，尽量地装作高兴。轮到她喝，她狠狠地喝了一大口，剩下的小半碗差不多都喝下去了，酒像烈焰，在她胸腔里腾腾燃烧，她觉得畅快通透，人也兴奋了许多。淑芬看出她的心情，再轮到她喝时，说每人喝一小指深，慢慢喝。王艳心情烦躁狂乱，在酒精的作用下，更加兴奋和狂乱，她急不可待地接过酒碗，将剩下的小半碗酒又咕隆咕隆喝下去了，还在喊再倒，再倒。淑芬后悔没把她安排坐最后一个，那样就可以少喝点。不过她抢着喝，坐哪里也一样。果然，她自己起身，从塑料桶里倒酒，淑芬拉住她，说不能再喝了，哪知还没等人拦下，她就把半碗酒抢着喝下了。

王艳完全失态，她坐在地上，任凭怎样拉也不起来，她呜呜地大哭起来，鼻涕眼泪一齐流，边哭边拍地面，全然不顾平时的形象。郑琼去拽她，倒被她推了个趔趄，淑芬说别管她，让她哭，让她痛痛快快地哭，哭完就好了。这话使大家心里都酸楚，她们几乎每个人都有过这样的事，每次聚酒，不是这个人醉得不成样子，大哭大叫，就是那个人又哭又闹，又喊又叫。总之，她们知道，每次醉酒的人都是心事最多的人，能让这个最烦恼的人舒缓释放，她们也高兴。

在王艳的哭闹中，她不可抑制地把心中的事讲了出来。大家开头诧异，很快就觉得是必然的了。她们都知道男人在外面打拼的辛苦，知道他们的艰辛和需求，他们基本上都是一年回来一次，男人和女人的感受都是一样的，只是他们中大多数能克制自己的欲望，他们不愿去花辛苦挣来的血汗钱去做那事，他们还怕染上传染病，那就永远无法面对自己的妻儿老小了。王艳的老公不同，他虽然不是老板，但做了很多年的包工头，手里的钱已经不少了，家里盖起了小洋楼，寄回去的钱也用不完，包工头还会到外面应酬，还要请客送礼，参加酒局或请人到歌舞厅，在那样的环境下，发生这样的事就不足为奇了。但大家还是愤怒，王艳是个热情开朗、活泼俊俏的小媳妇，但她却是个熬着孤独守住清白的人，这一点姊妹们是最清楚的，她们为王艳痛惜，为她难过。凭什么一个人在家苦熬，另一个人却在外面养起了小三，女人天生就该为男人守清白吗？郑琼说："哭什么哭，与其哭，不如行动，他们在外面可以找人，你也可以找人。"淑芬说："放屁，他们找人自己就找人，那不是一锅坏人了吗？郑琼你不要挑唆她呀，真这样了就是你的责任。"郑琼说："我是气不过，说说而已。"淑芬说："怕是你自己想这样，不要拿别人说事。"郑琼说："我就是想找也找不到人，村里就一个王幺么，像样点的人都没有。"

那晚酒宴后回到家，王艳又昏昏沉沉地睡了一天一夜。她是被姊妹们轮流背回家的，她又哭又笑又闹，说什么也不回家，说大家在一起才好。等她睡了一天一夜后，觉得心中的哀怨和积郁少了许多，虽然身上仍轻飘飘的，四肢突然发软，但她感到卸下了许多东西，许多天没好好吃东西了，她想好好地做点吃的，如果把自己身体整垮了，不就是便宜了那个狐狸精，便宜了那个狗东西。

她想快乐起来，自己活好了，活快活了才是强者，但她怎么能快乐得起来，尽管想开了一些事情，放下了一些事情，但内心那孤独、失落、失意都是放不下的。她想起做姑娘时候的快乐时光，那时家里还是土房子，没有自来水管，和小姐妹们一起去小河边洗衣服，柳树婆娑，河水清澈，大家在一起说说笑笑，欢声四起。天热的日子，她们会选择一个隐蔽的河湾，把衣服放在树丛中，跳进清亮的河水里尽情嬉戏，她们会欣赏彼此的身体，会互相开些玩笑，会互相泼水，闹够了才穿衣上岸。她们把柳枝扯下来，编成精致的柳帽，河堤上野花正开得热闹，掐一些插在柳帽上，那帽子就鲜活生动起来。她们披着晚霞，踏着青草，唱着歌儿朝村庄走去。月亮皎洁的夜晚，她们一群年龄相仿的姑娘，会到村边的打谷场去，那里有生产队高高的谷草堆，夏天的谷草堆散发出太阳晒出的谷草浓郁的气息。天空深邃、星河灿然，时而一颗流星倏然划过天空。她们谈起各自的憧憬和理想，谈起她们的快乐和忧伤，还有女儿家的惆怅。蛙鸣虫叫，流萤点点，女儿家的生活，叫人多么怀念，那是不可追回的青春年华。那时生活困苦，但她们年轻、热情、生活单纯，姊妹间的友谊纯真，对生活的未来充满热情和向往，对婚姻家庭也充满向往，尤其是爱情，使她们又焦虑又渴望，又期待又担忧，又幸福又惆怅，一切都是可以期待而又充满未知的。幸福着、矛盾着、盼望着、焦虑着，青春时期的女儿，心事满满又幸福充盈。

郑琼来串门子，她放心不下她，怕她一蹶不振，怕她一睡不起，怕她以泪洗面，身体越来越差。郑琼见她已经在厨房忙活，心就放下了，郑琼进门时见她脸上有笑，问她在笑什么，这么开心。王艳脸上仍然是忧伤的，她说："笑啥呢？想起我们年轻时的事，那时多么年轻，你我差不多大，也最处得来，都说女儿家的心事是最隐秘的，我俩啥都说，那时无忧无虑，多么快乐呢，也有些烦恼，但嘻嘻哈哈笑一阵就过去了。现在日子比过去好到哪里去了，却怎么没了以前的快乐，村子里空空荡荡的，姊妹们一天各忙各的。以前天一临黑，牧牛晃晃悠悠地回来了，村里鸡鸣狗吠，大人叫，娃娃跑，炊烟四起，家家锅瓢碗盏一阵响。吃饭的时候大家都爱往大柳树下跑，蹲的蹲，站的站，你从别人碗里拈一筷，别人朝你碗里拈一筷。吃完饭更热闹，老汉们喝大碗茶、吸叶子烟、下象棋、拉二胡；老婆婆们纳鞋底、扯家常；娃娃们滚铁环、叠罗汉、玩老鹰捉小鸡。现在呢？除了孤寂还是孤寂，还有做不完的活，还有慢慢长夜的守望和煎熬，更为糟糕的是还有男人的背叛。"

郑琼知道她是放不下男人的事，怎么放得下呢？不是喝一次酒、醉一次酒就放得下的，那只是暂时的释放，忧伤和恼怒、羞辱会一直徘徊在心头。郑琼说："我们好长时间没去赶场了，一天也不晓得忙些啥，今天是赶场天，天气也好，我们去赶场吧，买点娃娃的学习用品，买点家里没有的东西，看看热闹，散散心。"王艳不想去，说："要去你去，赶场天人挤人，有啥意思。"郑琼说："不就图个热闹吗？你还记得，过去我们最爱赶场，一到赶场天兴高采烈，背点山货去卖，买点发夹、雪花膏、蛤蜊油啥的，再吃上一碗凉粉，喝碗米凉虾，高兴得很，每次不都是我俩去吗？你不是要买书吗？一天到晚在家看电视有啥意思，不如去买几本好看的书，说不定还会遇到几个以前的姊妹，好好聊一聊、玩一玩。"这样一说王艳就动心了，她说："你等我一下，我这样子出得了门吗？"郑琼知道她爱美，要收拾打扮。就说："我也回去一下，安排一下家里的事。"

　　出门来，丽日蓝天、白云朵朵，远山明晰，河水潺潺，她们心情好了许多，她们边走边聊，果然遇到不少赶场的人，有认识的，她们就和人家打招呼，都很新鲜的样子，好长时间没见，就兴奋，互相问着彼此之间的事，就到了乡场了。

　　乡场还是一如既往地热闹，只是来赶场的多是妇女，她们知道其他村也一样，男人都出去打工了。乡场她们是熟悉的，过去老旧低矮的木门木窗的房子依旧还在，只是每隔一段就新修了一栋钢混结构的楼房，有五六层高的，有七八层高的，突兀得像鹤立鸡群，这些楼房大多开了商铺，有卖土杂的、五金的、电器的，甚至还有规模不小的超市。她们走走看看，郑琼说："吃碗凉粉吧，有些饿了。"王艳说："吃啥凉粉，进馆子，我请你。"郑琼知道她的心情，说："要得，今天就让你破费了。"

　　找了家干净的餐馆，王艳忙着点菜，郑琼说两个人吃不了多少，不要点太多了，吃不完浪费。王艳不听她的，一气点了七八个菜，豪气十足地说："今天我们吃个够，喝个够，你不要担心，我有钱，我们也该奢侈一回。"王艳要点白酒，郑琼怎么也不让，她知道王艳喝酒肯定要醉，这不是在家里，醉了任你怎样胡闹不会有人看笑话，在这人来人往的地方，醉了的女人一胡闹，会有多少人围着看笑话呀，这丑可丢不起。郑琼甚至要翻脸了，说："要喝白酒你一个人喝，这饭我不吃了。"说完就要走，最后是点了一瓶红酒，这种红酒对于她们来说就跟喝开水似的。

　　突然，王艳瞥见窗外一个熟悉的身影，王艳说："这不是朱永亮吗？走，去看看。"老板说："两位，还没付钱呢。"王艳说："你去跟朱永亮打招呼，付完钱我就来。"郑琼不敢怠慢，怕一眨眼朱永亮就不见了，那就辜负了王艳的嘱托。郑琼知道朱永亮是王艳的高中同学，是她的初恋，两人好得如胶似漆，已经商量结婚的事了。朱永亮是邻村的人，来找王艳都是郑琼当陪伴，王艳的爹嫌他家穷，况且他的爹也瘫痪在床，尽管朱永亮仪表堂堂，人温文尔雅，王艳的爹妈怕她嫁过去吃苦，还是坚决不同意。王艳不吃不喝，用这种方法来抗议，谁知她妈更绝，直接去买了敌鼠强，说："要死我先死，咋也不会同意这门婚事，吃敌鼠强我又不是第一次。"这倒真的把王艳吓着了，她妈强悍，和她爹闹气时真的吃过，有一次吃了之后口吐白沫，两眼翻白，差点死去了，王艳只得妥协。

郑琼刚追上朱永亮，王艳就气喘吁吁地赶来了，她拿几张百元大钞给老板，说回头算。朱永亮先是见到郑琼就很吃惊，接着就见王艳飞奔而来，两人对视着，一时竟不知说啥，还是王艳先开口，说这些年你去什么地方了？怎么也不捎个信？朱永亮表情复杂，说一直在外面打工，换了好些城市，混得也不好，就没联系。王艳见他失魂落魄的样子，脸色黝黑，形容憔悴，穿着灰色夹克，这么热的天竟然穿着一双水鞋，一副工地上农民工的样子，哪里还有当年风流倜傥、英俊潇洒的样子。王艳说你是回来干啥？朱永亮沮丧地说回来离婚呢。

王艳大吃一惊，只知道他和妻子感情似乎不太好，但他们已经有两个小孩，怎么说离就离了呢？是不是朱永亮嫌弃他的女人没有文化？是不是出去有两文钱就不要人家了呢？朱永亮吞吞吐吐欲言又止，说这不是一言两语说得清的事，以后说罢，说完要走。王艳说走什么走，好多年了才碰上，怎么说走就走。她对朱永亮说这里说话不方便，走，去馆子。

王艳对郑琼说："你陪他坐一会，我出去一下就回来。"郑琼本想让他们单独在一起叙叙旧的，不妨她却让自己留下，说快去快回。

王艳跑了好几家服装门市，她为他选了衣服、裤子、皮鞋，还有一根真皮的皮带。她知道朱永亮穿的尺寸，她不知道朱永亮在外面混得到底咋样，但现在看到的却是一副落魄的样子，看得她心疼。回到餐馆，王艳让他试衣服，朱永亮涨红着脸，说什么也不愿试。他说："你是看我混得不成样子羞辱我吗？人生大起大落，我还要出去打拼，总有一天会混出个样子来的。"王艳说："你混成啥样跟我有啥关系？你就是身家百万、千万，不过就是有钱罢了，我难道没钱吗？还不是过得不如人。"说罢红了眼圈。朱永亮从郑琼嘴里已经知道了她的事，他忙说："对不起，对不起，我不是那意思……"他说他心里难受，他是回来离婚的，老婆跟镇上的一个人好了，那人随时骑着摩托来他家，给她买吃的穿的，还给娃娃也买，全村人都知道了，就他一个人不知道，他这绿帽戴得冤枉呀。他在外吃苦受累，节衣缩食，想着攒钱修房子，房子还没修，人就出轨了。朱永亮挽起裤脚让她们看他脚上的伤疤，那是钢筋戳穿的，他说经常加班，整得人晕乎乎、虚飘飘的，从半空中掉下来，把腿肚包戳穿了。说着，他难过得哭了起来，一个大男人呜呜地哭，那种凄凉的伤心事让他情不自禁。王艳更不用说，她正在伤心，一放开哭就收不住闸，哭得气喘喘心疼，伤心欲绝，一时间，小小的餐馆呜呜之声不绝，气氛悲痛，让人心疼。

七

在王艳的坚持下，他们搭班车进了城。王艳说今天不准说有事，多少年了，我们终于见面了，多少年各有各的苦楚和快乐，各有各的伤痛和悲哀，人生苦短，聚少离多，为了我们曾经的过去，也为了以后的生活，我请你们去县城玩。

县城毕竟是县城，乡镇没有的它都有。王艳、郑琼到底多长时间没来县城了，可能是三四年，也可能是四五年，她们蜗居在村里，虽然憋闷，但谁也没想过去县城玩，她们每天有做不完的事、忙不完的活。朱永亮呢，到县城也只是转个车而已，哪有时间去逛县城呀。县城的变化实在是太大了，大得他们几乎认不出来了，过去狭窄、低矮、灰暗的房子被拆除了，一条条大街，街道宽敞，两边高楼林立，店铺一家接一家，行道树高大茂密，街上的人穿着时髦、打扮精致，连王艳看了都心生羡慕。他们逛了好几家大型商场，买了一些东西，王艳突然想去县二中看一看，她的学习生涯和青春期是在这里度过的，她和朱永亮的初恋是在这里发生的，那时懵懂，少不更事，一旦爱上，就一发不可收拾，爱得天昏地暗，爱得死去活来。她的成绩本来很好，但也迅速跌落下来，本来考大学是妥妥的，却因此而名落孙山。

在校园里，他们感慨万千。热闹的校园里，年轻而朝气蓬勃的学生，他俩自然一个都不认识，就连教过他们的老师也没见到一个，向一个中年教师打听了一下，基本已退休了。篮球场上，有许多学生在打篮球，他们跳跃腾挪，生龙活虎。王艳眼睛潮湿了，她仿佛看见了当年的朱永亮，那个身姿挺拔、俊朗健美的人，是当年的球队队长，是他深深吸引住了她，以至于每场球赛必到，眼珠不转地盯着他。现在的朱永亮，失魂落魄，面容猥琐，只是换上她为他买的全套服装，才依稀看到他当年的影子。

路过学校的小树林，她的脸倏地红了。当年这个小树林杂草丛生，茂密而幽深，在这里，她第一次和他拥抱、接吻，差点做了令人害羞的事……朱永亮呢，也想起了当年的事，他的脸涨红，心怦怦地跳，眼睛热辣辣地盯着她。郑琼是何等聪明的人，她看出了端倪，说："你们慢慢聊，我要去找厕所。"说完就走了。他们两人不由自主地朝小树林走去，在一处树林茂密的地方站住了，他们谁也没说话，就紧紧地拥抱在一起了，他们紧紧地拥抱着，喘着粗气，狂热地吻着。突然，朱永亮的手伸进了她的胸口，她心里一惊，脸色通红，正想顺势倒在他的怀中，但混沌的大脑中突然闪出一柄利剑，顷刻电闪雷鸣，暴雨倾盆。她立即哆嗦着冷静下来，使劲地推开他的手。她是个传统的女人，恪守妇道，男人外出这么多年，她一直独守空房，日子孤独、寂寞，许多个夜晚，她辗转反侧，烦躁莫名，但也没想做出轨的事，不料男人却辜负了她的忠诚和坚守。现在突然遇到朱永亮，点燃了她沉寂多年的爱情的火花。朱永亮和她一样也遭遇了爱人的背叛，都是天涯沦落人。她何尝不想趁势跳进这燃烧起来的爱情的火海里呢？只是这事来得太突然，她一时还没整理好思绪，她在狂躁、亢奋、突如其来的爱情中挣扎，亢奋和冷静、爱情和坚守，使她一时难以决断。

郑琼来了，见她神情迷离，脸色涨红，想着是发生了点什么事。郑琼说："你们再聊一会儿，我去前面转转。"说着要走，王艳说："你俩先走吧，我想再待一会儿。"郑琼心领神会，说我们慢慢走，你随后来。

王艳内心波澜起伏，思绪万千，她一会儿想算了吧，她不必为老公坚守了，是他辜负了她的忠诚、爱情，辜负了她多少个日日夜夜的孤独、寂寞，她犯不着为他再守下去了，她也要寻找自己的爱情，为自己活一次，她甚至想今晚就开房，要做敢爱敢恨的人，不要让爱和恨都憋在心里，让自己活得开心酣畅。但她觉得郑琼在总是不方便，尽管她们是无话不说的好朋友，尽管她们几乎是互相保密的闺密，但在心理上还是不自在的。

吃完饭，天气尚早，她说街也逛了，饭也吃了，天下没有不散的筵席，回了吧。郑琼说难得来一次，今晚去看场电影，就不回去了吧。朱永亮用期待的眼神看着她，眼光留恋又不舍，她说来日方长呢，后会有期哟……他们互相留了电话后，依依不舍离去。

八

回来后，王艳纠结在和不和朱永亮联系的事上。她内心十分矛盾，既渴望去见他，又怕见他，她知道只要见面，她就肯定控制不住自己，她一定会扑向他的怀里，干柴烈火，熊熊燃烧，到那时，就是燃成灰烬她也是心甘情愿的。但她又很纠结，男人出了轨，她也这样做，岂不是半斤八两吗？这么些年都守了，绝不能让自己沦陷。她要去他做工的城市找他，理直气壮地和他吵，苦口婆心地劝，声泪俱下地诉说对他的爱和忠诚。如果他回心转意了，她也可以原谅他犯的错，如果他死心塌地不愿悔改，那也无法，她会选择离婚，再开始新的生活。总之，守住自己，问心无愧……

在最近一次酒会中，她向姊妹们说了她的想法和打算，大家都支持她、理解她，认为去一趟是应该的。她请郑琼和她一起去，郑琼面有难色，说家里还有一大堆事呢，服侍老人，照顾孩子，地里的庄稼也该收了。淑芬说："你去你的，王艳有事，我们不能坐视不管，你家里的一切事情，我和姊妹们会帮你处理好的。"

王艳和郑琼在第二天就坐车外出了，她们这一去，结局如何，是她们也难以预料的。

等　死

一

　　母亲的病是医治不好的了，她执意要出院，拒绝所有的医疗，她说
这是治不好的病，与其在这里受罪，不如回去养着。大姐、二姐互相看
一眼，谁也不说话，她们看着我，我也不说话，病房里面一片沉寂。她
们知道，这是一个难以做出的决定。父亲死后，母亲就一直跟着大姐生
活，她是长女，但她下面还有我这个兄弟，在小城，重男轻女是很严重
的，她们希望我这个唯一的男孩率先表个态，可我虽然已有二十来岁
了，但还没结婚，家里的大事、小事都是姐姐们说了算。

　　母亲说："你们不要为难，这事是我决定的，你们是怕人家说你们
不孝顺，也不医治就把老人接出去了，怕人家说你们怕出钱，怕人家说
你们怕拖累。这事你们就不要犹豫了，这事跟你们无关，你们不接我回
去，我自己爬也要爬回去。"大姐望望二姐，二姐仍然不讲话，她们又
一齐望向我，我也不讲话。这是大事，母亲已经病入膏肓，她患的是肺
癌，这是致命的病，大城市的医院都医不好，更何况我们这偏远的小县
城。她脸色苍白，眼眶深陷，骨瘦如柴，疼痛使她整夜整夜地叫唤。她
是坚强的。她剿过匪，受过伤，腿骨打得露出来也没哼过，现在她却控

制不住自己。她跟我们说那些话时是这些天她最清醒的时候，疼痛似乎暂时减缓了点，脸色还有些泛红。

母亲在县里也算是级别高的干部，她又赶上了1950年前参加革命，我们这里是1950年解放的，她算是离休干部，医疗费是全报销的。县医院有个干部病房，在医院的东北角，干部病房只是一栋两层的小楼，门前有几棵大树，有个小花园，条件算是好的了。

大姐使了个眼色，我们心领神会，一个一个悄悄走出病房。在走廊里，大姐说："妈的话你们都听到了，说说意见吧。"二姐沉吟了一会儿，说："你的意见呢？"大姐说："我问你们呢，你们讲了我再综合综合。"二姐问我："小弟，你说说看？"二姐把球踢给我，我知道她们都怕担责，母亲的病是明摆着的，出去肯定死在家里，医院里没下出院通知，也不晓得是啥原因，医院其实是知道母亲是不行的了，我曾听见两个小护士在走道上嘀咕，说十三床怕是没得两天了。可是医生就是不准母亲出院，尽管母亲的医疗费高得惊人。

我说："母亲是离休老干部，这事恐怕得问一下有关部门。"大姐说："这不是白说吗？组织部、老干局，甚至县委，哪个会答复你，他们肯定说这事得听医院的。算了吧，这事还是我们自己决定，你们一个二个都小心翼翼地，说到底就是怕担责任。我先说我的意见，妈妈执意要出院，我看就从了她吧，我们这里的规矩都是要死在家里，谁愿意死在医院呢？别看她是老干部，她其实也是个普通妇女。"大姐发了话，二姐和我立即表了态，这事就定下来了。

二

回到家的第二天，把母亲安置好，我们商讨了轮流照顾母亲的事，谁知母亲又提出一个新要求，这个要求比出院的事更让我们为难，她说："你们送我到酒米乡你大舅家去吧，我要在那里等死。"大姐立即不高兴起来，说："你也太能折腾了，才出院回家，你又要去乡下，这是啥意思？人家说要死也死在家里，你倒好，要跑到别人家等死。"二姐对这事不再容忍，她说："我们对你哪里不好？不管你了吗？三个月了，我们三姐弟轮流服侍你，白天晚上没离开床前，为你端屎倒尿、端茶喂饭，累了趴在床边睡一下，我都瘦了二十斤，你还要咋办？小弟一个大小伙子，不是也守在你身边，片刻也没落下，他的女朋友遭不住这种折腾，离开他了，你还要怎么着。"母亲没有说话，她一脸惭愧，说："是我拖累你们了，谁叫我得了这种病？老天爷应该早点收我去，我是做了多少不该做的事？这是最后一次麻烦你们了，你们答应我吧，我求求你们了。"看着母亲可怜而又乞求的执拗眼神，大姐毫无商量地说："不行，这是我们三姐弟一致的决定，你必须执行。"我们知道母亲作为一个年轻时就参加革命的老干部，她一生都是在执行当中过来的，她奉行的是对于组织的要求，必须坚决执行，不能讨价还价，不能问为什么，不能发表意见，有意见有看法也必须坚决执行。母亲的脸僵了一下，本能地意识到执行的必要性，可是，也就一会儿，她说："你们不是组织，我不听，这次你们无论如何让我做一次主。"

僵持下去也不是办法，大姐又向我们使了一个眼色，我们心领神会，一会儿大家悄悄出来，大姐掩上母亲的房门，让我们坐在客厅的沙发上，她压低声音说："妈妈最听组织的，没有办法，只有去一趟组织部。"大家你看看我，我看看你，说谁去？二姐仍然是低头不讲话，大姐说老二，啥事你都不表态，都没自己的主见。二姐说："上面有你，下面有弟弟，你们做主。这事还是小弟去吧，他在县委上班，找领导容易些。"我知道二姐的小心眼，我们是没经过医院同意就把母亲接回来的，领导知道肯定要被批评。我说："行吧，我去。"大姐说："对，小弟是我们家唯一的男子汉，多担待些。"

上班时，我找到了组织部的秦部长，秦部长说："小江，找我有事？你妈妈的病咋样？好些了吗？"秦部长是母亲的老战友、老朋友，一直叫母亲刘大姐。我说："部长，你批评我吧，我们把她接回家了。"秦部长一脸不高兴，说："你们呀，咋这么不懂事呢？你妈是老革命，是老干部，凡事都要听组织的，医院同意了吗？组织上知道了吗？你们这些年轻人，一点也没有组织意识，擅自就将人接回去了，出了事谁负责？"秦部长从来没对我这么严厉过，我是他看着长大的孩子，和他女儿小耘是从小学到高中的同学，每次到他家，他都和颜悦色，总要找些糖果塞给我。

　　秦部长说："你找我就说这事？算了，出也出来了，改天我和老干局苏局长说，一起去看你妈妈，没事你走吧，我还要下乡。"说着起身拿包，我说："还有事呢，秦伯伯，请你尽快到我家一趟。"我把母亲的事跟秦部长说了，秦部长沉吟了一会儿，说："这是你们的意思，还是刘大姐的意思？"我说："我们咋可能做这种选择，她闹着要出来，我们也只能将就她，这也罢了，她又闹这一出，这咋行？她还有我们几个子女，将她送到乡下去，叫我们咋个做人？"秦部长说："这刘大姐，老了老了，咋这样执拗呢？她原来可不是这样，组织上咋安排她就咋做，从来都是坚决执行。她住院虽然是个人的事，但治疗和出院都要听组织的，这不仅是待遇，还是纪律。"我说："我大姐也说她必须服从我们的决定，但她就是不听。"秦部长说："你们是组织吗？你妈只听组织的，这点我清楚。"我要的正是这句话，我说："请部长代表组织去找她谈话，只有组织和你的话才起作用。"秦部长笑笑说，就是嘛。

　　当天下午秦部长和老干局的苏局长就来我家了，当然他们也是带了大包小包的礼品来的，一进门，秦部长直奔床前，说："大姐，你的病怎样了？都怪我，一天瞎忙，也没经常来看你。"母亲挣扎着要起来，秦部长忙扶着让她躺下。母亲说："不是才看过没多久吗？你们这样忙，就不要为我耽搁时间了。"秦部长说："再忙也要来，你是我们县的老革命了。大姐，我今天来要批评你了，听说是你执意要出院的，没经过医院同意，也没请示组织，这可不行呀，你是老领导了，咋能这样呢？"

母亲有些赧颜，说："这是我的主意，我知道自己活不长了，不想死在医院。"秦部长说："罢了罢了，我知道这是老风俗，你出也出来了，就在家里安心疗养吧，不要再固执你的想法了。"秦部长先发制人，想让母亲不提下乡的想法。母亲说："你都晓得了，肯定是他们去找过你了。也好，你是代表组织的，我向组织提个我一生从来没有提过，也是最后一次的请求，我想到乡下去等死。"秦部长说："这是啥话，在家不好吗？儿女都在眼前，哪有到乡下去……再说，我们还要随时来看你，了解你的情况。"母亲说："我一生没向组织提过什么要求，也从没违背过组织的意愿，什么都是无条件执行，我是快死的人了，你就随了我吧。"母亲乞怜而又执拗地望着秦部长，秦部长脸色严肃起来，说："春琴同志，你是老同志、老干部，你不能到乡下去……这事对你的子女影响不好，对组织影响也不好……"母亲有些急了，挣扎着要坐起来。秦部长扶着她："躺下，躺下，你什么也不要说了，这是组织的决定。"出乎秦部长和我们的意料，母亲惶惶而又艰难地说："秦部长，我服从了一生，这次我不服从，我都要死了，我必须服从自己一次。"说完母亲闭上眼睛，再也不讲话。秦部长愣了一下，又开始不断地劝说，不管怎么说，母亲不讲一句话，也不睁开眼睛。

三

酒米乡是母亲的出生地，她在这里读完小学，又到城里读中学。在学校里，她受到了作为地下党员的语文老师的影响，阅读了许多进步书籍，参加了进步活动，解放军进城时，她和同学们一起迎接解放军进城，成为积极分子。之后，成为军政干部学校的学员，经过一段时间的培训，她被分配到她的家乡酒米乡参加土改。酒米乡乡政府在一个狭长的坝子里，周围全是山，纵横上百里，这里山高林密、地形复杂、群山纵横、沟壑深邃，山区群众生活极度贫困，土匪成患。母亲家在酒米乡的乡场上，少有田产，父亲做点小生意，尚没有能力供她读完初中。母亲回到家，来不及多看一眼，就跟随工作队直接到山区去了，由于她出色的工作能力，又有参加学生运动的组织能力，她被任命为土改工作队的一名分队长。到了山区，她们立即开展活动，住在农民家中。山区农民的贫困是难以想象的，她住的那户农民家，一间破草房，屋里黑黢黢，啥家具都没有，只有几个歪向一边的烂草墩，一张烂桌子。墙角是个火塘，几块石头支着锅做饭吃。她住在楼上，楼板不是木板铺的，是用细竹枝搭的，走在上面咯吱咯吱响。没有床，铺些茅草人钻进去就睡。她虽然出生在农村，但这种景象也超出了她的想象。

好歹她是带了被褥的，将被褥铺在茅草堆上，走了一天的山路实在太累了，倒下就睡。谁知一会儿她就被虱子咬得睡不着了，不知有多少虱子叮在她身上，全身到处都痒，手一抓就抓到几个胖嘟嘟的虱子，她两只手同时抓，抓了这里那里咬，抓了那里这里咬，咬得她心烦意乱鬼火冒。她使劲抓，抓得她一身是血痕，好些地方甚至抓出血，她再也睡不着，只得起身摸黑爬下楼来，好在山区的火塘是昼夜不熄的，为了保持火种，每户人家的火塘里都有一个硕大的树根，要用火时，扒一扒柴灰，一吹，火就燃了。刚燃着火，就听到门外有急促的敲门声。她警觉地问："谁？你是什么人？"门外传来一个姑娘带着哭腔的声音："刘姐，是我，小芳。"认准声音，是工作队的赵芳。小芳说："我被咬得实在睡不着，起来，看见你的门缝有光，就过来了。"赵芳参加工作队时还是学生，年龄小，没有吃过苦，虽然集训时也讲了山区的艰苦，但她完全没想到是这样的。

睡不着，她们索性就不睡，母亲问她睡觉时是不是把衣服脱了捋起来吊在房梁上的？她是捋起来的，要不然衣服也没法穿了。下乡时老队员们教了她们一招，必须把衣服在睡觉时捋成一束吊在房梁上，否则第二天所有衣服爬满虱子，捉都捉不尽的。母亲说："小芳，条件这样艰苦，你后悔吗？"赵芳说："不后悔，姐，我憎恨剥削阶级，憎恨万恶的旧社会，我向往光明，想在土改中好好锻炼，成为一名进步青年。"母亲说："你要有思想准备，土改工作不光艰苦，而且危险。这里盘踞着几股土匪，前段时间解放军来剿过匪，虽然消灭了土匪的主力，但这里山高林密，还是跑了不少土匪，我们处处要小心，防止土匪的袭击。"赵芳说："姐，咋个不给我们发枪呢？我好想有一支枪，遇到土匪，也可以跟他们拼个你死我活。"母亲说："现在枪支少，我们是女同志，又没经过训练，上面为了我们的安全，还派了两个武装干事来保护我们。"正说着，门外响起了几声枪响，紧接着有急促的脚步声从村里跑过，有人喊各位队员不准出门，各自待在屋里。村外接着又响起了一阵枪声，枪声越来越远，直到消失。

第二天清早，工作队员集中在村里一间空房里开会，队长说："大家听到晚上的枪声了吧？昨晚有几个土匪来偷袭我们，他们知道我们来搞土改不甘心，来骚扰我们，幸亏被我们值班的同志发现了，将他们打跑了。离这里十几里的骡马寨最高的那座山上，是大土匪独眼龙的老巢，他是这里的大土匪、大地主、大恶霸，这人残忍狡诈，杀人如麻，前段时间解放军将他的主力歼灭了，但还有几十人跑了。他们盘踞在骡马山上，那里有个巨大的山洞，山洞在悬崖绝壁上，易守难攻。部队一时还没有能力攻下它。他们守在洞里，藏的粮食是有限的，估计会下乡抢粮食，所以我们必须格外小心。"

经过研究，工作队决定把所有队员集中起来住在一起。村头有座三层高的石头碉堡，这就是大土匪、大地主独眼龙修的，它在土匪占据了骡马寨后就废弃了。工作队把女队员分在碉堡的三楼，男队员住一楼。碉堡是石头砌的，两尺多厚，很坚固，每层都有枪口，大门有两寸厚，易守难攻。母亲和女队员负责打扫卫生，里面的灰尘有寸把厚，还有不少石块、瓦砾、腐烂的猫、僵硬的蛇，小芳吓得尖叫，但她们觉得新鲜，很兴奋。她们从来没住过碉堡，想象着土匪进攻的样子，她们毫不畏惧。碉堡打扫干净了，她们还抬来清水把楼板擦得干干净净，好在上面打地铺。小芳还在小河边掐来几朵野花，插在队长扔掉的酒瓶里，她兴奋地把花放在碉楼的枪口上，母亲见状，厉声说："把花拿下来。你是想给土匪暴露目标吗？"小芳见母亲这么严厉，委屈地说："这咋啦？不要制造紧张空气，土匪这就会来？"母亲说："你呀，咋这样没防范意识，土匪说来就来，打仗是要死人的，这阵子你还有心思摘花插花，真是小资思想。"小芳不敢再讲啥了，把花拿过来，母亲说："扔掉，不要再贪恋你的花了，随时做好战斗准备。"小芳还是不舍得扔，说："我放在床头总可以吧，又不妨碍啥。"

白天，他们依然被分配到农民家中做工作，这里地处深山，农民深受土匪、地主的欺压，胆子很小，很怕事，他们对外面的形势一无所知，只相信眼前看到的。他们怕工作队走了之后，土匪和地主反扑过来，他们就完了。母亲带着小芳到她住过的那家，路上母亲说："我们要用实际行动感动他们，让他们相信政府是真心实意帮助他们，帮他们分田分地，分地主的浮财，还要帮助他们建立自己的政权，成为真正的主人。我们要从小事做起，让他们相信我们，信任我们。"

山区农村不仅贫穷，卫生还十分恶劣。家家门口一口烂泥塘，里面是牛屎、马粪、人粪，他们用来做肥料的，还没进门，蚊蝇扑面，臭气熏天，屋里也是一塌糊涂。母亲说："我们帮他家把粪便铲了送到地里去，然后建议把坑填了，这样卫生也好一点。"房主一家下地去了，她们找来粪箕、木桶，两人开始挖，开始挑。母亲在家里是干过农活的，这点活她不在乎。可小芳就不同了，她从小没干过重活，挑半箕粪土累得歪歪倒倒，才挑几挑肩头就破了，疼得她龇牙咧嘴。母亲心疼她，说慢慢来，慢慢来。肩头破了，过几天就好了，慢慢锻炼就好了。母亲说："你来挖，我挑。"小芳倔强地说不行，这样啥时才挑完。她又挑了一挑，依然疼得丝丝吐气，她赌气地说："你疼，你疼，我就不怕你疼，看你还能咋样。"母亲停下手里的活，把外衣脱下，垫在她的肩上，这样虽然好点了，但仍是火辣辣地疼。小芳把母亲的衣服还给她，说：

"我今天豁出去了,看它还要咋个疼。"母亲心里既疼痛又感动,这小姑娘好样的,是个好苗子。

房主回来了,见她们在挖门口的粪坑,很意外,也很感动,说:"咋能让工作队的同志做这又脏又累的活呢?快歇着,快歇着,我煮饭给你们吃。"母亲爽快地说:"好呀,今天我们就在你家吃饭了。"小芳说:"我们不是要回去开伙吗?"母亲知道她嫌这家太脏,苍蝇铺天盖地,她看见一个剩洋芋上黑压压站满一层苍蝇,怎么吃得下这饭。母亲悄悄说:"我们要和群众同吃同住同劳动,虽然土匪活动猖獗,我们集中住在碉楼,但我们还是要尽量和群众一起,尽快融入他们。"

母亲对着房主说:"大哥,我们回去向队里讲一声,马上回来。"房主说:"快去快回呀,千万莫食言。"回到碉楼,称了粮,她们就匆匆回去了。房主见她们回来了,高兴坏了,忙招呼她们坐。一只鸡跑到草墩上,屙了一泡屎,还冒着热气,房主伸手把鸡屎扫在地上,顺手在衣襟上擦了擦,就要去做饭。小芳看了差点吐出来,母亲也是一阵心烦。小芳跑出去,她怕忍不住吐在屋里。房主问她哪里不舒服,他要找点草药煨给小芳吃。母亲说:"别管她,她感冒了,已经吃过药了,大哥你去忙你的。"房主识趣,说:"我去把门口的粪挑完。"接着叫他的女人出去。小芳打扫卫生,母亲煮饭,屋内也没有多少家具,就是脏,似乎从来不打理。小芳向地上泼了水,地上尽是草屑、菜叶、鸡屎、鸭粪,扫了满满的几大撮箕。地上一下就宽敞亮堂了。昨天小芳问母亲山区的农民为什么这么脏呢?他们的穷是超出她的想象的,脏也是超出她的想象的。母亲说:"山区地瘠民贫,不光是地主,还有土匪,有一颗粮食都被他们抢光了,农民能不穷吗?光是独眼龙的土匪队伍多的时候就几百人,他们不仅在坝区抢,还在山区抢,老百姓太可怜了,养只鸡或鸭都要藏好,土匪是一样不留的,他们脏也是生存条件太糟糕了,饭都吃不饱,你看他们上顿是煮洋芋吃,下顿是烧洋芋吃,连皮都不削,这种条件还讲啥卫生呀。"小芳说:"主要是习惯问题,再穷也不缺水呀。"母亲说："是的，你看，村子里没有一个识字的人，谈不上教育。"小芳说："大姐，土改结束后我们办个学校，我来这里教书。"母亲说："这里条件艰苦得很呀，你吃得了苦吗？"小芳说："吃得了，我是参加过土改的，这点苦都吃不了，还叫什么工作队员。"

饭做好了，有大米饭，有清水煮白菜，还有炒洋芋丝。房主的娃娃清口水直淌，他们嘴里含着煮洋芋，眼睛直勾勾地盯着白米饭和菜，他们多少日子没吃过大米饭了，连大米饭啥味都忘了。母亲忙舀了饭递给他们，他们连嚼也来不及嚼，几口就吞下去了。母亲说："慢慢吃，慢慢吃，别噎着。"房主人说："饿死鬼投生的，你们吃了嬢嬢们吃啥。"饭是不多的，真不够娃娃吃。母亲说："没关系，我们吃洋芋，我俩都爱吃洋芋哩。"房主叹了口气："唉，这日子是无法过了，去年的粮食交地主家后剩得不多了，现在土匪又隔三岔五来，有只鸡或鸭都要藏好。同志，我看你们没有多少人，不怕独眼龙吗？"母亲知道他是担心土匪，土匪不消灭，老百姓是不放心的。母亲说："我们的部队最近集中在邻县剿匪，很快就会过来把独眼龙的残匪剿灭掉，老乡，你放心。"

四

形势变得危急起来，被困在骡马寨的土匪开始四处活动，他们的主力虽被剿灭，但还有几十人。这些人在山洞里要吃要喝，一天抢不到粮食就要饿肚皮。他们不敢集中活动，分散成三五个人一组，四处抢劫。工作队在这个村的时候他们都来过几次了，他们看是不是能抢点东西，最主要的，是独眼龙的老家在这个村，村西头有他的庄园，他还有个粮仓在这里，他们饿得快撑不住了，没有粮食，他们都要饿死了。

工作队召开会议，分析了当前的状况。队长说："目前的形势很危险，我们的人数很少，如果独眼龙来攻打，我们肯定是不行的，我们工作队年轻人多，都没有战斗经验，配的枪支又少。连我在内也就只有三四支枪，我们的主力部队又在邻县剿匪，一时回不来的，我们讨论一下到底怎么办？"一个分队长说这事得请示县委，看是否同意我们撤。队长说这里没有通信，我们要请示只能派人去，这里山高、林密、路途艰险，来去一趟起码要五天，如果这几天没事儿就好了。队长忧心忡忡地说，但看土匪的样子，他们怕是等不得了，估计很快就会回来。那些年轻的工作队员慷慨激昂，甚至很兴奋的样子，他们热血沸腾，渴望战斗，渴望在战斗中成长。小芳说："我们不愿撤，土匪多怕什么，我们有碉堡，和他们血战到底。"母亲想这些年轻人多不知道后果的严重性，她是在其他区搞过土改的，之间还换了两个乡，她都遭遇过土匪，知道土匪和恶霸地主的凶残，这次来，她是老同志了，让她当了分队长。母亲说："你们的战斗热情值得肯定，但是你们应该知道土匪的残忍，这个独眼龙是远近闻名的恶棍，我们的人被他抓到后，有的被活活剐死，有的被剖了胸腔，挖出心肝炒了吃，女同志更惨……"年轻的工作队员是听说过这些的。他们是进步青年，头脑里不仅充满英雄主义，还很狂热，他们幻想着和土匪战斗的这么一天，如果英勇无畏惨死在土匪手里，就可以成为光荣的烈士。他们说不撤不撤，我还没见过土匪呢，能和他们打一仗是难得的机会，否则土匪被解放军剿完了，我们连人都没见过，白来了。有的说我们有碉堡，武器虽然少，但我们多拾些石头堆在碉堡里，土匪来了狠狠地砸死他们。有的说如果我被土匪捉住了，我一定不愿活着回来，我要咬要打，弄死一个算一个。听着他们的话，队长和母亲他们感到欣慰，年轻人追求进步，不怕艰险，不怕牺牲，但他们仅凭一腔热忱，不知道斗争的艰险，不知道土匪的残酷，更不知道生命的珍贵。

队长说散会，这事儿只能听听意见，在会上是难以决断的。队长留下他们三个分队长，说："开个小会吧，撤还是不撤，我们讨论一下。"一个分队长说："不撤，形势是明摆着的，土匪肯定会在近期攻打我们，他们没有粮食了，狗急跳墙，为了吃的他们很快就会来，独眼龙的目标主要是打我们，这里有他藏的粮食。但撤不撤是件大事，没有县委的指示，我们悄悄撤了就是犯了大错，会动摇整个土改工作的部署，如果其他工作队也像我们撤了，这里就成了土匪占领地，我们如何向上级交代。"队长说："不撤咋办，那是要造成重大伤亡的。我们队里的年轻人多，没有战斗经验，加之武器又少，伤亡是可想而知的。"一时沉默，大家都陷入沉思之中，队长问母亲："小刘，你的意见呢？"母亲缓缓地讲起来："我认真思考过，撤和不撤难以决断，但我还是主张撤，队里这么多年轻人，牺牲了或是受伤了，实在是可怜，他们都是十八九岁的人，我们忍心看着他们死于土匪之手吗？他们都是还没绽放的花朵，没有恋爱，没有子女就凋谢了，可惜呀。至于上面追究我们没有得到通知就撤的责任，我愿意最先接受处分。"队长说："先处分的是我，肯定也是最重的，怎么会是你呢？"母亲说："大家不要犹豫了，这些年轻的生命都掌握在我们手里，我虽然比他们大，但我也爱惜生命，如果要留下，我愿意留下，让他们走吧。"队长说："这怎么行，几天的路程他们肯定要受到土匪的袭击，我们枪支少，又不能全给他们，这样更危险。"队长说："这事还是发扬民主，举手表决吧。"这事本应由队长来决定的，他突然要求发扬民主，队长的心思大家都知道，表决就表决吧，看看结果咋样。

表决的结果是三比一，只有母亲不同意坚守。母亲心中很失落，也很难过，她知道这个结果是意味着重大的牺牲，他们谁也不愿意负责任。母亲再一次说："我还是坚持撤，有问题我承担。"队长说："这事就这样了，我们已通过民主抉择，个人服从组织，你的意见可以保留。"母亲难过地低下头，当听到队长说服从组织决定时，她就知道事情不可能反转，而且，服从组织是他们参加革命以来受到最严厉的要求，不仅是行动上服从，思想上也必须坚决服从。队长有些不放心，说："小刘同志，对这个决定你服不服从呢？"母亲说："服从……"

果然如他们分析的，骡马寨的土匪粮食全盘告竭，几十个土匪每天要吃多少粮食？光靠他们派出去的小股土匪已经抢不到多少粮食，土匪们饿得嗷嗷直叫，甚至出现偷偷跑了的。独眼龙见势不妙，决定攻打他的老巢，那里的粮仓，够他们吃上很长一段时间。

土匪倾巢出动，他们人多势众，枪支弹药充足，攻打工作队是没有问题的。

半夜时分，工作队员被碉楼外的枪声惊醒。他们从碉楼的枪口孔里看到外面火光熊熊，到处是晃动的火把。土匪们把碉楼包围了，他们朝碉楼里疯狂射击，另一队人马朝粮仓方向涌去。碉楼里骚动起来，队员们纷纷穿好衣服，他们有的拿起木棍，有的往楼梯口堆放石块，有的兴奋，不知深浅地朝枪口那里凑。队长大声叫："离开枪口，离开枪口。"他和有枪的三人占据了几个枪口，他们朝外放枪，但外面的火力甚猛，很快压制住他们，他们朝外打枪基本上是没有目标的。外面的火力根本容不得他们观察，他们的射击是无效的。土匪知道了他们的实力，打了一阵就不打了，土匪头子指挥土匪朝碉门移去，他们知道碉楼是坚固的，这曾经是他们自己的碉堡，碉门有三寸厚，坚固无比，土匪们对着碉门用枪打又用石头砸，队长趁空找了个位置把枪斜着，"砰"地打死一个土匪。土匪们马上又集中火力朝枪口射杀，队长忙缩回身子，外面的土匪加大了攻势，他们喊："快投降吧，你们那几杆枪没啥作用，打开门，优待你们。"

门太厚，打了一阵没有啥作用。土匪头子做了调整，让一部分去加大火力，压制住碉楼里面，猛烈的火力打得楼内没有还手之力，他们又找来一根又粗又长的树干，几十个土匪抬着大树干朝碉楼的门猛烈撞击。楼里骚动起来，他们知道碉楼的门很快就会被撞开。这个时候，有的人开始害怕了，他们知道土匪攻上来自己会死得很惨，他们不怕死，就怕死不了。如果被俘虏了，他们会受尽难以想象的凌辱和折磨，土匪会以各种残酷刑罚让人生不如死。有的人嘤嘤地哭了，她们也不知道为什么连自己也哭了，这是人的本能。有人说哭什么哭，平时不是勇敢得很，这时咋就尿了。那人说："谁哭了？你看见谁哭了？"队长说："女队员往三楼上撤，男队员留下，我和有枪的守在二楼，其他的人拿起石块和他们拼。"队长声音嘶哑，眼睛血红，他知道今天的结局会是什么，他是抱定最先牺牲的准备，但他内心的悲愤是难以自抑的，同时他还很自责，明明知道今天的结果他却不敢做出撤走的决定，还要搞民主表决，这下好了，没有任何退路了，可面临的是全军覆没。队长痛悔地摇头，两行眼泪从眼眶里流出。

母亲坚决不愿撤到三楼，她知道自己也没有多大作用，但多一个人总要好些。队长怒吼："快走，你别留在这里。"母亲说："他们撤就可以了，我虽然是女的，但我是分队长，要死我也应该先死。"队长说："不要废话，我命令你，马上撤，这是组织的决定。"母亲无奈地走了，她转过身说："同志们坚持住，我们做你们的后盾，要活一起活，要死一起死。"女队员们激昂不已，高喊："要活一起活，要死一起死。"

门很快就被撞开了，土匪们蜂拥而入，他们叫喊着，疯狂地朝楼上开枪，队长和几个有枪的队员朝下面射击，打死了几个土匪，楼梯被撤了。土匪一时上不来，队员们朝下面拼命砸石块，前面的土匪被砸得嗷嗷直叫，接着又倒下好几个。土匪头子愤怒极了，说："调几支机枪来，我就不信打不死这些王八蛋。"机枪来了，机枪的火力真够猛，立即将楼梯口封锁住。土匪们迭起人墙，朝上面攻，工作队的队员在上面用木棍砸下几个，无奈土匪人太多，终究被他们攻上来了。一阵短暂的搏斗后工作队员被俘虏了，土匪又开始朝三楼冲击。女队员们奋力反击，拼命朝下砸石块，好几个土匪被砸得头破血流，倒在地上。土匪们愤怒了，对着楼梯口又是一阵疯狂的扫射，他们用同样的办法人叠人朝上面爬。母亲大喊："同志们，拼死也不能落在他们手里，落在他们手里我们要遭受残酷的凌辱呀。"小芳说："我宁肯死也不让土匪凌辱。"土匪攻上楼来一片混乱，女工作队员用棍棒、石块和他们拼命，用嘴咬，用脚踢，但很快就被土匪制服了。

五

母亲躺在酒米乡乡场的街上。这是一条很热闹的乡街子，乡场坝区和山区接合，过去著名的丝绸之路也从这里经过，现在又是国道必经地。乡场商贸繁荣，店铺一家接一家，赶场天尤其热闹，人山人海，川流不息。舅舅家正在乡场的中段，他家有五间当街的房屋，出租了三间，其余两间留下自己住。

母亲执意要下来住，我们这里的习俗叫作等死，等死应该是在自己家老屋里或在子女家，也是叫叶落归根吧。但她为啥不惜违抗组织的意见，非要到她的出生地，也就是舅舅家等死呢？我们的外公外婆早已不在，她从很早就离家参加革命，和舅舅家也没多少联系。我们觉得这事有些蹊跷，也有些神秘，她要在那里等待什么呢？她在垂危之际有些什么放不下的事？如果是家庭和儿女的事，她就没必要非要下乡去，她也不是想念出生之地。她每年都下乡，离休之前经常下，离休之后也每年来，在舅舅家住上一天两天。

下乡之后，母亲的举动让人奇怪。舅舅家腾了一间房让她住，临街的一面是可以拆卸的木板，为了方便做生意。她本来病得很重，需要安静，可她偏偏叫人将木板卸下，睡在床上就可以把街上的一切看得清清楚楚。但卸了木板，街上的嘈杂声蜂拥而来，屋里和屋外几乎没有多大差别，外面的人对里面也一目了然，这怎么能养病呢？我们三姐弟轮流劝说母亲，舅舅一家人也不断劝说，但母亲态度坚决，她说必须拆，我要看看街景，我要看看这些过往的人……

我们只得听母亲的，晚上将木板装上，早上又卸下，我们在屋里吃饭，在屋里伺候她，请了卫生所的医生为她输液，这一切像在舞台上一样，过往的人都往里面看，弄得我们很不自在。母亲却很坦然，她让我们把枕头垫得高高的，更方便她看到外面。她对乡场上的一切都感兴趣，看背着菜、吆着猪、牵着小孩的妇女，看蹲在对面街檐下围在一起喝转转酒的乡民，听他们猜拳行令的声音。有人在门口摆起箩筐卖蔬菜、山货，舅舅要将他们赶走，她说让他们卖吧，我不怕吵。我们想母亲是不是太孤寂了，她想接近她熟悉而又缺少的乡村生活，她在缅怀已逝去的童年的乡村生活，抑或是在寻找什么……

说来真是奇怪，医生判断母亲很快就不行了，我们接她回来已经是奄奄一息、命悬一线。可是下乡来她的精神反而变好了，原来只能吃流食、肉饼、炖烂的肉，那天她竟然说想吃凉粉。酒米乡的凉粉是很出名的，是用金黄色的豌豆作原料，用街上的一口古井的水煮的，同样的办法在其他地方就做不出来。这里的凉粉筋骨很好，切几尺长甩也甩不断，各种佐料齐全，凉爽可口。拗不过母亲，我们去街上母亲指定的赵凉粉家买了一碗，再用小瓷碟分了，我们不敢让她吃多了，就是小小的一碟，母亲吃完，说真好吃，还是以前的味道。她还想吃，我们断然不肯，她咂巴着嘴很遗憾地躺下去了。

过了几天，她的病情似乎没有发展，看不见死亡的影子，我们很高兴，但也跟她熬不起，我们商量一下，几姐弟轮流下乡来陪她，每家都有不少事，二姐家娃娃小，每天还要接送，这样，没有轮到的就回去了。

六

经过短暂激烈的战斗，土匪攻下了碉堡，碉堡里包括队长在内的男工作队员全部死了，他们当中当时没有死的，也被土匪头子下令当场枪杀了，烈士们的遗体在碉堡楼下摆成了长长的一排。女队员们除被射杀的两名队员，其余四名全部被俘，土匪们狞笑着说带上山去，带上山去，多久都没见过女人啦……

庄园里烈火熊熊，土匪们打开仓门将粮食悉数运走，临走前独眼龙在院子里走了一圈，在他客厅的太师椅上坐了一会儿，又到他象牙玉雕的床上躺了一会儿，无限留恋、无限不舍地爬起来，满脸惆怅，然后大步走了出来。走到大门口，他回过头又看了看庄园，然后，无比决绝地喊："烧，放火烧，一点东西都不留给'共匪'。"独眼龙知道自己作恶多端，共产党绝不会饶过他，能活一天是一天。土匪们举着火把四处放火，不一会儿，庄园里浓烟滚滚，烈焰冲天，把天空照得通红。

土匪攻陷黑石凹的消息很快传到县里，是母亲她们曾经帮助过的那户农民传递的，他亲眼看到摆在碉楼下的一长排工作队员的遗体，也亲眼见到土匪攻碉楼、运粮食的过程。这位朴实的农民心情无比沉重，他冒着风险，连夜赶到县城，向县里的领导讲了事情经过。

县委书记无比震惊，这是大规模剿匪后规模最大，最凶残、最血腥的一次土匪袭击、屠杀土改工作队的事件。县委书记立即向驻军做了汇报，驻军首长也很震惊，骒马寨的这股残匪当时已被剿灭得差不多了，除了匪首独眼龙和他随身的十几个土匪逃窜外，其余都剿灭完了，谁想他又收罗了各地流窜的散匪，组织了几十人的土匪武装。驻军首长气得猛拍桌子，随即拨通了在邻县剿匪部队的电话，即令他们马上回来，全力剿灭骒马寨土匪。

母亲第一次见到这么巨大幽深的山洞。山洞在骒马寨主峰的中间，上面林木茂盛、藤蔓纠缠，下面悬崖壁立，雾岚蒸腾。这座匪巢有两层，土匪们用木头隔了不少房间，大厅里燃烧着熊熊大火，既是照明，也是取暖。山洞里还有石头垒成的厨房、餐厅。

那晚，土匪们举行了盛大的庆功宴，他们已经饿了一段时间，现在有这么多的粮食和食物，够他们吃一段时间了。独眼龙很高兴，他说要好好地举办个宴会，这段时间困在山上，把人都饿得半死不活，老子把自己的家产都舍出来了，把碉堡里的工作队消灭了，还有这么多粮食物资，够老子们快活一阵子。今晚把酒瓮搬出来，把猪宰起，好好庆祝庆祝。

他们不知道在邻县剿匪的部队没有返回县城，就直接抄近路杀向骡马寨。部队在当地向导的带领下，翻山越岭，急速行军……

土匪们大碗喝酒，大块吃肉，猜拳行令，好不快活。独眼龙坐在长桌中间，豪气十足，一只脚踩在凳子上，高声喊："弟兄们喝，痛快地喝，不醉不休。"土匪们高喊："喝，放开喝，喝死算球。"独眼龙身边的弟兄们不断地向司令敬酒，他的副司令说："司令我敬你，多亏你做出决断，如果不打清风寨，我们就要被困在山上，饿死在山上，你是大义当前，自己抢自己呀，你不仅抢了自己的粮食，还放火烧了自己的庄园，壮士断腕，可钦可敬呀……"独眼龙说："不抢粮食，弟兄们就要饿死，烧了庄园，断了自己退路，我发誓和弟兄们患难与共，生死与共，要活一起活，要死一起死，绝不拉稀摆带。"土匪们大呼："要活一起活，要死一起死，绝不拉稀摆带。"独眼龙把满满一碗酒一口干了，接着他手下的参谋、队长之类的人纷纷前来敬酒，独眼龙来者不拒，真不愧是土匪头子，豪气十足，酒量惊人。

土匪们狂呼乱叫，好似山呼海啸，喝得十分尽兴，有的土匪喝得忘形，说把那几个娘们放出来，让老子们快活快活。有的说那几个小娘们光油水滑，细皮嫩肉，一捏一把水，好货呀，好货。他们嚷嚷着要把她们放出来，副司令一脸铁青，他把手里的酒碗狠狠一摔，说："放肆，谁敢动。"说着又掏出枪来朝岩洞顶上开了几枪，那几个要去放土改工作队队员的土匪吓得瘫在原地。副司令说："司令在上，哪个龟儿敢动。你们这些狗日的真是吃了豹子胆，敢在太岁头上动土。"喝醉了酒的土匪小声嘟囔："啥子好的都是你们享受，老子们连口汤都没得喝。"副司令说："你再说一遍，老子毙了你。"独眼龙说："算了，算了，龟儿喝醉了，不与他计较。"

一个年轻的土匪打开门来给母亲她们送饭，这个土匪穿着蓝色的咔叽布的学生装，脚穿皮鞋，皮鞋上蒙满厚厚的灰尘，这身打扮在土匪窝里显得很另类。他个子瘦高细弱，脸庞白皙，剪着学生头，虽然头发已是乱蓬蓬的，但仍掩盖不了他文质彬彬的形象。母亲诧异，在这群凶狠残暴的土匪中，怎么会有这么一个人呢？他和土匪的做派是格格不入的，他细声细语地说："快吃饭吧，他们派我来给你们送饭。"几个姑娘说不吃，坚决不吃，饿死也不吃土匪的东西，我们决不活着出去。这个年轻的土匪说："快吃吧，饿死就不划算了，活着才有希望。"母亲问他："小兄弟，你是怎么加入他们的？"他说："我哪会加入他们？几个多月前放暑假，我从昆明回老家，途经这里被他们拦路抢劫，见我没啥值钱的东西，也就是些衣物和书籍，打了我一顿，准备放我走，谁知一个年老独眼的土匪头子说：'等等，我这里缺少识文断字的人，留下给我当文书。'就这样，我就被留在这里了。"母亲问："小兄弟，你甘心留在这里吗？"小伙说："我咋甘心呢？这些土匪杀人放火，无恶不作，看见他们杀人如麻，我一晚尽做噩梦。"母亲说："他们让你杀过人吗？"他说："没有，独眼司令只让我书写文书，留守山洞，除了山洞附近我还没走远过。"母亲说："小兄弟，外面的形势你也是清楚的，这帮土匪要不了多久就要被歼灭了，你为自己想过吗？"小伙难过地说："我能咋办？逃是逃不出去的，只能听天由命了。"母亲说："你能给我们些帮助，到时候我会为你作证明的。"小伙说："能做的，我一定不会推辞。"

母亲知道独眼龙酒足饭饱后要侮辱她们，就说："你想办法把他灌醉，尽量拖延时间。"小伙说："他已经很醉了，但还是闹着要来捉你们。"母亲说："我这里有一瓶安眠药，我长期失眠，你想办法让他喝下去，让他今晚睡过去。"

小伙出去，土匪们还在撒泼狂欢，一个土匪说咋去恁长时间，是不是和她们缠上啦？小伙说："我咋敢，这是司令的专利，我那样做不是找死吗？"土匪猥亵地说："我不管，先玩了再说，砍掉脑袋也落得做个风流鬼。"独眼龙说："你在那里干啥子？她们吃了吗？"小伙说："她们不吃，我劝了半天才开始吃。"独眼龙说："走走走，上去上去，今晚要好好开开洋荤。"小伙说:"她们才开始吃呢,等她们吃完再去不迟。"小伙去端了一碗酒,偷偷把安眠药粉倒在酒里,便说:"司令今晚太高兴了,你带领大家打垮工作队,又抢回了这么多粮食,还俘虏了几个漂亮的女工作队队员,司令指挥有方,洪福齐天,我敬你一杯。"独眼龙说:"我,我,不能喝了,酒喝得太多,太多了。"小伙说:"司令,感谢你不杀之恩,让我留在山上,我一定竭诚为司令效力,永远追随司令。"独眼龙哈哈大笑:"好,好……跟着我干,干,让你吃香……香的,喝辣……辣的……""司令,干了吧,我敬您。"小伙学土匪的样,把酒杯举过头顶,单膝跪地。独眼龙说:"好,好,干……干。"说完一口干了。独眼龙喝完把酒碗一摔,踉跄着说:"走,走……见她们去……"小伙扶住他,说:"你休息一会儿,等她们吃完饭才好行事。"将独眼龙扶了坐下,又去端了碗热茶:"司令,喝茶,解解酒。"

独眼龙本来就喝了很多酒,又喝了这碗放有安眠药的酒,坐在他的龙头椅上立即呼呼大睡。小伙说:"快,快扶司令去睡觉。"独眼龙抬起手臂:"我,我不睡,快扶我去……"话没说完,手臂就软软地耷拉了下去。

七

第二天凌晨,剿匪部队以最快的速度急行军赶到骒马寨,一队人马在山脚支起榴弹炮和机关枪朝半山腰的山洞猛烈轰炸。土匪从睡梦中醒来,乱作一团地开始反击。经过激烈的战斗,土匪窝终于被攻下,洞里的土匪顽强抵抗,但终究不是对手,他们死的死、伤的伤,土匪司令独眼龙被活活打死在床上。那个被土匪捉到山上的小伙冲出被俘虏的土匪群,高喊:"我不是土匪,我是被他们抢到山上的学生,我带你们去救那几个工作队队员。"

母亲她们获救了,大家喜极而泣,紧紧地抱住解放军战士不愿松手。这次剿匪，全歼了独眼龙的土匪队伍，独眼龙被打死，活捉了包括副司令在内的二十一名土匪。解放军也付出了代价，土匪占据险要的山洞，负隅顽抗，我军也伤亡了十几名官兵，其中有个南下的营长，经过多少次凶险的战斗都没负过伤，这次却死在了土匪手中。

部队和县委的领导非常愤怒，经过一年左右的时间，解放军已经剿灭十个县的大股土匪，想不到已经被打残的重新纠结的土匪，却血洗了清风寨的工作队，杀死二十一名工作队队员，俘虏了六名工作队女队员，抢劫了大量粮食和物资，在剿灭过程中，又伤亡了部队十几名战士和一名身经百战的营长。

回到县城，母亲她们几人被安排在县委招待所休息，她们死里逃生，百感交集。虽然放假了，但她们哪里也不愿去，坐在招待所里默默流泪。她们想起牺牲的队长和战友们，想起队长和战友们对她们的关心、呵护，想起一起工作时的点点滴滴，一切都仿佛是在昨天。他们都是年轻人呀，就是队长也才二十七八岁，其他的和她们一样都是十八九岁的年轻人，他们连恋爱都没谈过，就像含苞的花蕾一样被冰雹摧毁了。

县里召开了隆重的追悼会，烈士们的棺木被整整齐齐地摆成一排，县里的党政机关、社会团体、学生、商人、市民送的花圈摆满会场。她们被安排去照顾烈士家属，母亲负责去照顾队长的母亲，老人家一夜之间头发全白了，这是个六十岁不到的老人，她们曾经去队长家玩时见过，她是个和善、慈祥、勤劳的人，她只有这么一个儿子，这次却牺牲了。她哭得昏天黑地，万分悲怆，双手狠劲地拍打棺木，用头撞击棺木，碰得满头鲜血。母亲用尽全力拉她、劝她，甚至蹲在棺木前让她撞自己，她也早已哭得满眼通红，泪流不止。母亲对土匪的痛恨刻入骨髓，恨不得把土匪一刀一刀地剐掉。小芳甚至哭得晕倒在地，让人扶了下去。

驻军首长和县里的领导召开会议，审核土匪的罪行和处罚事宜，他们调查了事件的原因，认为工作队队长在特殊时期做出的决定是错误的，但他坚决服从上级的安排是对的，只是在特殊情况下缺乏灵活性，还是值得肯定的，定为烈士。

对于土匪的处决，是没有异议的，驻军和县里的领导震怒万分，这是剿匪中出现的最严重的一次事件，牺牲了不少年轻的、包括队长在内的工作队队员，所有参会的人员都赞同对土匪全部枪毙，一个不留。母亲作为工作队中唯一幸存的分队长也参加了会议，她坚决同意对土匪的枪决，但对其中一个"土匪"提出了异议，那就是被土匪抢到匪窝里的那个学生。母亲说他是被土匪抢到山寨里的，时间也就是几个月，没参与过抢劫杀人，仅仅是个文书，我们被土匪抢时他还帮助过我们，要不然我们都被土匪糟蹋凌辱，甚至枪杀了。驻军和县里的领导都处在极度的悲伤和愤怒中，他们都说统统枪毙，一个不留，这个土匪虽然帮助过你们，但他做过什么恶无法查，枪毙、枪毙、全部枪毙。母亲还要说什么，领导粗暴地说这事就定了，你不要讲了，这是组织的决定，你服从就是。母亲脸色蜡黄，冷汗从额头冒出，当她听到服从两个字时，就知道她的意见是没有任何作用和意义的了。母亲心里非常难过，也很内疚，她知道这是个单纯的年轻学生命不好落入土匪手中，但他没做过恶，关键时候还帮助过自己和几个姐妹，这么一个年轻的生命就要结束了，她心疼不已。但她的意见不起作用，她也不敢坚持，这是组织的决定，她是习惯于服从的，只要是组织的决定。

枪毙土匪那天，全城的老百姓都出来了，广场上人山人海，挤在前面的群众不断地朝土匪抛掷石块，有人还想冲出去打，被拦住了，大家对土匪太恨了，这个边远小城几十年一直处于匪患之中，搅得人们的生活苦不堪言。开完宣判大会后，母亲就悄悄地走了，她怕看到那个年轻的小伙，更怕看到他乞求的眼神和冰冷的尸体。

母亲内心一直不能平静，她安慰自己说这也是没办法的事，这个地方的土匪太猖獗。这已经解放了，他们仍然作恶多端，杀人抢劫，罪恶滔天，尤其独眼龙这股土匪的恶行，是天怒人怨，罪不容赦，如果有点瑕疵也在情理之中，特殊时期必须特殊处置。尽管如此，母亲的脑海里还是随时浮现那个年轻人的样子，有时做梦也会被惊醒，他说："我救了你们，为啥还要被枪毙，我不想死，我还想活，我才二十岁呀……"母亲内心充满了矛盾，她想是不是自己的立场出了问题？但想想又不是，既然不是，为啥不坚持自己的意见呢？服从，服从，到底该不该服从呢？

<h2 style="text-align:center">八</h2>

母亲在舅舅家等死，这是我们这里的一种习俗，老一代人对此异常执着，他们都要死在家里，家是他们的根，是他们人生的归宿。灵魂在此飞升，他们的心灵才安稳。母亲生活在我们家里，为啥她不在我们的家里等死呢？为什么要到乡下舅舅家呢？她在想什么？她在等什么呢？

每天天一亮，母亲就要叫人把临街的木板卸了，然后叫人用枕头、被子把上半身垫得高高地靠在上面。说也奇怪，自下乡以来她的精神反而比原来好了，根据她的病情，我们估计她最多活不过一个星期，谁知过了十天，她的精神反而更好了。原来她只能吃点流食，现在连煮得软的饭她都可以吃一小碗了。我们想怕是回光返照吧，这种病反正是让人活不长久的。

母亲躺在临街的床上，困了她就睡，醒了她就紧紧盯着过往的行人。我们想她可能是太热爱这个她出生的乡街子，热爱她从小就生活在这里的父老乡亲，热爱这里的浓厚的乡土气和市井民俗的生活，她在追忆和捕捉她幼时的生活踪迹，她想把一生中最好的东西带到另外一个世界去。这里曾经有她的青春、事业、爱情，有她的父亲、母亲、兄弟姊妹，还有她难以释怀的情愫……

母亲后来才知道，那个和其他土匪一起被枪毙的青年最终没有死，也许是他命大，侥幸地活了下来。枪毙他的年轻战士射击时偏了一下，他侧身倒下，鲜血汩汩地流了出来，人也没有了气息。谁知半夜他却醒了，挣扎着逃离了刑场，从此消失了。

又隔了几年，土匪已经被剿灭完了，土改工作也完成了，新的人民政权建立起来，母亲由于出色的工作能力，当上了她的家乡的副区长，她工作风风火火，事业蒸蒸日上，又结识了一个身经百战的南下干部，在区武装部任部长，这人成了我们的父亲。

这个区既有坝区也有山区，狭长的坝子里盛产稻谷，四周则是崇山峻岭。山区比坝区辽阔，纵横百多里，母亲到山区村寨工作，在一个小小的乡场上，她见到一个头发很长的人，他背着一背柴来赶场，母亲在挤来挤去的人流中瞥了他一眼，像触了电似的浑身一激灵，她马上就认出他就是那个被"枪毙"了的年轻人，尽管他蓬头垢面，形容枯槁，穿得筋筋绺绺，光着脚，但他的样子是深深刻在母亲脑海里的。这人没死，他是潜藏在深山里了。一见她，他立即惊慌失措，马上低下头。母亲加快脚步追上去，叫住他，说："你叫杨正高，你怎么在这里了？"那人惊恐万分地说："我不是，你认错人了。"母亲说："你不要否认了，你化成灰我也认得出你，你下巴上不是有颗痣吗？你的身体、脸廓、走路的姿势都骗不了我，你说说你是怎么逃出来的，又是怎样生活的？"他见躲不过去，忙说："大姐你就饶了我吧，我是死过一回的人了，看在我救过你们的分儿上，你就睁只眼闭只眼吧。我住在山上的岩洞里，没衣穿没饭吃，靠开荒种点苞谷、洋芋勉强维生。"母亲见他的样子，深深地叹了口气，说："我要不碰见你，我也就不管了，我碰见你不抓你，我就犯了天大的错误，这样吧，我看你在山上也不是长久之计，过的人不人鬼不鬼的生活，不如跟我回去，主动投案，还可以争取宽大处理。"年轻人说："你饶了我吧，我还有年老的父母，年轻的兄弟姊妹，我还没结过婚，不想过监狱的生活。"母亲说："这由不得你，也由不得我，只能由政策，你跟着我走吧，我一定据理力争，争取对你宽大处理。"年轻人突然撒腿就跑，母亲见状立即追上去，大喊："抓住他，抓住他。"那天正是赶场天，人很拥挤，他很快就被众人抓住。他们说："刘区长，他偷你的东西了？"母亲说："没有，他是个有问题的人，你们帮着我把他送到区公所。"小伙绝望而又仇恨地看着母亲，那些人说咦，你还瞪人，看样子你是不服得很。他的眼神使母亲在那一瞬间深深地印入头脑里，以至于多年后这眼神还随时出现在她的心里，这眼神包含着委屈、惊恐、惧怕和仇恨，他仇恨什么呢？他是仇恨母亲不记得他曾经帮过她们，记恨他大难不死、逃过一劫之后又要被母亲送进监狱。母亲确实尽心尽力帮助他，她找过公安局办案的人，找过分管政法的副书记，找过县委书记，他们都说你放心，我们一定会实事求是秉公处理，母亲说如果无罪，那就下个结论将他放了，我们不是讲实事求是吗？大家都说是啊，但现在是肃反特殊时期，关一段时间再说。母亲虽然到处奔走、据理力争，但都没有得到一个明确的答复，既不说放又不说不放，这让母亲很失望，也很歉疚，但对这样一个模糊不定的组织决定，她也只能服从。

　　时间过得飞快，转眼就是几年，母亲那些年很忙，时代变化飞快，每天都有新鲜的事物发生。她全身心地投入到各种各样的活动中，活得充实而愉快，但她总忘不了那个年轻人，总忘不了他的忧伤、绝望、无奈和仇恨的眼神。她在内心审视自己，是不是不该将他送进监狱，是不是可以装作认不出他而让他免了牢狱之灾，但她的组织性让她觉得这是应该的，她不能违反组织原则，只是她觉得应根据事实免予对他的处罚。她想他在干什么呢？过得怎样？改造得如何了？她几次想去看他，但想到自己的身份，终是没去。

　　后来她听说他被放出去了，是因为上面要对一些拖而不决的案件进行大排查，他终于获得自由，但几年的光阴也就消耗了，他出来以后去了哪里谁也不知道，她也不便多打听，这事就这样了了。

九

母亲下乡已经半个多月了，她出人意料的精神好转起来，乡里卫生院的医生每天照例来给她做些常规检查，给她服药、输液，她很配合。医生都惊叹她的生命是如此的顽强，按常理她这种病是熬不了这么长时间的，他们不知道，支撑她生命的力量是什么？我们也弄不明白母亲何以能顽强地活着，她似乎在期待什么？人在生命的最后时刻，总是要了结心中的最大愿望。

那年区里接到举报，说有人在望云村的山里私自开垦土地，破坏集体经济。这事可不是小事，私自开垦土地种植农作物是性质很严重的事。母亲不敢怠慢，亲自带人去望云村调查。

望云村是酒米乡最边远的一个山区村，前面说过，酒米乡有平坦的坝子，更多的是山区，望云村跟邻近的巴县接壤，从区里去要走一百多里路，全是坎坷崎岖的山路。区里是有一匹马作为交通工具的，类似于现在的公务车，母亲不要，说："几个人去，我一人骑马怎么行。"她坚持和大家一起走路去。望云村实在太远了，他们走了两天才走到。这个村在大山半山腰的一个小凹地里，村子背后是高耸入云的陡壁，下面是深不见底的深渊，云雾弥漫，连云不开，潮湿多雨。这里只出产苞谷和洋芋，产量极低。母亲他们在村里走了一圈，没见到一个人，这个十几户人家的村人到哪里去了？他们扯起嗓子大声喊，大山空旷，声音传得极远，但听不到一点回音，好不容易在村尾的一间石头房子里见到一个腿瘸的老人，他惊恐地看着他们，忙转身去关房门，这里很少有外人来，更没有上面的工作人员来。他们耐心地说了半天，老人才将门打开，也不让坐，也不沏茶，其实屋里也没坐的地方。母亲环视了一下屋里，屋里除了歪斜的方桌，几个歪斜的草墩和一个石头砌的火塘，几乎没有什么。她看见墙角有一堆块径不大的洋芋，她的眼睛瞬时亮了，一是现在粮食太紧缺了，坝里产粮的地方许多人家都揭不开锅，每天靠捋野菜树叶加一些苞谷面搅一锅饭为生，想不到这么边远的山区竟然还有粮食；二是他们已经很饿了，有洋芋就可以买一些来烧了吃。母亲又说："大爷，我们可以进去看看吗？"老人想阻止但母亲他们已经进去了。里间是一张床，床上是凌乱的铺盖，地上有一个瓮，母亲伸手进去一摸，呀，是大半瓮金灿灿的苞谷粒，她拿在手里心里激动不已，这瓮苞谷怕有百多斤，足够这个老人吃的了。苞谷粒不是很大，但色泽金黄，颗粒饱满，捏在手里润滑紧密。当老人知道他们走了几十里山路还没吃饭时，就立即拨燃了柴火，放了一堆洋芋在火里烧，老人又在吊锅里加了水，用苦丁茶为他们沏了一壶又热又烫又酽的浓茶。几个人又累又饿，吃着香喷喷黄生生的烧洋芋，他们感到无比的惬意和满足。要知道，就是在区政府的机关食堂里也是很难吃到洋芋的，因为洋芋要用主粮换，大家是舍不得这样放开肚皮吃的。

母亲在来的路上已经对这个村的房屋、田地做了观察，这是她多年养成的习惯，这里田地很分散，东一块西一块，有的呈长条形，十几米长，有的只有草席大。这里的粮食是有限的，除了公粮外所剩无几，加上这几年又遇到灾害，可想而知他们的粮食收成到底如何。母亲知道有人举报的情况应该属实，这里应该存在私垦土地和瞒产瞒报的问题。但是这些私自开垦的土地在什么地点呢？村里的人也都不见，这就是问题所在。

母亲他们从这个老人的口里套话，母亲说："老人家，我们是从区上来的工作人员，区里听说这里的庄稼收成好，村民没饿肚子，粮食还有节余，这在灾害年里太不容易了，区里想树个先进典型，表扬带头的人和大家，你给我们讲讲情况吧。"老人听说要树典型表扬带头的，立即信了。他说："这年头咋个可能不饿肚子，多亏了杨正高这小伙，不是他我们早就饿死了，尤其是我这孤寡残疾的人。"母亲听了杨正高这名字，她的神经一下绷紧了，杨正高，这不是那个被土匪捞去，救了她们，但被枪毙过一次的人吗？在那种土匪横行罪恶滔天的年代，这种行为是可以理解的，但她总觉得自己对他有亏欠，尤其是后来在乡场上偶遇，她又把他送进监狱，她就更加有所亏欠。她觉得自己坚持原则是没有错的，但没有根据具体情况来处置，是错误的，而自己没有坚持自己的意见，仅仅就是服从组织意见而害了他。他从监狱出来之后，她也没去打听，不知道他到底如何了。想不到却藏在这个遥远偏僻、屙屎不生蛆的地方。

从老人口中，母亲知道杨正高不是本地人，他到这里的时候衣衫破烂，形容枯槁，是村里人收留了他。他很感激村里人，他们见他勤劳纯朴，人又能干，就把村里的寡妇翠英介绍给他，他就在这里立下了脚，在村里人的帮助下，把破烂的房子修葺一新，第二年就有了个胖胖的小子。村里的人问他从何而来，家里有什么人，他支支吾吾，只说父母都死了，其他啥也不说。

杨正高这个小伙聪明能干，吃得苦，家里的地种得很好，还会木工、竹工，也不知道他从哪里学的。村里人家有活他都主动去帮忙，他还会治病，村里人见他时刻在看一本翻得卷边的医书，村里的人基本不识字，很是佩服他。他常去山上转悠，采集好些药材为村里人看病。渐渐地，村里人对他另眼相看了，他的威信渐渐高起来，在这遥远的地方没有人当社长，村里就选举他当，他坚决不干，大家苦苦哀求，他才说我就带大家干吧，只是不要叫我社长，如果叫我社长我就不干了，大家也就随他了。

灾荒来了，和其他地方一样，这个地方也不能幸免，瘦瘠分散的土地出产本来就不好，受灾之后大家就饿肚子了。自从他当上社长以后，村里都按足额交纳生猪和粮食，还受到表扬。正当大家揭不开锅时，他从山上扛来好些洋芋分给大家，分到救命粮后大家对他感激万分，同时也不明白他怎么会突然有这么多粮食。

村庄后面的主峰叫狮子岭，四面都是陡峭笔直的悬崖，巨大的岩石白花花地裸露着，只有少许灌木丛生在岩缝里，这里终年云雾缭绕，山体时隐时现，既惊险又神秘，连岩羊也攀登不上去。杨正高知道越是险峻的地方越有药效神奇的草药，他从小在大山里长大，长于攀登又灵活机敏，他终于找到一条隐蔽的可以到达峰顶的小路。到了峰顶，他震惊万分，四面八方的峰峦高低起伏，白色的雾岚相拥其间，真似惊涛拍岸卷起千堆雪呀。最让他高兴的是，四面都是绝壁的山顶上，竟然是一片平地，乍一看就有几十亩，野草、灌木丛生，野花起伏，这真是天赐宝地呀，把这里开垦出来，比全村的土地还多。村里的地都是在陡峭的山坡上，既分散，又小块，筋筋络络像叫花子身上的衣块，这可是平平整整，土壤黑得发亮的好地呀，这可把他高兴坏了。但这事他不敢告诉任何人，这年头私自开荒可不是小事，轻者被批斗，重则入狱，他是进过监狱的人，更不能轻举妄动。在岩顶上他舍不得走，想了很多，他想好在这里四面悬崖，没有人上得来，几乎与世隔绝。他决定开垦出一块地，先种洋芋，洋芋不择水土，好种，产量又高。

以后一段时间，他携带工具来到崖顶开垦土地，又背了洋芋种上来。这里土层厚，全是腐殖土，肥得流油，不用施肥也可以种出好庄稼来。种好以后，隔三岔五，他就爬到崖顶察看，该松土就松土，该除草就除草，都说山有多高，水就有多高，崖顶上竟然有个泉眼，水汩汩往外流，形成个水池，天干了，他就往地里浇水。经过他精心侍弄，获得大丰收，得到一个一个大洋芋，刨也刨不完，堆了一大堆。村里正在闹饥荒，不少人家断了粮，到处去找野菜和一切可以吃的东西充饥，刘四嫂的儿子还是婴儿，她没有吃的，断了奶，小孩哭得挠天抓地，最后连声音都没有了，像只小猫奄奄一息。朱大婶饿很了，抓起干树皮死劲嚼，咽得眼睛一翻一翻的。这些情况都被他看见了，他心疼万分，想起乡亲们对他的好，收留了他，帮他翻盖房子，帮他娶了媳妇，有了家，他决心帮助他们。他知道这事传出去会惹大祸，但也顾不得了，救人要紧，他想管他的了，大不了自己又被批斗甚至又进监狱，总比让村里人挨饿好。

事实上，村里人对他的救命之恩感激万分，当他们知道缘由后，都一致地说谁要将这事讲出去，谁就是全村人的死敌，谁讲了出门摔岩死，过河大水淹，雷劈火烧，断子绝孙。村里人信誓旦旦，发的毒咒，让他相信了村里人的善良和真诚。

崖顶上的洋芋让村里的人度过了饥荒。开春了，村里的人除了残疾的那个老人，全村人跟着他沿着他开辟出的山路上了崖顶，他们欣喜若狂，崖顶上竟然有这么一大片平坦而肥沃的土地，真是苍天不饿瞎眼雀呀，地好，还没有人知道。他们天天上崖，疯了一样地开垦土地，把崖顶上的地全开垦出来了。他们用石头砌埂、修水沟环绕四周，这地成了旱涝保收的海绵地，为了土地的肥力，他们还搭建了个羊圈，地是很宽的，用秸秆和青饲料喂七八只羊是没问题的，杨正高承担了喂羊的任务，隔几天就上来，除了侍弄地，连带羊也喂了。

知道事情的原委，母亲心里十分复杂，她们来的目的是调查举报的事，但这个结果令她陷入万分为难之中。在灾荒之中开荒种粮实现自救，算不算走资本主义道路？悬崖顶上的地千百年无人耕种，开垦出来增加了耕种面积，又救了灾，何乐而不为？问题是这种做法属于私人开荒，违背了大集体的原则，私人种点菜、喂只鸡拿到集市上卖，都要当成走资本主义道路，何况他们隐瞒开垦了这么多土地。但报上去呢，他们的土地要被没收，粮食要被收缴，带头人要被批斗，情节严重的要被关押判刑。母亲的思想陷入了巨大的矛盾和彷徨中。

天色渐晚，暮霭从崖底弥漫进村庄，崖顶上的人陆续回村了。经过残疾老人家门口，人们意外地发现了几个陌生人，看他们的穿着像是工作人员。在他们这里，多少年没有外面的人上来，连公社、大队的人也基本没来过，山高路遥，人烟稀少，他们基本忘记了这个村的存在。蓦然出现的几个人，让他们惊慌失措，顿时失去了山里人的淳朴好客的热情，本能地、惊恐地低头匆匆离去。母亲知道他们是怕暴露开荒种地的事，这也更让她心情越发沉重。

走在最后的杨正高见到了母亲，他惊悚地立在原地，瞬间拔腿就走，他不敢跑，本能地加大脚步。母亲看清是他，叫了一声杨正高，声音不大却有震慑力。他立即停住脚步，说："怎么是你？刘大姐，你，你什么时候上来的？"他邀请母亲和其他几人去他家吃饭，母亲怎么会去呢，说我们已经在这里吃过了，不过要麻烦你给我们安排一下住处。

当天晚上，母亲他们就召开了村里的会议，在村里一处宽敞点的房子里，人不多，也就是二十来人。母亲把来的目的讲了一遍，也把私自开荒的严重性讲了，叫大家发言，母亲想知道大家的想法。沉默了很久没有一个人讲话，只有老汉呷叶子烟的声音和妇女纳鞋底的声音，母亲说："你们不说也罢，我们调查了是杨正高带头开的荒，带头种的粮，还把种的粮食分给你们，收买你们，你们不讲，这事就由他承担了。"母亲这样一说，会场里热闹起来，一个瘦削的中年男人站起来，说咋能说是杨正高呢？开荒种地是我们全村人一起搞的，他能有这本事。母亲心里一热，这是多么好的乡亲，他们不推诿，有担当，讲情义。母亲又问："那是谁最先爬上崖顶带头种的呢？"中年汉子说："我带头的呀，还能是谁？他一个外乡人，咋知道这崖顶有平地能种庄稼？"母亲心里想有人承担很好，问题是这事是瞒不了的，但有人分担就好多了。母亲又问："光你一人？"没承想屋里的人全站起来了，说："我们全部参与了，要处罚就处罚我们吧。"杨正高霍地站了起来，大声说："大家别讲了，这事跟大家没有关系，是我在采药的时候发现了崖顶的地，种的洋芋，分给大家度饥荒了。"中年汉子说："你好大的本事，我发现的地你要说成是你发现的，村里的人都上不去，就你上得去？"七大爷也开口说话："你这娃娃，这有啥争的？这崖当年没有谁上去过，王老五是赶山匠，麂子上不去的他上得去。"中年汉子说："就是嘛，七爷都说了你还争啥子。"

母亲心里一阵温暖，山区群众的朴实、诚恳、担当感动了她，她说："你们看这事该咋办?"大家说："该咋办咋办,要处罚就处罚我们。"

会散后,母亲她们准备休息,她对随去的区文书小赵说："你把调查结果和今晚会议情况写个报告,要真实地反映群众的话,写完我看看。"正讲话,杨正高来了,他脸色涨红,情绪激动,说："领导,这地真的是我开垦的,我送的粮食,又带头去开垦出大面积的地,跟乡亲们没关系,跟王老五大哥更没关系,要处罚就处罚我一个人。"母亲说:"这事我们基本上是清楚的,你承认了这很好,男子汉大丈夫做事就是要有担当嘛。你回去吧,这事该咋处理我会有意见哩,总之是实事求是,客观合理。"杨正高说:"大姐你就不要费劲了,我知道你曾经帮过我,会给你添麻烦的。"母亲说:"这跟你没有关系,回吧,早点休息。"

十

母亲回来后就把情况向县里分管领导做了汇报,分管的副书记听完很是惊讶,一个偏远的山区村竟然私自开垦了几十亩的土地,竟然私自瞒产把粮食都分了,这可不是小事。眼下,正是私自开垦土地蔓延的时候,但规模都不算大,多到几分地,种点洋芋、蔬菜,像这么多的土地和粮食,实在是太叫人吃惊了,上级正在叫各县纠察,这不是典型是什么?抓住这个典型严加处罚,坚决刹住全县范围的这股风,意义重大。

母亲脸色惨白,她原想全村人都为杨正高说话,全村人还为他写了担保书,盖满了红朗朗的手印,应该不会重处吧。母亲说:"吴书记,一个人开垦了大山顶上的荒地,把种的洋芋分给群众,让他们免于饥荒,虽然有错但也要考虑实际。"吴书记表情严肃,说:"你就不要为他说话了,我记得当初你就为他说过话,这个人是刑满释放人员,胆大妄为,竟敢开垦几十亩土地,竟敢瞒产私分粮食,这人不判刑是说不过去的,不这样做,开垦土地,瞒产私分是刹不住的。"听说要判刑,母亲霎地站了起来，激动地说："吴副书记，我坚持我的意见，凡事要结合实际实事求是，杨正高如果种了粮食而不分给全村群众，就属于私种瞒产，他使全村人免于饥荒，应该给予宽大处理。我认为应该批斗，但判刑是不是太重了。"

母亲和吴副书记争执起来，她平时的性格是温顺内敛的，对上级的指示坚定不移地服从，但这次她却固执己见，顶撞吴副书记。母亲的情绪越来越激动，甚至和吴副书记吵了起来，吴副书记拍桌子，她也拍桌子，吴副书记把茶杯重重地顿在桌上，溅了一桌子的水，她也把茶杯重重地顿在桌上，面红耳赤地说杨正高是个青年学生，被土匪掳到山寨，关键时候还救过我们，过去关押他本来就不对，现在再判刑，恐怕说不过去，我们不能为了形势需要就错处一个人。吴副书记气蒙了，指着母亲说："刘淑贞同志，我提醒你不要忘记自己的身份，你是区委书记，你要对自己的言行负责，你现在已经不是感情用事，你不服从组织决定，违背组织纪律，立场站歪了，性质很严重，你要考虑你的问题而不是帮人说话，你如果仍然坚持，那就等待组织的决定吧。"

吴副书记的话让母亲从激动中一下清醒过来，她一下觉得事情的严重性，她知道如果继续对抗吴副书记，也就是对抗组织，下场是可想而知的。她站在那里，脸色惨白，头上冷汗涔涔，呆头呆脑，大脑里一片空白，半晌，她才说："我服从组织决定，我撤回我的意见，吴副书记……"

母亲的病情日渐严重，她来酒米乡舅舅家已经半月多，开始她的病情似乎有所缓解，脸色有些红润，饭量也比原来多了些。我们和她都知道这只是暂时现象，她得的病毕竟是不治之症，只是因为环境原因和她牵挂的什么事，让她坚持到现在。如同在乡下的每一天，天一亮她就让人把临街的木板卸下来，半卧着注视着乡街上的每一个过往的人。乡场上的景物总是让她感到兴奋，在屋里躺着她像在看一场流动的电影，场景总是在不断地转换，背着挑着各种农产品的农民，卖各种小吃的吆喝声，站在街上三三两两不知讲什么的人，还有穿着时尚牵手而过的小情侣，甚至还有挂着喇叭贴着海报推销商品的小货车，这些都让她感到亲切而欣慰。但她总有忧伤的时候，一天下来，她期待的啥也没来，她会失落而惆怅地叹口气。

这天中午，她仍然紧紧地盯住街上过往的每一个人。突然，她大喊："顺子、顺子，快把那个蓝衣服的给我叫住。"顺子是我舅舅的小儿子，他也不知道为啥要叫这人，只是母亲声音急促而又紧迫，他一步跨出门追出去，随后把那人带了进来。那人莫名其妙不愿进来，顺子说："这床上躺的是我姑妈，这位老人要见你，难不成睡在床上的老人还害你吗？"这人局促地站在母亲面前，他仔细打量老人，渐渐地认出了母亲，母亲虽然形容枯槁，头发苍白，眼眶和双颊下塌，但他依然认出了她："刘区长，你怎么会在这里？你找我啥事？"他知道他没啥事，但以前的事让他心有余悸，母亲紧紧地盯着他，这人比她小一些，但也有七十岁左右了吧，令她没有想到的是，这人虽然瘦削，但身躯挺拔，面色红润，穿着也很赶趟，蓝色长裤，蓝色夹克，还戴顶灰色的鸭舌帽，脚穿灰色的旅游鞋，和她印象中的潦倒完全不同，如果不是刻在骨髓里的形象，完全可能认错。

终于，他们确认了对方，母亲紧紧地攥住他的手，激动地说："终于见到你了，杨正高。你知道我为啥躺在这里，就是为了找到你，就是为了对你说一声'对不起'，就是为了了却我临死的心愿，对我的懦弱、没有担当给你造成的伤害说声对不起。我终于可以服从自己的内心，坚持自己的原则和想法了，但一切都晚了，你能原谅我吗？"杨正高终于明白了母亲的意思，他也很激动，他知道他坎坷、困顿的一生并不是母亲造成的，她已尽了自己的力。他现在日子过得很好，从监狱出来他又回到那个小山村，村里人对他很好，啥事都帮着他，度过了那段艰苦的日子。外面的形势发生了翻天覆地的变化，他瞅准机会，在山里办了个特色养殖场，专门养在全省有名但又濒临绝迹的乌蒙乌金猪，这种猪肉质好，瘦肉多，肥而不腻，很受市场欢迎。他把村里的人组织起来，成立养殖合作社，这些年发展很快，已成为品牌，供不应求，村里人都富裕起来了，家家都翻盖了新房。他把这些都告诉了母亲，紧紧地握着母亲枯瘦的手，说："大姐，你不要责难自己，更不要内疚，我现在一切都好起来了，比啥时都好，托你的福，娃娃也在省城读大学，你好好地养好身体，我还要接你去山里，在那里住几天，你的身体会好得更快。"母亲松开他的手，两行泪水顺颊而下，她喃喃地说："好，好，只是不晓得我还能不能去山里……"

心灵是不需要通行证的

一

村长在门口喊："成志、成志，你去把我家圈里的粪铲了，挑到村口菜园去，再兑上水，把菜给浇了。"成志正在穿衣，忙说："要得，我烧点洋芋吃了就来。"村长说："吃啥洋芋，你不能把菜浇完再吃？"成志说："要得，我马上就来。"成志听见村长脚步声走远，低低说："浇个屁，我成你家长工了，昨天才帮你家挑完谷子，今天又要打扫圈挑粪，老子连自家的地都还没挖哩。"

尽管心里一万个不乐意，他还是拿上撮箕，扛起板锄准备出门。娘在里间说："灶上有煮熟的洋芋，你吃两个再去。"他进灶屋抓了几个洋芋装在兜里，手里拿着一个边吃边走。到了村长家，村长老婆正提着尿罐出来，说："来啦，成志，圈里的粪堆拢门槛脚了，两头猪半边都陷在泥粪里了，你忙着把粪铲了挑出去。"说着转身进屋了，也不问他吃过东西没有。

村长家喂着两头肥猪，这在村里是少有的，那年头不许多喂，一家一头喂着自己吃，还要交一半给公家，即使准许喂也喂不起，人都不够吃，有多少粮食喂猪？家家的猪都是大人下地回来顺便扯点猪菜，或者是娃娃们背着背篓到田边地角找着野菜扯点猪草，就这样猪也吃不饱，家家的猪都瘦骨伶仃，唯独村长家的猪，又白又胖。年关将近，这猪每头都快两百斤了吧，躺在地上哼哼。成志见猪食槽里有没吃尽的苞谷籽，漆黑里像一粒粒金子在闪光，他想村长家的猪比人过得好哩，换了别家谁会舍得给猪吃苞谷？变猪也要在他家才好哩。

费了好大劲才把两头猪弄到院子里，成志开始铲粪，村长家的猪圈很长时间没清理粪了，厚厚的一层，猪粪、猪尿、猪食混在一起，泥泞腥臭，脚都下不去，成志估算了一下，恐怕有二三十挑，今早都怕挑不完，大半天时间就泡汤了。村里今天放一天假，让大家去赶赶场，做点家里的事，都近一个月了，村里忙着各种事，好不容易放个假，又被村长喊来帮他扫圈挑粪。

也罢，既然推脱不掉，就使劲干吧，争取早点干完，去赶一下乡场，成志也有很长时间没去乡场上了。乡场是农村人的聚会之地，赶场天乡场上人山人海，有各种各样的摊子，有能满足人们需求的产品，还有各种各样的蔬菜水果，都是自留地里的，卖了换点零花钱。成志的头发有几个月没剪了，实在太长，他拿剪刀对着镜子剪，剪得狗啃一样，实在太难看。他已经十六岁了，知道爱美了，想去乡场上的理发摊好好地剪一剪。另外，他还想去乡场上的供销社买点书，乡场上只有供销社有个书柜可以买书，他喜欢读书，能买上一两本书，又够他看上一阵子了。乡场热闹，四面八方的乡亲都来赶场，赶场对他们来说像过节，总要穿干净点、齐整点，尤其是大姑娘小媳妇，再怎么拮据，总要把衣服洗净熨平，收拾打扮一番，像去参加什么盛会。十六岁的成志内心还是想看看她们，也不为什么，就是看着舒心，他不像其他和他年龄差不多的小伙子，看人家大姑娘小媳妇眼睛直勾勾地，还会追着人家看，还会厚着脸皮地去搭讪，无话找话地搭白。他会看一眼，赶紧把头扭开，如果人家也看到了他，他会脸热心跳，就像做了啥见不得人的事。他还要为娘买药，这些日子娘的哮喘更严重了，喘得不行。

成志使劲地挖，使劲地挑，但他还是快坚持不住了。他干得太猛，也不会休息一下，只想早点干完能去赶下乡场。出力的人肚子饿得快，在地里他掏出怀里的几个冷洋芋，急忙吞下去。出力大，洋芋不抗饿，虽有点饱胀感，但挑了两挑肚子又咕隆咕隆响起来，他的动作慢下来，身子疲软，手脚乏力，挖一下就要停顿下来，他正是吃长饭的年龄，平时几大碗苞谷饭和一钵洋芋酸菜汤，他风卷残云般呼呼呼地就吃下去了，这时他多么渴望能吃上一顿热乎乎的饭呀。

村长家堂屋里传来一阵香味，是面条和鸡蛋的香味，他很长时间没吃到面条了，它是稀罕物，只有在逢年过节或者生病时才吃得到。面条那特有的香味深深地吸引着他，让他的肠胃迅速地搅动起来，他觉得更加饥饿难耐。更要命的是还有煎鸡蛋的香味，那种香味像无以计数的小钩子钻心入肺，钩挠得他清口水直流，饥饿感更加强烈。这时他听见一个女孩在说："妈，叫成志来吃吧，干了一早上活，他怕是饿了，我听挖地声音也软了，有一下无一下的。"她妈说："只有你会说这种话，咋个可能叫他来吃，这是鸡蛋汤面，你以为是洋芋红薯，就是洋芋红薯，也要留着喂猪哩。"说话的声音低，他还是听到了，顿时像被从头到尾淋了一桶凉水，透心凉。但很快他就平静了，不再为此话伤心难过，只是有种巨大的屈辱感，感觉他在她们眼里连猪都不如。是呵，谁叫他爹是盲流，跑出去几年了，听说是到新疆或是内蒙古了，但从来没和家里联系过，也没寄过一分钱回家。盲流不是犯人，但盲流是介于犯人和好人之间的一种人，是不被允许的。这个村盐碱地多，水少不说，还是咸的，地里庄稼难成活，永远是半死不活蔫头耷脑的，收成极少，穷得连个地都浇不起，村里开会连个批斗对象都没有，会就开得没有滋味，没有激情。后来有人说爹跑儿子在，把他拿来顶他爹。村长说他爹是他爹，他是他。他又没跑，再说他才十来岁，还是娃娃呢，有啥批的。

村长有些怜惜他，孤儿寡母日子艰难，村长又有居高临下的优越感，说："你个小兔崽子，我不保护你，队里每晚都要开会，不把你斗死,你又是盲流子女,喊你干点活是看得起你,别人巴结都来不及呢。"
的确如此,村长官职虽小,但掌握着全村的大权,派人出工,让你去哪
块地就得去哪块地,地有好坏、远近,有难挖的有好挖的;活路有轻有
重,有脏有臭,都由村长安排,就是记工分,也有猫腻,尤其是粮食分
配,更是一件大事,保管室的粮食,村长可以独自支配。就连出趟门,
譬如去公社上也就是乡场上,没有村长准假,没有他开的准许证,你是
去不了的,更别说去县上或其他地方,一张准许证就把你牢牢地拴在
原地。

村长的女儿赵琼华说人家干了一早上活,就是牲口也该丢把料,况
且人家干得那样实诚,从来到现在汗都没擦过一把。她妈说:"你这个
小蹄子,你怕是看上他了吧。我告诉你,他家是盲流,你莫打错主意。"
女儿说:"妈,你说些啥呀。雇个长工也要给吃的,你比他们还抠呢。"
一个小男孩说:"姐脸红了,她准是看上挑粪的那个人了。""闭嘴,再
说我撕烂你的嘴。"紧接着屋里传来奔跑追逐的声音和小男孩求饶的
声音。

过了一会儿,门开了,村长老婆端着一个盛着煮洋芋的小簸箕,里
面是刮了皮黄澄澄的、冒着热气的洋芋,还有一碗烧青椒,村长老婆
说:"来吃吧,吃了好干活,这是新洋芋鲜辣椒哩,我们都是第一次吃
哩。"成志内心一阵反感,嘴上说:"赵婶,我吃过饭了。"村长老婆把
装洋芋的簸箕往地上一放,说:"叫你吃你就吃,还啰唆啥?"说着扭身
回去了。成志委屈极了,吃也不是,不吃也不是,这不是跟赏赐猪狗一
样吗?他还没吃,院里的几只鸡就跑过来了,围着簸箕啄,把洋芋啄得
烂翻翻的。

赵琼华出来把鸡吆喝走,说:"瘟鸡些,这是人吃的,你们倒是不
客气哈,连拌青椒都啄了。"又说:"妈,你也是,你不会抬个凳凳来把
东西放在上面,这不,成鸡食了。"她妈说:"人家不像你讲究,放在地
下蹲着吃有啥不好,快些进来把这盆衣服洗了,还要去赶乡场哩。"赵

琼华返身进屋，左手拎着一张小方桌，右手拎着一个小凳子，又把地上的洋芋和拌青椒拿回去，重新换了拿出来，看着他，说："我给你倒水，来洗洗手吃吧。"说着又去端了半盆凉水，还从热水瓶中倒了些热水掺进去，又拿来香胰子。成志呆呆地站在那里，有些不知所措。赵琼华说："发啥呆，洗手都不会，还用教你。"说着看他一眼，那一眼是热辣辣的。

赵琼华是村长赵顺章的大女儿，中等个儿，胖墩墩的，脸色红润，腿和胳膊都挺粗，就是一对眼睛和她阔大的脸有些不协调，鼻子还可以，虽然不高但圆润，可她的嘴又有些瘪，这样一搭配，就有点怪怪的感觉。她和成志年龄到底谁大，成志也搞不清楚，他俩小学都在村小读，从来没讲过话，自然不知道她的情况。

成志是真的饿了，他手脚疲软，肚里空空，不吃东西真的干不动活了。他也顾不上洗手，抓起洋芋就吃。那洋芋真好，又大又糯又沙，还刮了皮，不像他家的永远是毛皮洋芋，又小又水，从中间咬一口，两边的顺手丢给猪吃。他吃得又快又狠，一是饿了，二是太好吃了，一会儿就吃完半簸箕，噎得他眼睛翻白，连连打嗝。他有些恨自己的吃相，这不是丢人吗？可他的肚子不争气，一个还没吃完又抓起一个。

赵琼华从屋里出来，手里端着一个搪瓷杯，瓷杯黑漆漆的，一看就是他爹用的，茶垢老厚。她说："慢慢吃，又没得哪个跟你抢。"她看着他，说："吃嘛，还不好意思。"他说："真不好意思哩，让你见笑。"她说："吃东西有啥不好意思，我饿的时候，吃得比你难看。"她妈在屋里喊："人家吃东西有啥好看的，快来洗衣服。"

吃完一堆洋芋，成志感到身上又有了力气，年轻真好，成志虽然只有十六岁，但体格健壮，身体匀称，长年的劳动，让他手臂、胸肌、大腿都肌肉饱满，很有力气。都说吃洋芋长身体，其实洋芋的营养并不丰富，只是吃到他胃里就丰富了。他看看圈里剩下的粪，大概只有七八挑了，挑完应该不会耽误去赶乡场的。

还没挑完，村长回来了，他背上背着一个长背篓，里面有一堆青绿葱翠的柏树苗。放下背篓，村长说路上遇到林场的杨场长，便把树苗送给他了。他问成志："粪锄完了吗？"成志说："快了，吃早饭前锄得完。"村长见方桌上的簸箕空着，问："你吃东西了吗？"成志说吃了。村长问吃啥呢？成志说吃的煮洋芋。村长说这就对了，吃了才好干活。

村长说："吃完你去后山，把这些树栽到我家坟山上，记得带上水桶把定根水浇足。坑要两尺见方，两尺多深，要栽好保证成活哟。"成志看看，树苗有二十来棵，村长家祖坟大，有七八座，要栽完这些树苗，恐怕一天都栽不完。成志说："赵叔，我想去赶一下场，我两个来月没去了，你看我这头发……"村长说："噢，多大个事，下次去吧。"成志说："我还有其他事哩……"村长说："啥事？你不要婆婆妈妈的，叫你干啥就干啥。"成志想说买书的事，想想忍了，说买书不是找骂吗？他说："我还要给我妈买药，她的哮喘越来越严重，咳得上气不接下气……"村长说："多大个事，她这是老毛病了，咳下也就好了，扯把草药熬点水喝就好了。"成志无言，默默地担着树苗走了。

天空灰暗，朔风紧逼，四周的山野灰蒙蒙的，成志感到窒息得很，这种日子何时是个头。他看到队里的那头驴，眼睛被蒙了条布，不停地在磨坊里转圈圈，稍有懈怠，身上马上就被抽几鞭，困倦极了的驴又走了起来。他想他就是这头驴，被局限在小小的磨坊里，永远迈不出磨坊一步，磨坊外的蓝天白云、青山流水以及更远的地方，是想都不要想的。他的心灰到极点，真想把那些树苗倒在地上，抽身就走。可他能吗？那看不见的鞭子，随时在他的灵魂里挥舞，他的脑袋嗡嗡地响，又朝前走去。

村长家的祖坟就在村子后面的山上，这个地方干旱贫瘠，尽是石砾，只有稀稀落落的荆棘，荆棘又瘦弱，一些干硬的枝条僵硬着一动不动，村长是相信他家的风水的，便栽下柏树，以保佑他家永远兴旺，可这些柏树栽得活吗？他的愿望能实现？

成志心烦意乱，他似乎听到了乡场上熙熙攘攘的声音，似乎看见了各种各样五颜六色的摊子。听见了人们大声地打着招呼，都是好久不见的乡亲，声音里透着亲切；看见了街边蹲着喝转转酒的汉子，酒是最便宜的散酒，他们被禁锢了很长时间，这是他们释放郁闷的最好方法，无论是认识或不认识的人，他们都要叫人家去喝酒，那种豪爽，一扫他们的卑微，放大了他们的尊严。他看见仓皇的人流里面有几点红的、绿的颜色，那是大姑娘和小媳妇，她们裹挟在人流里像浊黄的河水里的几瓣桃花，几片绿叶，她们使浊黄里多了鲜丽，使沉闷里多了新鲜。青年后生眼睛不停地朝她们瞟，小媳妇泼辣，用话骂他们，大姑娘羞涩，虽然矜持，却也受用。

他狠狠地挖起坑来，山坡上的地又干又硬，一锄下去碰撞出一串火星，只挖出浅浅的一点表土。山坡上尽是砾石，俗称羊肝石，很难挖动，好不容易挖了一个二尺见方的坑，他的手臂又麻又疼。板锄也挖得卷了口，他把板锄狠狠地丢在地上，想骂人，但又不敢，长期以来他就被压制得不敢随便骂人，有啥事只能埋在心头，但他又憋得难受，就长长地叫了一声，声音像狼嚎，像驴鸣，像马嘶，他想叫总不会犯啥错吧，那就叫，大声地叫，反正也没人听见，他呵……呵……地大声叫，这一叫一发而不可收，他叫得苍凉，叫得怪异，叫得撕心裂肺，叫得痛快淋漓。叫完，他呆呆地立在原地，心里一下空下去了，空下去后是无尽的迷茫、空虚、惆怅。

他望着迷迷茫茫的山，层层叠叠的大山之外是层层叠叠的云，苍茫的云边是一片虚空，有一抹金色的云。他想这外面的世界是多么地阔大，不知道有多少不为他所知的东西，有多少不为人知的秘密。他多么想走出这像磨坊一样的地方，能像风一样轻松，像云一样自由，他不能成为被拴在磨盘上的驴，他要解开眼罩，看一看外面的世界。

可他能吗？他从出生到现在，注定就要被拴在生产队这磨盘大的地方了，不要说去外面的世界，就是到乡场上，都要生产队放假。平时出去必须要村长批假，批了假还要写证明，否则，你就寸步难行。

板锄挖卷了，必须换成钉耙，钉耙是两个齿的，钢火很好，专门用来挖坚硬的土的。他想今天无论如何是挖不完的，家里就他一个劳动力，母亲走路都喘不匀气，不忍心让她来帮，只有硬扛着挖完，哪怕挖到半夜，要不然不好开口向村长请假。

回去吃了饭，他又扛着钉耙拿着风灯来到坟山，寒风瑟瑟，荆棘萧索，坟堆凄迷，让人背脊发凉。成志年轻胆子又大，他想就是鬼也不会纠缠他，他无牵无挂，他怕的是活人，活人是可以决定他的一切的，譬如村长就可以让他在放假时来帮他家清理猪圈，来帮他挖坑。村长可以决定他的一切，村长的一张纸条，就让他可以出去或者不出去。

憋了一股劲儿，出了几身汗，人累得蹲在地上像狗一样喘气。终于挖完栽完，他想明天请假是没有问题的了。

第二天他去找村长请假，村长说："请什么假，现在活路正忙，大家都去出工，你请假算啥事？"他说："是因为你昨天没去乡场吗？"他本想讲是你叫我忙了一整天，但他不敢讲。村长说去乡场要写准行证，上面通知不能乱写，要控制人口流动，这准行证是好写的吗？他说："我也没请过假，我不要工分行吗？"村长说："不行，不要啰唆了，赶紧出工。"这时村里的小寡妇王银翠拿着个包袱正往村外走，他看了看。村长说："看啥看，她娃娃病了要到乡场上买药。"他噎了噎口水，心里那个憋屈，那种屈辱，让他十分难受。村长经常在晚上到王银翠家里去，有时提一袋粮食，有时提一袋瓜果甚至一刀肉，反正都是队里的。大家都心知肚明，但谁也不敢讲。

今天的活是挖山坡上的地，这些地是最近几年开垦出来的，这是个缓坡，队里花了几年的时间垒了台阶，但尽是砾石，又缺水，庄稼长得稀稀落落的。挖地的时候很热闹，有的东一下西一下地挖，有的在讲荤笑话，有的在拄着板锄歇气。成志是实诚人，他看这样的劳动实在没意义，更谈不上有效益，反正都要出工，都要记工分，谁也没把地当一回事，他看了心里很失落，他卖力地挖，一会儿就把其他人甩下了。这时有人就说风凉话了："积极得很嘛成志，怕要当积极分子了。"有人说："好好干，村长家姑娘说不定就许给你了，她家缺乏劳力哩。"有人说："哼，干也白干，也不晓得自己是啥玩意儿。"成志听了五味杂陈，家乡是这种样子，地是盐碱地，土里尽是碎石头，又缺水，吃的水还是咸的。队里出工做活就是这种样子，地不是自己的，做多做少一个样，工分不值钱，分配粮食由村长说了算，这样的日子有什么奔头呢？

天气晴朗，远山苍黄，山是砂石土，不长树木，原来有点矮树有些荆棘都被大家砍了，就连茅草也不能幸存，没有烧的，巴不得连树根草根都刨完。苍黄的山、浑黄的水，看得成志心灰意冷，更主要的是人几乎没有自由，尤其是自己，村长说干啥就干啥，让你休息就休息，自己成了村长家磨坊里的一头驴了。他好渴望到外面去舒展一下身子，呼吸一下空气，做点自己喜欢做的事。

由近及远，山峦渐行渐远，远处山的影子模糊了，是清澄透明的天空，让他心里一个念头越来越强烈，他不知道外面的世界是什么样子，他渴望了解外面的世界。外面的世界是澄澈的，充满了希望和诱惑；外面的世界是迷幻和不可把握的，就让他更加向往。他太想离开这巴掌大的地方，这个地方就是磨坊，他的行径仅仅是永远走不完的磨道，周而复始地转圈圈。

没有村长批的准许证，他就寸步难行。挨到收工，他匆匆忙忙地吃了饭，心中郁闷，想到河边走一走，尽管这条河几近干涸，水又浊又黄，但毕竟是河。他刚出门，去乡场上回来的王银翠叫住了他。王银翠说："成志，你去哪去？我给你带了一封信。"他很惊奇，怎么会有信呢？他和外面几乎没有啥联系，亲戚、朋友都没有，谁会给他写信呢？王银翠说在乡场上遇到一个人，问她是不是黑石凹的，说请她带封信。这人把纸放在膝盖上写了几行字，让她带来。

所谓信其实就是几行字，写信的人叫刘成才，是他初中同学，邻村的，他们初中毕业后就各奔前程了，听说他在家里干了一段时间农活就跑了，也不知道跑到什么地方去了。这小子真有本事，现在到处都要证明，要路条，他居然有本事跑出去。他说："明天来乡场上找我，我给你讲讲外面的事。不要困在这里了，外面的世界太精彩，不来你要后悔一辈子的。"

这短短的几行字让他心旌摇曳，他被困得气都透不过来了，想想自己过的日子，他不免伤感，一条磨道上的驴，尽管没蒙上眼睛，但看得见的就是巴掌大的地方，不停地走，就是走不出这个圈圈。他太想走出磨道，但他不能也不敢，连去乡场上也被村长的一张纸条阻挡，到外面去能行吗？他的父亲就是不甘于被困住，不甘于这死水微澜、痛苦不堪的日子而出走的，当盲流是违法的，是耻辱的，至今他也不敢回来。但他这个同学的纸条，仿佛阴霾遍布的天空中透出了一抹亮色，让他心里充满了希望。他不愿意就这样过下去，他要去见这人，了解一下情况。再这样浑浑噩噩地过下去，他就要崩溃了。

他不敢拿那封信说事，只是向村长说他亲嬢嬢带信来病重快不行了，让他去见最后一面，请村长写个条子准他去。村长正在吃饭，桌上有一碗炒洋芋片，一碗红豆汤，一钵红烧肉，很丰富了。村长喝着酒，说："你的名堂太多了，你也不想想正是大忙季节，人都要死了见什么面，你也不想想你的身份，不准。"他呆呆地站在屋里，头脑嗡嗡响。他说："村长，你家的地还没挖吧？我去挖。"村长说："不要你挖，巴掌大块地有人挖。"他说："雨季要来了，我去翻翻你家的瓦吧。"村长说："刘木匠会翻，我答应他了。"在村长眼里，给谁做是个面子，不是谁都可以去做的。

村长的大女儿觉得过意不去，说："你给人家一次机会嘛，成志没请过假，没急事他不会开口的。"村长奇怪地看着她，说："队里的事不要你插嘴，该咋办我有数。"赵琼华说："你不是批了王银翠的假吗？她能有多大个事？"村长的脸一下青了，手里的酒杯猛地顿在桌上，酒洒了出来。村长老婆知道话戳到了他疼处，再僵下去，可能要出现不可预料的事。她忙说："你这姑娘也是，你爹他批那个条有他的理由，当这个家容易吗？水里按葫芦，这里不起那里起，他有他的难处。"赵琼华狠狠地斜了她妈一眼，那里面的意思很明白，她妈急忙扭开脸，但她心里五味杂陈，很是复杂。

成志决定冒一次险，他要在没有假条和准许证的情况下去乡场。为这个决定他折腾了半夜，他知道回来后村长会怎样收拾他，他也知道不是赶场天在街上闲逛会有啥结果，他纠结、彷徨，难以排解，最后还是敌不过外面世界的诱惑，他像在缺氧的水里憋了太久的鱼，就是抬起头会被一棍子打晕，他也要去试一下。

二

不是赶场天的乡场冷清而寂静，赶场天的热闹像被暴涨的洪水冲得干干净净，门铺紧闭，摊点消失，乡场上的人也全都下地干活去了，清寂的街道上只有偶尔走过的干部或者教师模样的人，再就是几只追逐的狗，几只觅食的鸡。成志像夜里偷东西的贼人，虽然四周漆黑如铁，寂静无声，但他还是觉得有人盯着。他沿街边慢慢而行，东张西望，看见远处有人影，赶紧侧身藏于隐蔽处，他怕被人发现以盲流的身份抓起来送去劳动，他身上没有准许证，这就让他置于危险中。

逛了两圈还是不见那人身影，他害怕极了，也失望极了，再这样下去，遇到有人盘问，他就完了，成盲流了。城里常有人专门抓懒汉、二流子，没有任何证明的盲流，也不打也不骂，就是带去劳动，看管得紧，跑也跑不掉的，那样的日子，还不如老老实实地蹲在村里。

正当他焦急万分，准备回去时，临街的一座房子的木门被推开了一条缝，门缝里有一张被门夹得变形的脸，这张脸在夜里肯定会吓人一跳的，鬼魅般说："快进来，你还在游逛啥子。"

成志赶紧进去，门悄无声息地关严，屋里的人正是他的同学。他这个同学叫刘成才，事实上他从来没有成过才，读书时成绩一塌糊涂，偷鸡摸狗拔蒜苗，翻墙揭瓦掏鸟窝，初中还没读完就辍学在家了。在队里待了一段时间，他就莫名其妙地消失了，家里人不知道他去了哪里，队里也不知道，也没人去找，任他凭空消失。这人是个人人嫌弃的讨厌鬼，只有他俩还算好一些，因为他也是被人嫌弃的人。

刘成才拿出一包皱皱巴巴的烟递一根给他，他说不会抽，刘成才吸上一口气一根烟就抽了大半截。他说烟瘾挺大呀，刘成才说在外面学会的，烟是人情草，见了面，递支烟过去，人就熟了。

两人寒暄一会儿，问一下彼此的情况，刘成才说："你不出去亏大了，你会憋疯掉的，巴掌大的地方，日出而作，日落而归，吃饭睡觉，和生产队的牲口有啥区别？这几年，我见的世面多了去了，大到成都、昆明、贵阳，小到水城、昭通、毕节，更小的就多了。高楼大厦，车水马龙，百货大楼，电影院、剧院，你想都想不出来有多高大，有多漂亮，天桥、电车、公交车，你见过吗？走过、坐过吗？就是公园你也没去过，里面的亭子、走廊、小岛、游艇，各种花草，你怕是想都想不起是啥样子。你除了挖地挑粪，吃苞谷饭，啃洋芋，其他一样都没有。还是出去吧，外面的世界太大太大，风吹来是软和的，眼睛看到的都是舒服的。"

外面的世界对成志的诱惑毫无疑问是很大的，更重要的是，他向往的是自由，用不着拴在生产队的磨道里，用不着被村长差遣，除了干生产队的活，还要干村长家的活，苦死累死还成了村长对你的赏赐。用不着遭受队里人的欺负，连三岁娃娃都敢喊他狗崽子。用不着被村长经常讲的头发丝丝都可以拴死你，连上乡场都得不到批准。想起队里的那头老驴他便想到自己的命运，天一亮就被牵来，苦死累活地转圈圈，一生都在叱斥和鞭打中过日子。这头驴年纪大了，快要转不动了，队里合计买头新的驴，到时候把它宰了，肉分给大家打牙祭。

但他最担心的是出去以后如何生活，没有通行证，没有任何证明不是会随时被抓吗？那不是成为盲流了吗？盲流是随时可以抓的，抓到就会送到盲流集中的地方去劳动，那不是更难过了吗？爹至今没回来，也不晓得被抓去关在什么地方呢？

刘成才说："你有这些顾虑也是对的，不过外面天地很大，只要人机灵就可以避免。你看我出去几年，不就是被抓过一次，抓住也没关系，有吃有住，也不会被打骂，集体上工，到点吃饭，住集体宿舍，垫的盖的都很暖和，比家里的还好。只是我受不了管束，抽个空就跑了。"成志说："身上无钱，在外面咋生活？"刘成才说："一个大活人还会被尿憋死！外面有的地方管得紧，有的地方管得松，朝管得松的地方去，帮人做活，可以得到现钱，有了钱从毕节买点当地的土特产到昭通卖，卖了又买点昭通的天麻到贵阳，钱赚得不多，但日子滋润呀。"成志问："那住又咋办呢？"刘成才说："这更简单了，有钱住旅宿，无钱住桥洞。在乡下更好办，好心人会留你住宿。实在不行，乡下的草垛多得很，打个洞钻进去，又暖和又舒服，天热时睡在谷草堆上，四面吹风，望星星，望月亮，你说安逸不安逸。"

成志被他说动了，虽然不完全相信他的话，但无论如何也比困在生产队里好，即使要吃些苦，他也是受得了的，于是下定了决心。

成志唯一放不下的就是他老娘，她年纪不算大，也就是五十多岁，但她有哮喘病，这病在冬天特别厉害，喘起来不停息，喘得上气不接下气。久病成太医，家里无钱去卫生所看病，她学了很多民间土方子，房檐下黑黢黢地吊着很多草药，病了，扯一把来熬水喝，大体也还管用，严重了就只好熬着，熬一阵也就轻了。

这一夜他辗转反侧总睡不着，望着黑黢黢的房梁，心思如潮，对这个小山村他没有啥留恋的，小山村的生活留给他的是憋屈，是压抑，是打击，是没完没了，无穷无尽地看不到头的憋闷，过往的事使他心情灰暗，阴郁沉重。但要出去，他也知道是非常冒险的事，到处都在管控，出行需要通行证、准许证，到处都在抓盲流，没有证件随时会成为盲流被抓去劳动。劳动还好，如果遣返回来就麻烦了，村长说的头发丝丝都拴得死人，一点不假。回来的日子可想而知，被监督，被批斗，成为人人喊打的坏分子。在纠结和矛盾中他沉沉睡去了，在沉沉昏睡中他突然听到"成志，成志，你在干啥？还不快走"。他猛地一个激灵，人就醒了。天还是黑沉沉的，随即就听到公鸡的鸣叫。他慌忙爬起来，也不敢点灯，摸黑收拾了一下要带的衣物，衣物本来就不多，也就一小个包裹。他不敢惊动老娘，不敢和她讲要出去的事，讲了无论如何是走不了的。他娘的哭诉、哀求甚至吵闹都是可能的。他只能偷偷地走，他走到屋外，在微曦的晨光中写了张纸条：娘，我走了，你千万不要找我，我会照顾好自己的，我会在合适时写信给你，有钱了我会寄回来的，照顾好自己。

三

走在县城的街上，成志很是兴奋，他有很长时间没来过县城了，县城很小，变化也不大，依旧是熟悉的街道，熟悉的百货大楼的门脸，也有一些新冒出来的建筑，像邮电大楼、电影院，但他们没进去。成志既兴奋又慌张，他东张西望，左顾右盼，惊惊慌慌，他心里不踏实，总觉得自己不是正经人，悄悄跑出来，没有正儿八经的准许证。倒是刘成才，这里我们要叫他成才了，他不慌不忙，镇静自若，像在自家院子里溜达。他说："成志你镇静点，踏踏实实地走，不要像做贼样的。"成志说："我也想镇静，就是镇静不了，我调整一下看行不行。"

他们在背街的一个小馆子里吃了饭。成才说："走，我带你去一个地方，到了那里你不要讲话，由我来说。"成志跟着他走，绕了好几条巷道，来到一个偏僻幽深的胡同，胡同里几乎见不到人，在巷底有一棵大槐树几乎遮了半个胡同，幽静而阴森。成才敲了敲木板门，出来一个精瘦的中年男人，这人手扶住半掩的门，眼睛直直地看着他们。成才说："不认识啦？我是去年来找你刻过章的。"那人再看了一会儿，终于认出，说："这位是？"成才说："这是我的老乡、同学，最好的铁杆朋友。"

屋里黑黢黢的，只有从半开的木窗里透进点光亮，那人瘦，瓦刀脸，脸色发青，看着像个幽灵。成才说："我要刻个章。"那人瞅了瞅门边，眼神飘忽游移，说："我不刻了，前不久进去了一段时间，我再也不刻了。"成才看了看空空荡荡的屋子，一张布满灰尘的饭桌，几张烂凳子，桌上有一棵白菜，有几棵蒜苗，成志知道他的窘况了。成志说："你要相信我们是绝对靠得住的人，况且要到外地去，不会在这里逗留，不会给你惹麻烦的。来，按三十元的价给你。三十元，这是天大的价了，领工资吃皇粮的人每个月也才二十多元。"那人幽暗的眼光闪了一下，说："要刻什么你们写好，不要在这里久待，刻好了我们在城边小公园见面。"成才也知道不宜在这里久留，便拉上成志走了。

在城边小公园的一丛树后他们见了面，那人将一个用破布包着的东西递给成才，成才说："成志你瞟着周围。"说着打开破布，里面正是一枚公章，刻着乌蒙县白鹤公社破壁生产队。成才说："好了，你走吧，后会有期。"那人说："不要有期了，从此相忘吧。"

成才很高兴，说这下你放心了吧，跟老同学出来混不会让你吃亏的，有这个章我们就有了护身符。成志忧心忡忡，他说："这样做是犯法的呀，虽然一时可以行走，但被发现就危险了。"成才说："你怕啥子，我们在外地他们又不可能派人去查，被发现了也就是当成盲流送去劳动，找个机会跑就是。"成志还是害怕，说最好不要用，能混就混。成才说："你是前怕狼后怕虎，做不成大事呀。"

吃完饭，他们找了家小旅馆住下，成才在路边的商店里又掏腰包，拿钱给他买了个草绿色的挎包，又买了牙膏、牙刷、香皂、毛巾、剃须刀。成志又感动又紧张，他和成才非亲非故，同学时期虽然走得近一些，但也不是两肋插刀的生死朋友，也没做过有恩于他的事，他这样关照他，这样的慷慨大度，让他羞愧而感动，同时他也很紧张，用了他的钱就欠下了他天大的情。成志不想欠他情，他是个有恩必报的人，这些恩在以后的日子里必定要成为他的心结。就是现在，他也觉得自己已经是个在感情上欠债累累的人了。

小旅馆虽然简陋，但干净而温馨，服务员给他们提了两瓶竹壳热水瓶开水，还问他们有什么要帮忙的。成志从来没住过旅馆，他感到很舒服，很自在，两人洗了脚躺在被窝里吹牛，在这里吹牛没有禁忌，关了门想吹啥吹啥，不像在老家讲话都小声小气，唯恐怕被人听见。如果累了明天早上不起床，也可以睡个够。在老家，一听到村长的脚步声和他吹哨子的声音，他全身一激灵，再苦再累该做不该做的活，他都要去认认真真地做好。成志终于接了成才递的烟，开始吸他就被呛了几口，眼泪鼻涕都出来了。他掐灭了剩下的半截烟，成才说："开始都是这样的，多抽几支就适应了，你不知道抽烟有多愉快，累了抽，解乏；苦恼了抽，解忧；孤独时抽，解闷。"成志从小到大没抽过，别说没钱买烟，就是有钱他也不敢抽，本来就应该规规矩矩老老实实地劳动，叼着烟像二流子了。他看村长开会时跷着二郎腿，叼着烟吞云吐雾，谁能这样，只有村长。其他的二大爷、七幺叔、张老歪、李四驼背们，他们吸的是用葵花叶、榆树叶卷的烟，呛得人晕天黑地。

在成才的鼓励下，成志硬着头皮又抽了几支，渐渐地，他不感到辛辣和呛人了，而是感到爽快和舒适，尤其是毫无禁忌地、自由自在地吞云吐雾，让他找到了做人的尊严和自由，是的，可以自由自在地抽烟，这是他从来没有过的。

正当他们聊得开心，抽得快乐的时候，门外传来急促的敲门声，声音粗暴而蛮横，在寂静的夜里很是吓人，成志紧张得脸都白了，身子不由自主地抖了起来，忙往被子里缩。成才倒是镇静，问："什么人？干什么？"门外粗声大气："开门，不要啰唆，再不开就把门踹烂。"成才开了门，呼啦啦地进来几个戴红袖套的人，问："你们是干什么的？哪里人？"成才不慌不忙，说："我们是白鹤公社破壁村的。"问："就在本县，你们为什么要住旅社？"成才说："我们要到威远县去买种子，住一晚天亮好赶车。"为首的说："你们有没有证明？"成才不慌不忙地拿出早已准备好的证明，上面盖着今天才雕好的章。那人仔细地看了证明，又问成志："你叫什么名字？"成才说："那上面写着哩。"那人说："没问你。"成志诚惶诚恐，说："赵成志。"那人说："成志、成才，我看你两个这样子还成志成才。"成才立即发作起来："你这同志查夜就查夜，我们有证明有任务，凭啥子骂人？"那人说："骂你咋了，老子不打你算是今天心情好。"成才扑上去，说："你打，你打，不打你就不是人。"其他人劝住，说走了，走了，别间去看，便拉着那人走了。

成志心有余悸，说："你咋个会这么凶？脾气好点不行？真要弄清我们的身份，我们就倒大霉了。"成才说："这你就不懂了，在江湖上行走，该软该装孙子就要装孙子，该凶装大头就装大头。今天就要凶一点，从气势上压倒他们。我们有证明，如果让他慢慢盘查，你又没出过门，抖手抖脚的，终究要露出马脚。"成志想想，佩服成才的沉着老练和灵活机智，不愧是出来跑了几年的老江湖。

四

到了威远县，成才身上的钱没有了。也是，这一路上都是用他的钱，吃饭、住旅社、买东西，包括买烟卷。从公共汽车上下来，车站边有几家小饭馆，里面热气腾腾地飘出饭菜的香味。成才掏了掏口袋，大惊失色，糟糕，钱不见了，他妈的被小偷偷了。成志说不要急慢慢找。成才翻遍所有口袋，连短裤里缝的口袋也翻遍仍不见。成才说："他妈的真是贼偷公安局，火烧消防队，这狗日的偷七偷八偷到老子头上来了。老子真要吃这碗饭，就只有去偷了。"成志听他讲过，在外漂泊的那些年，有一次他几天没吃东西，饿晕在一座大石桥下，后来有个人叫醒了他，给他些吃的东西，又从不远处的小饭馆里要了一碗热水，他渐渐缓过气来，那人问了他的情况，说："小兄弟你想不想学门手艺，保证你衣食不愁。"他很感谢那人，更想学门手艺免去饥饿之苦，那人说："实话告诉你，这门手艺风险很大，成功了吃香的喝辣的，失手了被捆被打被游街。"他知道是啥手艺了，本不想学，但才跑出来衣食无着落，睡桥洞、谷草堆是小事，经常饿得前胸贴肚皮，饿得猫抓心，迟早要饿死，他才答应了跟他学手艺。

成才是个聪明过人的人，头脑灵活，身手敏捷，没有多久他就出道了。师傅说不要跟我了，你可以独自去讨生活了，以后有过不去的坎又来找我。他给师傅磕了三个头，离开了那里，道里的规矩师徒是不能在一个地盘讨生活的。

到了另一个地方，成才很顺手，他胆小心细，艺高谨慎，生活不仅有了保障，还过得很滋润。他喝好酒，抽好烟，下馆子，住旅社，手头宽裕就几天不出手，到处去玩。但常在河边走哪有不湿鞋，他终于在一次偷盗中失手，被人现场抓住了，抓他的人是个屠户，五大三粗，满脸络腮胡，力大无比，他把他用细麻绳捆起来，打得他鼻青脸肿，一身是伤，这还不说，屠户还像提猪一样把他提着游行，那时候时兴游街，小偷、二流子、懒汉，盲流不捆，只是用绳子随便拴着，打头的提面锣，边走边敲，"行人不学我，偷鸡摸狗拔蒜苗"，哐哐哐；另一个说"行人不学我，好吃懒做不出工"，哐哐哐……

对于小偷大家都恨，懒汉、二流子、盲流游街没人吐口水、丢烂菜叶。小偷游街就不同了，大家都比恨懒汉、二流子更恨小偷，成才走一路被吐一路的口水，这件事对成才刺激很大，他躺了几天，身上的伤好了心上的伤却没有好，他的心受到很大伤害，那种人人憎恨、过街老鼠人人喊打的愤怒厌恶，使他的心情一下跌入低谷。他决心金盆洗手不再偷窃，忍了一段时间，但身上的钱用完肚子咕咕叫的时候，他又忍不住操起了旧业。

使他真正下决心不再偷窃的是一件事。成才那天去闲逛，他见食品站门口排成长队，年关已近，喂猪的农民排队交任务，喂一头猪交一半，杀猪的农民和相熟的屠户商量，刀口朝一边偏，自家吃的那半要大点、重点，然后交一半给食品站。他们用手推车推着或者用大背篓背着来交任务，成才看见一个四十来岁的女人交了任务，她到没有人的墙边数钱，数完左缠右裹地揣好，然后走出，成才尾随着她伺机下手，他见她走进供销社称了一斤红糖，供销社里人太多，他装作买东西走到她身边，把她的钱偷了。

在医院门口，这女的发现她的钱被偷了，她顿时崩溃了，她抓自己的头发，弄得披头散发，哭天喊地，打自己的脸，哭得惊天动地、伤心欲绝。她怕打着地面，边哭边诉说："我的妈呀我的娘吔，老天爷呀，你叫我咋个活……男人住院交不出钱，医院就不医了呀，好不容易杀了猪交了任务，钱才到手就被天杀的小偷偷了呀……屋头娃娃四五个，男人住院老的也病，你叫我咋个活呀……"

成才混在人群中，他看到这个女的脸色蜡黄，神色憔悴，疲惫不堪，他听到她声音嘶哑，哭得上气不接下气，凄惨悲凉、绝望至极，他有些心动，有些不忍。他的家境和这个女的也差不多，他不仅目睹而且过过这样的生活。他的母亲有一次去赶场丢了五元不是差点跳河了吗？他心里有些难过，有些后悔，他想把钱还给她，但这么多人怎么还，这不是送上门被打吗？他走出人群，想等人少的时候再想办法把钱还她。

等他走了一段路，突然听到有人喊"不好了，有人跳水了……"医院旁边有条河，不宽，但水深。他看到很多人朝河边跑去，叫的叫，喊的喊，有人扑通一声跳下水，朝女的游去，他水性似乎不太好，靠拢了，不料反被女的紧紧抱住施展不开。成才也来不及多想，扑通一声跳下去，等他游到他们身边时，情况很危险，他们已经开始下坠了，他游泳技术好，还有经验，他朝女的头上猛击一拳，女的手松开了，他抓住女的手臂朝岸上游去，那人也随着游过来。

女的湿淋淋地躺在地上，眼睛紧闭，脸色苍白，有会人工呼吸的人过来，反反复复地做人工呼吸，终于，她睁开了眼，哇地又哭起来，说："你们为什么要救我，为什么要救我，我活不下去，活着比死都难过……"声音凄凉哀伤，听得人们流下泪，他也不由自主地流下了泪。

最后，他还是想办法把钱还给了女人，并下定了决心，再也不偷东西。

这是座不大的县城，他们走到城边就是一片农村景象了，东一簇西一簇的树，高高低低的房屋，有瓦房也有茅草房，有菜地也有农田，有黢黑的稻草堆和苞谷秸，有冉冉升起的炊烟。成志说："好熟悉呀，就像我们老家，只是比我们那里富裕。"成才说："富裕个鬼，就不过是土地比我们那里好，农村嘛能富裕到哪里去。"

他们闻到了炊烟的气味，闻到了饭菜的气味，他们饥肠辘辘，饿得淌清口水。成志看见了地里的白萝卜，他说："我去拔个吧，想必人家也不会骂的。"成才说："你真蠢，白萝卜越吃越饿，我们去要点吃的吧。"成志说："人生地不熟，人家会给吗？"成才说试试吧。敲开了一家的门，这家人正在吃饭，桌上摆着酸菜红豆汤、炒洋芋片、一碗白菜，碗里是苞谷饭。成才说："大爹、大妈打搅你们了，我们出来办事，才下车钱就被偷走了，没钱吃饭现在饿得不行了，不晓得能不能给碗饭吃？"他说着就把手里的证明拿给当家的人看。男的看完证明，说："你们真是出来办事的？"成才说是的。男的说："我去过你们县的，那里有个小公园，叫什么名字？"成才说："叫省耕塘公园，也没多大玩场，就是个塘塘，塘塘里有座亭子，叫清官亭。"那人说出门在外千万要小心呀，这些贼杂种也太可恶了。

两人坐下来，他们实在太饿了，一口气吃了几碗。成志说太好吃了，做得真好。那人说好个鬼，饥饿了才觉得好吃，你们是饿狠了。

吃完饭，成才手脚勤快地帮人家收拾了碗筷，搬了板凳坐着和主人聊天，他递烟给男人，男人说抽不惯。他自己卷了叶子烟叶，成才见多识广，讲东讲西，男的听得很感兴趣，不时问点什么。可差不多时，男的说："你们走吧，我是不留宿的，虽然你们有证明，但村里规定不能留陌生人。"成才脸一下子阴了，他知道今晚无戏了，心想这人警惕性高哩。

路上，成才不高兴，说："这老东西鬼得很，说啥村里规定不准留客，他不愿意留生人哩。"成志说："这家人善良，生人他们都留下吃了饭，我们该感谢哩。"成才说："感谢个球，今晚只有住露天坝坝了。"

月色好，他们顺着一条土路走，走了很远，成才脚早酸了，说："就在这里找个地方算了。"成才指着小河边一垛草堆，说："这里好，有山有水视野开阔，上半夜凉快，我们就在草堆顶聊天，下半夜冷了，我们下去钻在草堆里睡觉，暖和得很。"

这个地方果然好，小河边的柳树在月光下朦朦胧胧，像在河边洗浴的少女，披散着一头浓密的头发。河水潺潺流淌，波光粼粼，蛐蛐和青蛙的叫声热烈而有韵致，凉风习习，躺在草堆顶真是万分惬意。成志感慨，在生产队时，他何曾过过这样的生活，劳累一天倒下就睡得像死猪一样，即使不累，他也不敢爬到生产队的草堆去睡，只有懒汉、二流子才会到草堆上睡，被村长发现还得了。蛐蛐、青蛙和各种虫鸣也是有的，但累得快死哪有心思去听，更不会仰望星空，看迢迢星河浩渺无际、辽阔无边、深邃无比的天空使人心绪茫然，想到人生的短暂，想到人生的许多无奈和不如意，想想困在生产队里像驴一般的日子，他心里百般滋味。现在终于出来了，套在身上无形的绳索解开了，可以后的日子确是未知数，会遇到些什么根本说不清。他能吃苦，但不是吃苦就可以的，当盲流不被抓倒是自由的，抓到就完了。虽然成才有丰富的经验，但总有失手的时候，他不知道他能不能适应……

五

第二天他们在地里掰了些农民的青苞谷吃，青苞谷汁液饱满，很甜，满口回味生津。成才说我们必须先找个事做，等赚点钱再想办法。成志在外啥也不懂，一切听他的。走到一个土丘上，他们看见前面有根巨大的烟囱，烟囱下有一片灰扑扑的房屋，成才说："有了，这是砖厂，砖厂用工量大，需要人，我俩先在这里干一段时间再说。"成志说："好的，去砖厂。"

这个砖厂很大，砖砌的围墙怕有千多米长，里面有好几座窑，有成堆出窑的砖和砖坯，他们看见不少人像蚂蚁一样忙碌着：有的在泥塘里牵着牛踩泥，牛走人也走；有的在搬踩好的窑泥；有的在赶制砖坯；有的在出窑，他们冒着窑火的腾腾热气，搬还在烫手的砖。

他们找到砖厂的负责人，递了介绍信，说出门不顺，下车钱就被小偷偷走了，只有先找点活干。那人说你们是打短工？打短工的工资一天一算，啥时不干啥时走人。

他们被领到一长排的工棚前，里面是大通铺，空气里充满汗臭味和各种难闻的味。床顶的架子上放满各种各样的杂物，想必是工友的东西，那人扔了两条又黑又破的被子给他们，说顺空铺睡吧，又说吃饭有食堂，凭饭票打饭。

成才皱着眉，说："妈的，像猪圈，这咋睡。"成志说："这有啥法，我们不是没钱了吗？只有将就一下了。"成才说："谁说不是，管他妈的咬着牙坚持一段时间，等有了钱我带你去干赚钱不出力的事。"成志想干啥都要出力，哪有赚钱不出力的事。

他们到食堂吃饭，这时下工了，一帮接一帮光着上身只穿一条短裤的人来了。窑厂又脏又灰又热，大家都习惯了，见怪不怪。他们头上身上蒙上厚厚的灰，身上黑黢黢的。成志惊讶，他是受过不少苦的人，但这景象又令他惊叹。食堂门口堆着一摞摞土碗，砖厂嘛缺啥也不缺土碗。他们各自拿了两个土碗去打饭，饭是苞谷饭，这饭粗糙得很，连苞谷皮皮也没筛去，吃着咯喳咯喳响。菜是炒洋芋，不削皮，两人站在灶上用铲砂石的铁铲炒，炒熟了，洋芋和皮分离，洋芋皮成了一个个圈圈。汤呢，用大木桶盛着，将炒过的菜留一点，倒上水，舀勺盐放把葱花，不少人在忙着朝桶里捞，几把大铁勺上下翻飞，他们蹲在地上吃，吃得那个香。

成志蹲在地上吃，同样吃得香，他是过惯苦日子的人，肚子饿了吃嘛嘛香。成才皱着眉，说："妈的像猪食，这东西咋咽得下去。算了算了，管他妈的，还是挣点钱走人。"

成才吃了半碗就不吃了，说："明天我要去找老板先支点钱，这种猪食我是无论如何吃不下去。"他把碗砰地放到脚边，一个半大、精瘦、全身黢黑的男孩，也就十多岁吧，走到他们身边一把将碗抢过去，狼吞虎咽地吃了起来。成志说："慢慢吃，看把你咽的。"成才说："哪里来的饿鬼，这东西也抢。"前面蹲着几个吃饭的汉子，其中一人说："小杂种，快滚回来，你是饿死鬼投胎的？给老子丢人现眼。"半大小子快快地放下碗，胆怯地回去了。

晚上他俩也不敢急着去睡，砖头垒的大通铺，上面凌乱地铺着一条条又黑又脏的被子，他们不知道谁睡那里。在对面乘了一阵凉的工友陆续进来了，他们熟练地找到自己的位置，躺了上去。渐渐地，炕上就像沙丁鱼样躺满了，有人问两位小兄弟才来的？成才回答了，问咋到这地方来，这里苦得很，你们怕吃不消，成才抢着说："不碍事的，我们也是下苦力的人，吃得消。"成志说："我们出来办事，下车钱就被偷了，只好先找点事干着。"那人说："差不多，差不多，来这里的人有各种原因，但凡有点办法谁会来这里吃这种苦。"

通铺末尾空着，但他们不敢去睡，那里还有两条卷着的铺盖，那位和善的中年人说："你们不消等，先靠外睡着，这两人要半夜才回呢，他们加班去了。"成才说："这么晚还要加班？干一个班都把人累得要死。"那人说："要钱不要命，可怜那个娃娃，两根筋连着脑袋，一身都是排骨，迟早要累死。"成志说："他们是爷俩？那人说搞不清楚，说是一个村的，是他侄儿子。"

十二点了，那俩人才回来，那个大人高大壮硕，一身的肉，皮肤黝黑闪着油光，尽管如此，他也显得疲惫，不断地打着哈欠。那个半大小子呢，已经累得眼睛都睁不开了，走路东倒西歪，随时都要倒下的样子。成志看着心疼，心想这人咋这样心狠，自己加班算了，还要拖着侄儿去，就是牲口，也经不住这样折腾。

那人见他的铺边多了俩人，很恼怒，用手拨拉他们，说："咋睡到我这里来了，老子这里本来就窄，你们来睡老子咋个睡？"成才被拨拉醒了，说："不是我们要睡这里的，是领导安排的。你不要老子、老子的，你是谁的老子？嘴放干净点。"那人说："老子就是这样的，你不服？"成志跳起来，说："你有啥了不起的，老子从来没有服过谁，老子也是在江湖上混的人，江湖有江湖的规矩，老子就不服你这种人。"那人说："咋的，你要跟老子比画，老子一把就把你掐死。"说着就这样扑过来了，成才见状赶紧拦在中间，说："大哥、大哥，我们新来乍到，有什么冒犯的你多担当，我这位朋友睡糊涂了，你不要跟他计较。"那人一把推开成才，说："滚开。老子不给他吃点苦他不知道锅儿是铁铸的，两人厮打在一起，众人被吵醒，光着身子起来劝架，费了老大的劲才把他们拉开。"

中年男人说："一来就打开了，我说大家都是受苦的人，何必这样为难自己人，来来来，大家挪一挪，让他们睡到我这里来吧。"成才和成志拿起自己的被子过去了，这才结束了这场纷争。

第二天早上大家起床，壮硕的汉子一把掀开半大小子的被子，说快去把尿罐倒了，半大小子揉着眼睛去倒了。成志想着屋里的人都是到外面去解手，怎么只有他会弄个尿罐，还要叫人去倒，这人也太不地道了，成志不知道，这人仗着一身的蛮力和宿舍里的好些人都打过架，大家都恨他又怕他，处处让着他。

恰巧第三天发工资，成才说："走去先支点工资，这里的饭菜实在咽不下去。"成志说："我们才干了一天活，怕支不到吧？"成才说："又不是白领，只是先支点用。"他们和众人去排队，领工资了，大家都欢天喜地，那壮硕的汉子领工资时连半大小子的也领了，他舔着口水一遍遍地数钱，半大小子可怜巴巴地说："叔，我的工资给我吧，半年多了我都没得到一分。"那人说："老子不领你出来你早就饿死了，工资我给你保管着，钱到手你拿去乱花。"半大小子难过得快哭了，说："我连买块毛巾、买条短裤的钱都没有，你给我点吧。"那人拿了张两元的给他，说："拿走，不要乱用。"

成才软磨硬泡，终于预支到二十元钱，拿到钱，成才就说："走，到外面吃饭去。"此时正是吃饭的时候，大多数领到钱的人都去食堂吃饭，他们舍不得花钱，要把钱寄回去。也有一些人去外面打牙祭，苦了一个月，他们也要犒劳一下自己。砖厂外有几家小食铺，小食铺简陋，垒个土灶，支几张油腻的桌子，但这并不妨碍饭菜的香，尽管他们的厨艺很一般。

精壮汉子是一个人来的，他去了一家小食铺，点了回锅肉、小炒肉、酥肉、炒腰花，还要了四两酒，看来他是要美美地饱餐一顿了。

成志他们见那人在那里，就转身到另一家去了，成志说："咋不见他带那小子来呢，这人也太黑心了。"成才说："心不黑就赚不了钱，这人歹毒呢。"他们也点了几个菜，要了半斤酒。成志说："少点点，我们一分钱都没挣到，吃着不踏实。"成才说："活着就是吃好、玩好、开心点好，不然跑出来干嘛。今朝有酒今朝醉，钱没了再想办法。"

那人吃完先走了，成志他们也吃得差不多了，成志说："回去休息一会儿要上班了。"成才说："走，我俩去买点东西就回。"他们来到一个小商铺，小商铺有不少东西，比其他地方多，也不知老板是从什么地方弄来的，只是价钱比其他地方贵。都说煤窑工、砖瓦工的钱好赚，他们干的是牛马活，工资也比其他高。成才称了两斤饼干，买了两封沙糕，还称了一斤水果糖，还要了一瓶葡泉大曲。成志说："少买点，工资都没挣到就先花掉了。"成才说："放心，用了会来，钱不用不来。"

刚要走，那个半大小子也来买东西了。成志问："旺财，你买来吃吗？"旺财说："我哪能买来吃，是家顺叔让我来买的。"成志说："他一个人吃，也不给你吃点？"旺财说："哪里有我吃的，我连饼干渣渣都没得吃。"成才说这个狗日的也太狠毒了，你的工资他拿着，用钱就是他一个人的了。成志问旺财："刘家顺真的是你叔？是你叔咋会这样对待你？"旺财说："哪里是我叔，我们是一个村的，我的爹妈先后死了，剩我一人，他哄我说外面的钱好挣，外面好玩得很，有百货大楼；吃的穿的玩的啥都有，有电影院，一天三场，可以从早看到晚，有公园，公园里大象、狮子、斑马、猴子都有，钱也好挣，有了钱你想咋吃就咋吃，想咋玩就咋玩。"成才说："你去玩过吗？"旺财说："玩个鬼，一出来他就带我来这个砖厂，啥东西都没见过。"成志说："原来是这样子，钱你一分都没得到吗？"旺财说："哪里得钱哟，再三地要，给一块两块就算了，其余都是他拿着，说是替我保管。"

旺财不敢耽搁忙着走了，成志说："旺财太可怜了，无爹无妈还遇到骗子，日子难过哟。"成才说："天下可怜人太多了，我们不可怜吗？你看那些城里机关单位上班的人，骑着自行车，坐在办公室，看看报纸喝喝茶，风吹不着雨淋不着，我们呢，到处漂泊到处流浪，来这砖厂下大力干牛马活不可怜吗？你可怜他，谁来可怜我们。"

转眼到了月底，砖厂发工资了，这个砖厂就这好，苦虽苦，却不拖欠工资，扣除预支的钱后，成才分了一半给成志。成志有些激动，钱不是很多，但他从来没得过这么多钱。在生产队时，每到年底分红，村长和会计念着名字，他们家人少，分到手有些时候只有十多二十元，有的时候还倒欠生产队的，队里人口多、劳动力少的反而分得多些。队里只认人头不认劳力。现在才干了一个月，就比在生产队干一年还多，这叫成志很兴奋，也感谢成才带他出来。

成志他们去食堂打饭，成志听见一阵打骂声，他们朝后边望去，刘家顺，那个精壮粗蛮的汉子正在打旺财，他扇旺财的耳光，还连端带踢地打，旺财嘴角被扇出了血，他用手捂住脸，刘家顺还在打。好多人看不下去了，说："得了吧，你打他好一阵了，嘴也出血了，脸也肿了，你还要咋的？"有人说："就是猫或狗呀也不能这样打，再说他还是个人呢！"刘家顺鼓起凶狠的眼睛，手叉着腰，说："咋个了？我管教自己的侄儿子都不行，要你们多球事。"众人见他凶狠的样子也不多说啥了。

成志血液一下冲上脑袋，他气得胸脯起伏，双拳紧攒。他最见不得欺凌弱小，自己虽然被欺凌，那只是精神上的，还没有谁这样暴打过他。他冲上前去，说："你也太凶狠了，不要说他不是你侄儿，就是你侄儿你也不能这样狠起打。"刘家顺鼓着卵子眼，说："哪个狗日说的他不是我侄儿，你说出来？说不出来老子叫他竖着过来，横着出去。"成志不想说是旺财说的，怕他要受更大的苦。成志也是豁出去了，说："老子说的，你这个杂种就是个骗子，就是个恶棍。"成志才说完，刘家顺就扑到他面前，挥起拳头就打，两人扭打在一起，成志毕竟单薄一些，很快就被刘家顺压到地上去了。成才丢掉手里的土大碗，过来帮忙，刘家顺杀猪样大喊："打人了，打人了，两个杂种打我一个，有没有人管呀……"众人都站着不动，他们正想看热闹，这家伙欺人太甚，横行霸道，终于有人出手了。厂里的一个领班来了，将他们扯开，说："家有家规，厂有厂纪，你们打架斗殴是要受惩罚的，等我跟厂长汇报后再做决定。"

众人散了，刘家顺也骂骂咧咧地走了，剩下他俩和旺财，成志问："他为什么打你？"旺财说："我向他要点钱买饭票，他不给，骂我是狗肚子永远吃不饱，干活累，一天饿得打闪闪。他不给，还打我。"成志心里难过，砖厂的活累，连饭都吃不饱咋干活呢？他从刚领的工资里拿出几元，说："拿去买饭票吧，吃不饱跟我们讲，不要跟这个狗日的要了。"

厂里扣了他们的工资，成才有些不高兴，说："我跟你说过不要多管闲事，出门在外明哲保身，多一事不如少一事。"成志有些过意不去，毕竟是自己连累成才的，就低头不讲话。刘家顺更不高兴，嘴里骂骂咧咧的，还不时地挑事。

成才买了个热水瓶，他喜欢喝茶，用大茶缸泡茶，工棚里狭窄，连放个东西的地点都没有，他将热水瓶放在炕前自己睡的位置。这天早晨，刘家顺起床，跛着脚朝屋外走，走到热水瓶那里，他伸脚一勾，故意把热水瓶打碎，嘴里还骂："狗日的放个东西也不看看地方，这屋是哪家的，想咋放就咋放。"成志看得清清楚楚，他走拢伸出脚故意把热水瓶勾倒摔烂，成志说："众人都看得见就你看不见，明人不做暗事，做暗事死他全家人。"刘家顺说："老子就是故意踢的，你要咋整，不服单挑，你两个杂种分开来。"眼看又要打起来，成才拖住成志，说："算了，好人不跟狗斗，杂种是心疼他被扣的钱，成心找岔子。"在大家劝说下，刘家顺骂骂咧咧地走了。

打饭的时候，刘家顺看见旺财多打了三两，他问："你的饭票是哪里的，老子觉得你这几天饭打得冒尖尖，你是不是偷老子的钱买的？"旺财看见他凶神恶煞的样，吓得不敢讲。他说："你讲不讲，不讲老子打死你。"说着伸手一巴掌，将旺财满满的一碗苞谷饭打翻，另一只手里端汤的碗也被打翻，地下泼了一地的汤水和饭菜。旺财"哇"的一声哭了，刘家顺又给了他几大脚："说不说，你这钱是哪里来的，不说出来老子不会饶你。"旺财蹲在地上，眼睛朝成志和成才瞟，成志眼里冒火花，刚想动手，被成才拉住，他小声说："别理这个杂种，早上才吵过架，他在寻衅呢。"刘家顺一只手揪住旺财的头发，说："讲不讲，你的狗眼不要到处瞟，老子晓得你在找干爹，就是天王老子保你，老子照常打你。"旺财终究没讲出是成志给他的钱买的饭票，他怕牵连成志。

刘家顺说："老子谅你不敢偷我的钱，是哪个龟儿杂种给你的？老子带着你缺吃的了吗？要哪个杂种可怜。"成志气得满脸通红，眼睛发红，成才紧紧地攒住他的手，说："不要在这里打架，厂里罚款他一人，罚我们两人更不划算，过后再说。"

这天吃完晚饭，成才见刘家顺一个人从厂里溜出去，成才说："走，跟上他，狗日的好几次偷偷溜出去，恐怕有啥名堂。"他们悄悄跟着，砖厂外有个小村子，厂里的人有时在发工资的日子也会到这个村子，他们去跟村民买点洋芋、鸡蛋甚至会买一只狗，一伙人煮了吃。

在村尾，他们看见刘家顺快速地进了一户人家，成才说："这狗日的怕不会是仅仅买点东西。"他们从菜园绕过去，在这户人家后窗，听见里面有吭哧吭哧的声音，看见刘家顺正压在一个女人的身上做那事。成才拉开成志，悄声说："走，到前面等他，晦气。"

在一片苞谷地里，他们终于等到了刘家顺，狗日的红光满面，哼着小曲来了，成志和成才也不多说话，拉住他就打。刘家顺见势不妙想跑，结果哪里跑得掉，他使出蛮力对付两人，这家伙也是有实力的，身高体壮，凶狠残暴，成才挨了几拳，恼了，说："成志，你从侧边打，抱住脚放翻他。"成志满肚子的仇，多少次的怨恨积攒起来，使他愤怒不已。他迎着拳头上去，虽然挨了好几下，脑袋嗡嗡响，鼻子也被打出了血，但终于抱住他的脚，一拖一拽，来回几次终于把他放翻在地。

那一顿暴揍，把刘家顺揍得嗷嗷叫。两人拳脚并上，刘家顺虽然说强壮蛮横，但经不住两人的暴打。两人都憋了一肚子恨，一旦打开就收不住手脚。成志平日懦弱，凡事忍让，但这个家伙实在是没有人样，欺大凌小，横行无忌，尤其是对旺财这个半大小子，他冒充是他亲戚，百般压榨，私吞工资，想打就打想骂就骂，把他当成奴仆使唤，连吃饭都不让吃饱，更可恶的是连帮也不许帮，不断找岔子生是非，积攒了多日的仇恨和愤怒，使他下起手来就使出狠劲。成才更不用说，他是个记仇的人，只是不动声色，逮住机会还有他的好果子吃。

打着打着，刘家顺由拼命地还击、挣扎、喊饶命到渐渐没有了声息，他一身是伤，头脸口鼻流血，模样甚是吓人。成志说："别打了，别打了，狗日的没得声息了，再打怕出人命。"成才停住，也有些惊慌，他看了看一动不动的刘家顺，用手指在他的鼻孔那里试了一下，说："还有气，死不了，只是人怕废了。"成志慌起来，说："那咋办？我们怕会蹲班房。"成才说："这里是留不住了，三十六计，走为上计。"成志说："到哪里去呢？"成才说："天地宽得很，即使不出事，我也不想在这里干了，牛马畜生的活，苦得很。"

他们走了一段路，成志说："等一下，我去看看狗日的还活着没有。"成才说："你呀，就是事多。"成志返回来，见刘家顺已经醒过来，在微微地动。成志想还好没死，否则背了一条人命，这辈子就不得安宁了。他掏出身上的二十多元，放在他身上，说："刘家顺我们的事了了，你也该长点记性，不要再做恶人了，好人有好报，恶人天会收，记住吧，这点钱拿去看下病，养下身子。"说着返身走了，走了一段不放心，又返身回来，见刘家顺眼睛已经睁开在挣扎着起身了，他才放心走了。

六

这之后，成志跟成才又跑了好些地方，他们挨过饿，睡过桥洞、草堆，又吃过很多成志没吃过的东西，住过干净舒适的旅社，还去逛过百货大楼，看过电影，溜过公园，这当然是他们弄到钱的时候。

成志跟着他到处漂泊，他内心很忐忑很复杂，觉得这日子虽然无人管束，自由自在，但终究不是个头，尤其是成才再也不愿到工地做苦力，只想弄轻巧钱让成志既担心又害怕，既惶恐又内疚。

成才在外面混了这些年，学会了一些骗人、坑人的本领。他们在威远县时，身上的钱只够用几天了。成才说不要慌，面包总会有的，钱会有的。他们买了一袋洋芋，到城郊的一家旅社借火煮，成才说："我们是外地人，身上的钱被人骗了，借火煮顿吃的。"旅社有灶，吃完洋芋，成才说："还要借个甑子用一下，我们蒸点路上吃，蒸的洋芋不容易馊。"蒸完后他让成志把洋芋用瓷片刮干净。

成才把药店里买来的硫黄粉拿来蒸，又把洋芋切成食指厚的片，蒸好后，他们爬到旅社的楼顶，楼顶有个平台正好晒。成才说："我们在这里玩两天，洋芋就干了，到时候让你看什么是天麻片。"

洋芋片晒干了，果真像天麻片，平平展展，亮晶晶，半透明，还有一层霜状的东西，和成志印象中的天麻片别无二致。成志想这人什么都会搞，洋芋片变天麻片，公鸡变凤凰，价格就是天上和地下了，但他总觉得不踏实，这不是坑蒙拐骗吗？这种行为他历来是反感的，生活再困苦，日子再煎熬，他也从来没想过做这种事，咋一不小心就和他成了同谋。

那天卖得很顺利，他们穿梭在小城的巷道，大街他们是不敢去的，随时会被查，成志跟着成才，他东张西望，鬼鬼祟祟，成才说："好好走路，不要像贼样的。"成志紧张，巷道走动的人不多，也没有什么不正常，可他就是紧张，他还忐忑，还内疚，不明白咋就走上了这条道，这是他良心的底线。他跑出来，只想挣脱驴一样的生活，没有屈辱，没有欺凌，自由而自尊，凭劳动吃饭，但现在沦为骗子了，这和他做人的准则是相反的，可他现在已经不由自主了，没有钱，活下去是问题，没有证明，随时会被抓，那枚章是成才随身携带的。

成才沉稳而老练，他穿着一件军大衣，随手提着那袋东西，见合适的人就问，"要天麻吗？"说是正宗的小草坝天麻。小草坝天麻是他们老家的特产，天下闻名，产量是很低的。那人停下脚步，说："你不要日白扯谎哟，你能有小草坝天麻？"成才看他的样子像在单位上班的，他先发制人，让你心虚。成才说："这天麻不是小草坝的，我把他生嚼了吃掉，我们就是那里的人，挖了点来送亲戚，留着卖点做路费，骗你坐车被车撞死，下雨被雷打死。"成志听得心惊肉跳，惊恐不已，成才咋敢这样，说来脸不红心不跳，也不怕遭报应。

成才抓起一把给那人看："你看看真正的乌蒙山天麻是啥样子，光滑透明，肉质好，还有层雾样的东西。"那人拿着看了看，闻了闻，说："你这天麻咋有股味？"成才说："你说对了，没得这种味就不是真天麻了，这是药味，是老天麻，几年生的，这种天麻成熟透了，药味足，效果好，头晕目眩、心悸心慌、手脚麻木、四肢疼痛吃下就好，这事本草纲目上有记载的，也是好多人吃了验证了的。"那人说："你也不要讲得天花乱坠，吃了才知道。"成志说："你讲得也对，少买点试试嘛。"成才瞪了成志一眼，说："没有多少了，过了此山无鸟叫，我们几年才来这里一次。"

那人称了半斤，半斤不少了，价钱贵，成才把两百元揣进腰包，说："卖便宜了，卖便宜了，这种野生天麻是越来越难找了，快绝种了。"

卖了这"天麻"，成才带成志去城里最大的餐厅吃饭，他出手阔绰，神气十足，叫服务员上最好的菜。服务员说："我们这里最好也就是清蒸鳜鱼、红烧肘子。"成才说那就上，再加点其他菜。成志是很少吃过贵的菜的，没钱时想都想不到，他说节约点吧，点个红烧肉就可以了。

吃着这些菜，成志心里不安，他想这钱是那人几个月的工钱，如果不是确实需要，他也舍不得出大价钱买的，可能是他的父母、亲人的确需要买来治病的，可是吃了效果如何呢？这是可想而知的。他仿佛听见人家的失望叹息声，听到被骗后的伤心、愤怒、争吵和咒骂，尽管菜确实好吃，他却吃得味同嚼蜡。

有钱的日子确实很滋润，很逍遥，他们下馆子，逛商场，看电影。电影也就那么几场，还是看，反反复复地看，还去看了他们都不太喜欢的也不太懂的京戏，专挑热闹的看，《孙悟空三打白骨精》《水淹金山》等。

成才叫成志单独去卖，说："你也别光看不卖，你要锻炼锻炼，实践出真知，历练多了以后你就可以单独做了，我跟在你后面，给你做后盾。"

一个衣着整洁光鲜、雍容富态的老太太出现了，成才说："就是她，快去。"成志抖抖索索地追上去，还未说话心里就打鼓，说："老人家买天麻吗？这是我老家真正的乌蒙天麻，野生的，色泽好，年份足，药性高。"老太太问："小伙你是哪里人？"成志说："乌蒙县的。"成才在旁边说："哎哟老人家，我们也是老乡，我是好久没听到乡音了，见了你老人家就像见到自己老娘一样。"成志想咋成你老娘了。老太太面目慈祥："我跟你们是邻县，口音很像。你们是一起的吧？这个小伙是你兄弟？"成才说："是，是，他没出过门，带他来见见世面。"老太太说："这个小伙面相忠厚，也不太会讲话。你呢，人聪明，就是有点油滑。"成才说："是，是，你老人家看得准。"

老太太说："我家老头头晕心悸、血脉不通，这时越发严重了，我晓得乌蒙县的天麻药效好，但真的买不到，难得买到好的。"成志脸红了一下，成才说："你老人家请放心，欺七欺八也不会欺老人，何况我们还是半个老乡，你老跟我妈差不多的年龄，不喊娘也该喊姨，你说是吗？哪有欺骗老辈子的道理。"成志听得一身鸡皮疙瘩，心中也有些不忍，说："老人家，这样好了，你少买点，吃了有效我们明天又来。"老太太说："好，好，这娃实在，就买一两吧。"成才着急："一两作用不大，你老人家就多买点吧。"老太太说："够了，够了，我们都退休了，身上钱不多。"

老太太走后，成才发火了，说："你卖个鬼，像你这样啥时卖得完？哪有卖东西的劝人家少买的事。"成志说："我是不忍心哩，卖的价贵，吃了要咒死人哩。"成才说："你讲良心，我是死绝天良的人，那好，我们分开各走各的。"成志本来心里就有气，他们合伙做了好多事，赚到的钱成才都没拿过给他，只供他吃喝。他要用钱要一次拿一点，只够买点牙膏、香皂之类的。成才心也太厚了，不说多少，起码分三分之一吧，可他就一个人独吞了。

七

成志开始了一个人的漂泊，离开成才后他才感到自己的孤独和无能，那枚章被成才带走了。他实在找不到可以雕刻这种章的地方，有时看见雕章的地方，他战战兢兢、神头鬼脑地问人家，人家见他这样子就是一顿骂，说："我这里是遵纪守法的地方，从来不做违法的事。你再啰唆，老子把你送到公安局去。"成志沮丧地走了，他不明白怎么成才就可以雕呢？他到底是如何搭上线，自己咋就弄不成呢？

没有了章就没有证明，没有通行证，这样就寸步难行。他想起村长的话，老子用头发丝丝都能拴住你，这头发丝丝就是他手里的章呀。

他去过几个地方打过工，那些地方不大盘问他的身份，他们需要苦力，他在采石场干过，采石场粉尘遮天蔽日，劳动强度极大，开山放炮，开石凿石，搬运石块，不光苦而且危险，有一次他的手差点被炸掉。他还下过小煤窑，这些小煤窑太简陋了，刨个半人高的洞，没有任何支撑，人就光着屁股从煤窑里拖煤，时常有塌方的事发生。

成志有了些钱，虽然苦、危险，但开的工钱高，他偷偷地给老母亲寄去，让她买些穿的吃的。如果出不起工就不去了，拿点钱抵工分。

这样的日子就慢慢过去了，他曾被抓过几次，都是工地的、煤窑的老板保他出来。他不知道老板用什么方法，但被关的日子是不好受的，关在一起的都是小偷、二流子、盲流和混混。他们不是被白关，还要去劳动，有时被送到某个地方修水库、抬大筐夯土；有时被送去修公路、炸土石方、砌挡墙、挖路基。各种苦都吃过，他不怕吃苦，就是吃不饱饭，一碗苞谷饭，一碗白菜汤，活干到一半就饿得前胸贴肚皮。在采石场、小煤窑是管吃饱的，还有工钱，可以买东西吃。管他们的人很凶，好在不随便打人，只有跑了被追回来的才被捆、被打。

成志被抓的次数多了，引起了有关方面的注意。他被认定是个"老盲流"，虽然他没有偷没有抢，没有其他的犯罪记录，但是必须给予他相关的惩治。他们给他两个选择，一是去新生机械厂，这个厂是由劳改刑满又不愿回老家的人组成，也收容二流子、小偷、盲流，统一劳动改造；二是遣送回老家。

成志想了一阵，他决定不回老家，他再也不愿过老家的那种日子，加之跑出来这么长日子，回去后会遭遇什么他很清楚，村长肯定会对他说："跑嘛，有本事你跑嘛。老子说过头发丝丝拴得住人你不信，这回有你龟儿的好日子过。"一个人在外面野惯了，流浪的日子虽然艰辛，虽然充满各种险恶，但总比老家那种叫人窒息得看不到希望的、屈辱心酸的日子好。

成志选择了去新生机械厂。

这是一家位于城郊的厂，门口有解放军士兵站岗，进出很严格，但里面却是个小天地，在里面劳动的人比较自由，他被分给一个四十多岁的戴眼镜的人当下手。这个人穿着工作服，戴着袖套，他熟练地开着车床。成志第一次看见这种庞大的机器，他很惊讶，对这种机器的力量感到很神奇，一阵阵耀眼的火星闪出，机床上流淌出粉丝粗的铁丝。被车床车的部件很快就好了，车好的部件铮明瓦亮，这人又换上一个新部件。

带他来的人说他就是孙师傅，不光技术好，还是个大文化人，文章写得好，诗也写得好，在省报当过大记者哟。他不知道这么一个文化人、大记者怎么会到这个地方来的，他只知道来这里的人大多数都是犯过事儿的，来这里劳动改造。

孙师傅和蔼，但成天都阴沉着脸，不和人讲话。他做事认真，拼命干活，就连工间休息大家到车间外面晒太阳、聊天他都不去。有时下班了车间里没其他人了，他都还在做事。他是在折磨自己，也似乎是在救赎自己，在干活中忘记忧愁和烦恼。

　　成志给他打下手，其实就是干些杂活，把要车的部件抬上车床，干完后抬下，遇到重的部件，孙师傅还会搭上一把手。有时孙师傅见他站着发困，说让他去洗洗毛巾吧。这是个好差事，这个厂空地很多，不晓得是种的还是随风飘来的种子，厂里开满波斯菊。孙师傅告诉他这种花学名叫波斯菊，又叫格桑花、松毛花，这种花生命力极强，种子随风散落，只要有土就能活，不怕干旱不怕严寒，长得蓬蓬勃勃，绚丽多姿。正是波斯菊盛开的季节，厂子就被一片花海包围了，红色的、白色的、粉红色的、大红色的波斯菊云霞一般绚丽，在风的吹拂下如海潮般起伏。阳光正好，在这个时候去洗毛巾无疑是一种享受。在这里劳动改造的人都抓紧这种机会出来放松一下，享受大自然的美好。孙师傅却把这种机会让给他，让他心里很温暖。

　　那天，孙师傅让他不要去打晚饭了，到他那里吃饭，他是和其他改造的人住在一起的，八个人一间，上下铺。

　　孙师傅也是住在那一排土墙房中，这种土墙房是瓦顶，有玻璃窗，水泥地面。他很惊讶孙师傅是一个人住一间的，确切地说是两个人，他和他的女儿。这是厂里对他的特殊照顾，他是厂里的技术骨干，又是厂里《新生》油印小报的主笔、主编。他犯事后他的妻子和他离了婚，留下一个女儿给他，等他刑满到新生机械厂时，他申请将女儿接了来，因为老母亲摔伤了腿，女儿无人照顾。

　　孙师傅这个小家收拾得不仅干净而且很有情调。一张高低床，他睡下面，女儿睡上面；前后的窗子都挂上了蓝色的窗帘，墙上贴着一些从画报上剪下来的彩色画片，风景照，很美很雅致；一张书桌，一个书架，一张方桌，几把椅子，都是孙师傅自己做的。最使成志惊讶的是桌上竟然铺着橙黄色的亚麻布，还有一瓶波斯菊。瓶子是阔口罐头瓶，亚麻布显得陈旧，但洗得干净，熨得平展，窗台上也摆着几盆花，是野菊花、扁竹兰，还用削掉的半截白萝卜栽入盆内，竟然抽了苔，开着白色的淡淡小花。成志感慨，孙师傅能在这样的环境里把生活过得这样温馨，这样的生机勃勃！

孙师傅忙着炒菜，小芳给他打下手。一会儿小小的方桌上就摆满了菜，有排骨炖白萝卜、炸洋芋片，还有难得一见的炸花生米、菠菜豆腐汤。孙师傅说："今天是我的生日，满五十岁了，真快呀，我到这里才三十多岁，眨眼就半百了。好在现在条件好了，来这里有工资，小芳也到身边了，我也满足了。"孙师傅说："你们认识一下吧，她叫孙小芳，在城里读高中，喜欢文学。"又指着成志说："他叫赵成志，我的徒弟，也没犯啥事，就是个盲流。"小芳说："盲流也到这里？"孙师傅说："现在不准到处乱跑，外出要有证明，他跑了一年多了，就被送到这里来了。"小芳说："咦，这也是怪事，跑到外面都不行。"孙师傅说："你这就不懂了，头发丝丝拴得住人，没有证明怎么能乱跑呢？"成志又一次听到有人说这样的话，他很震惊，孙师傅是有大学问的，这话果然厉害。

孙师傅问了他的情况，知道他有个老娘，知道他读过初中。孙师傅说："读过初中就很不错了，我这里有些书，你可以拿去看。读书是很重要的，让你聪明、豁达、阅尽人间万象，变成个有用的人，有不懂的你可以问我。"

吃完饭，小芳帮他挑选了一些书，有《普希金诗选》，泰戈尔的《飞鸟集》《雪莱诗选》，还有《唐诗三百首》。成志在读书时就喜欢文学，他写的散文和诗还常常被选登在校刊上，后来回村后和文学就绝缘了，成天忙于生计不说，日子还过得十分煎熬。拿到这些书，他两眼放光，手都颤抖了。

在拿回的旧报纸中，他翻到了孙师傅过去写的诗，那些诗写得情绪饱满，深刻，睿智而又犀利，但又饱含着满满的爱，看得他激动万分，眼泛泪花。当他和孙师傅说起这些诗的时候，孙师傅漠然的脸上也有了一丝红晕。他说："这都是年轻时候写的了，年轻真好，敢想，敢说，敢于表达，现在不行了，再也写不出这样的诗，也不会有这样的诗了。

但你记住一句话，诗歌要真，要善，要美，要有爱，爱是不能忘记的，虽然不能写了，但我的心灵仍然在自由和爱的天空中飞翔。"

厂里的一名工人逃跑被孙师傅发现，他去追，时值深夜，厂里的后围墙外是一片苞谷地，孙师傅边跑边叫那人回来，那人说："孙瞎子你不要多管闲事，老子跑老子的，你再追我就不客气了。"孙师傅穷追不舍，他眼睛高度近视，在深夜更是啥都看不见。那人在跳一个深沟时跌倒了，他顺手捡了块石头朝扑过来的孙师傅砸过去，孙师傅只觉得头嗡的一响，血顺着额头流下来，那人又砸了他两下，他觉得天旋地转，血流像水淌，但他仍然死死抓住那人不放。

那人被逮住了，孙师傅立了功，厂里表扬了他，还要给他减去劳改的时间。

成志去看孙师傅，孙师傅仍然像以前一样阴沉着脸睡着，成志说："师傅你应该高兴，减了劳改时间你就可以提前回省城了。"孙师傅说："我高兴不起来，我减了，他就加了。"成志说："那你为啥还要追他呢？"孙师傅说："人人向往自由，可他犯的是强奸罪，就该受到惩罚，让这种人获得自由是对社会的危害，人要有正义感，有是非之心，要分得清什么是对什么是错。"

厂里的刘科长让成志和其他几个人去他家踩炭。小城缺煤，且烧起来很困难。刘科长有办法，他通过关系买到一汽车散煤，这种煤要用一种叫白泥巴的黏性很强的泥来掺和，然后将水加进去，像踩窑泥一样踩。这是很累人的活，赤着脚边踩边挖边搅和，踩完一小堆，要抬到堆的地方，堆得像山一样高，用的时候挖点下来，一堆煤够一家人用一年。踩完一堆煤几个人要干到大半夜，累得狗一样地喘气，小城干这种活的多是无业的壮汉，要价很高。

孙师傅说："我从来不去，刘科长的名堂多得很，家里修房子、挖排水沟、踩煤、搬家都让厂里的人去。他把厂里的人当成他的奴仆，这是以权谋私，大家都愿意去，希望得到他的关照。我不去，他就时刻找茌，给我穿小鞋，但我还是不去，他奈我何。"成志说："那我去不去呢？"孙师傅说："去不去你自己考虑，好处和坏处是摆着的。不过我还是劝你去，你跟我不一样，我有技术，厂里离不了；有文化，厂报离不了。你年轻，争取早点回去。"成志说："我不想回去，回去像驴推磨一样，不仅苦还要受各种折磨，我想在这里跟你学技术，学文化。"孙师傅说："你跟我不一样，你只是盲流，法律上没有罪，在这里最多不过半年，还是要遣返回去。"成志心里难受起来，说："外面的人不想进来，我不想出去，回去比这里更难受。"孙师傅说："别傻了，回去你是合法公民，日子虽然难过，但你更自由，这点在这里是不现实的，你没有证明到处跑，还会被抓的，你难道当一辈子盲流，在哪里都不重要，重要的是心灵的自由。你记住，比大地更广阔的是天空，比天空更广阔的是心灵，心灵是不需要通行证的。"

成志眼睛湿润，呢喃地说："心灵是不需要通行证的，心灵是不需要通行证的。"

功 德 碑

一

近乡情更怯，栓娃是不知道啥意思的，但快走到村口时，他还是明显地感到心慌，感到胆怯。他不是逃犯，不是干过放火投毒、丢人家娃娃在水井里的人。他只是在这个村里生存不下去，背井离乡到外面混了十几年的人，这原本没有什么错，每个人都有混不下去的时候，混不下去就走，民国时候还兴闯关东呢。混得好了，携家带口，衣锦还乡，混得差的，就滞留他乡，甚至永远都不回来，就这么回事。

栓娃早就不是娃，他叫王栓娃，如果有娃，他应该是娃的爷爷辈了。但他仍然是娃，五十多岁的人仍然是娃，就可以想象他是个孤身老汉，光凭这一点，就让人觉得可怜，就让人看不起，可有啥办法，他生来如此，谁也改变不了他的命运。

五十多岁的栓娃站在离村子不远的一块巨石上，石头很高，他费了很大的力气才爬上去的，他觉得站在巨石上视野开阔，襟胸博大起来；觉得不远处的村庄变得渺小起来，雾霭蒸腾，缥缈虚幻，人站在巨石上便显得高大起来。他正陶醉，下面有人喊，哪家的鬼娃娃赶紧下来，恁高的石头跌不死你。这一声喊，让他立即气馁起来，差点一屁股坐了下去。气馁之后他又愤愤不平：老子是娃娃吗？老子是你爹、你爷爷，老子多大岁数了？你瞎了吗？

爬下巨石，他忙用手掸身上的灰尘，忙用手前后左右地扯衣服，他希望衣服仍然平平整整，光洁一新。是的，他今天穿了一套里外三新的衣服，外面是一件银灰色的夹克，黑色的长裤，脚上的皮鞋油亮得不真实，是那种人造皮革，刚穿上时油光锃亮，平整细腻照得见人影，才走一小段路就见得到皱纹，鞋跟和鞋底已经有了分离的痕迹。这套行头是他在城里的地摊上买的，他从来没穿过这么好的服装，穿着缩手缩脚十分别扭，但他还是要穿。十几年没回家了，他要让村里的人对他刮目相看，让他们知道那个衣衫破烂、蓬头垢面、形象猥琐的人也有今天。

那人从矮树丛中闪出来，说："这是谁呵，来走亲戚？穿得恁光鲜。"他看了他一阵，互相都没认出来，他又揉了揉眼，目不转睛地看，说："刘家祥，你是刘家祥？你咋变成驼背、个子跟我差不多高了呢？"他哈哈哈地大笑起来：苍天饶过谁？刘家祥，你不是那个又恶又霸道的人吗？咋挫了一大截，那一截挫到背脊上去了？你不是打街坊骂邻居、专门欺负老实人吗，你不是仰头向天、横着走路、见鸡踢鸡、见狗踢狗吗？

和他差不多高的刘家祥咧着嘴快要哭了，他也认出了眼前这人正是村里消失了十几年的王栓娃，那个在村里被嫌弃、被欺辱的人，现在竟然人模狗样了，他啥时穿过新衣服？他不是任何时候都穿着没纽扣的破烂不堪的烂棉袄吗？天热时敞着胸，天冷了用细麻绳从腰间一系。他不是任何时候都穿着一边裤脚只拢膝盖、裤腿一条高一条低的人吗？他啥时穿过皮鞋？笑话，他那双鞋，暂且叫鞋吧，鞋帮和鞋底早已分开，他用细胶线把它们连脚绑在一起，并且一只是解放牌的绿胶鞋，一只是布底剪子口的鞋子，脚踝脚背永远皲裂得像松树皮。王栓娃就应该是这个样子，不是这个样子就不是王栓娃。可是，十几年过去，老母鸡变鸭，王栓娃变成了老麻鸭。

王栓娃从衣袋里摸出一盒"金沙江"香烟，还没启封，小心翼翼地撕纸，弹出一支给刘家祥。刘家祥接过烟，拿在鼻子前贪婪地闻了闻，说："不地道，我那些年抽的比这味纯。"栓娃说："鸭子死了嘴硬，我看你烟口袋里是碎烟丝哩。拿去，这包烟都给你。"刘家祥说："栓娃老弟，你这些年去哪里了？不是说你死在外面的桥洞里了吗？"栓娃说："放屁，老子没死，老子活得比你伸展，倒是你咋个变成个驼子了？"刘家祥核桃一样的脸上尽是苦涩，说："从岩上摔下去，落了一身残疾了。你看这路，多少年都这样子，哪年不摔死几只羊，连牛也摔死了的。"栓娃说："我是好多年没走了哩，以后也走不了多久，管它哩。"刘家祥说："娃娃些还要走，子孙还要走的。"栓娃说："先管好你，你看你成啥样子了，比我当年还落魄。"

老房子还在，房子背后就是一堵险岩，长满了藤蔓荆棘，房子周围的树有的枯了，有的还蓬勃生长着，落叶枯枝荒芜。房子是茅草房，黢黑的房顶从中间塌陷了，门墙也不见了，才走到门口，嗖地从屋里窜出个黑影，眨眼就不见。栓娃想，连黄鼠狼都来做窝了，真是悲哀呵。

家祥说："你这房是不能住了，到我那里挤一挤。"栓娃说："我有自己的房子，凭啥和你挤。"家祥说："我叫几个老弟兄来帮你拾掇一下，你多年没在家了，乡里乡亲的帮下忙也是应该的。"栓娃豪气地说："忙就不消帮了，我承受不起。当年我在村里不仅没人帮忙，打个工、做个活，连该得的钱也得不到，只有你们一半的工钱，有时连饭也不管饱，你们吃饱了剩下的残汤剩水就归我了。"家祥尴尬地笑，说："过去的事了，提它干啥？你也不想想当年你是啥样子，凭你那个样子让你干点杂活，给你碗饭吃就算不错了，你还要咋的？"

听说栓娃回来了，村里好些人来了，他们很惊奇，这个栓娃还活着，光凭他还活着就让大家惊奇。他不仅活着，看样子还活得挺滋润，这就更让村里人惊奇得合不拢嘴。瞧瞧，人家这身穿戴，里外全是新的，夹克衫不说了，还穿皮鞋，还戴一顶鸭舌帽，这样子既新鲜又稀奇。人们来不及看他搭配的别扭，来不及看他的身高和奇特的相貌产生的怪怪的效果，人们主要惊奇于他的突然"暴富"。是的，这身穿着在村里人眼里他就是暴富了。

栓娃新郎官似的红光满面，他拿出旅行袋中的瓜子、奶糖、炒花生让大家吃，还掏出"金沙江"烟，连小娃娃也没漏地发给大家。黑黢黢、乱糟糟的屋里挤满大人小孩，大家有些过意不去，说："我们帮你拾掇拾掇吧。"他说："不用，我先对付着住一晚上，明天请大家来。"他说："记住呵，我是要开工钱的，不要工钱的就不要来了，我是按规矩办事的。"大家晓得他有钱了，但不晓得有多少钱？但看他财大气粗的样子，猜测他钱不少，这是个令人怀疑的事。王栓娃会有钱？他的钱是怎么来的？过去几十年他连饭都吃不饱，从来没穿过一件囫囵的衣裳，除非他去偷、去抢。但大家都排除了这种可能，这人矮小且丑陋，看过《水浒传》的老年人都说他像三寸丁毂树皮，这相当于去和狗抢屎，只会被狗推了跌倒。去偷吗？更不用说，他会偷吗？那是要技术的，丢个东西在地上他哆哆嗦嗦半天捡不起来，这么笨的人能偷吗？那么这钱是咋来的？总不会有人认他当干儿子，这也不可能，他的样子猥琐而丑陋，这不是恶心自己吗？想不清楚就不想，不管是天上掉的、大风吹来的，还是随水漂来的，总之王栓娃是有钱了。

第二天清早，栓娃起了个大早，环顾一下屋子，屋子确实是太破败、太陈旧、太肮脏了，墙倾梁斜房顶塌陷不说，屋里的各种杂物、茅草、垃圾堆得脚都下不去。蜘蛛网结满房梁，老鼠游行似的穿梭。他不想动手，拾掇一下，自己也是可以的，但他不，他要看别人动手，他要享受看别人劳动、监督别人劳动的快活。

刘家祥屁颠屁颠地来了，他说："我不能再喊你栓娃了，昨晚我回去和我妈讲起你，还把你的水果糖拿给她吃，她说这娃出息了，我早就看出他会出息的。你和他是亲戚呢，你二大爹的亲三哥的大表嫂的小姑子的小舅子和他是一辈，论辈他是你的表叔呢。啥乱都不能乱了辈分，我得叫你表叔呢。"栓娃一头雾水，他从来不晓得有这样一门亲戚，绕来绕去他被绕蒙了，就算有，这乱麻麻的也理不清楚。栓娃高兴极了，终于有人喊他表叔，是老辈子了。他这一辈子何曾有人喊他表叔，他不是没当过表叔，在王姓家族中真的有几个该喊他表叔的，可谁也没喊过，连比他小的都喊他栓娃，过去没觉得什么，好像他就只是栓娃，他也心安理得。现在被刘家祥这么一叫，他内心里的尊严复苏了，有了当长辈的感觉。当长辈就是好呵，当长辈可以骂人，可以对比自己年龄大的骂"你这小狗日的，给老子滚远点"，谁如果在发烟，就说"拿支烟来，给老子点上"，这种感觉是很享受的。

刘家祥说："表叔你不要动，这房子要怎样拾掇你跟我讲，你讲个大概，譬如是大修、拆卸还是部分修补，我会安排人。"栓娃想这更好，有人来安排、监督，他不就是老板了吗？家祥不就是监工了吗？老板只管提要求，其他的交给监工去做，不仅省事，还有派头。

栓娃说："本来是想拆了重修的，但工程大，一时半会儿也弄不好，先修补吧。房顶塌了，是要弄好的，要不然下雨就无法住了。坏了的梁和椽子是要换的，找两个木工；南墙斜了，恐怕要换，找几个泥工；屋里的地面坑洼太大，换成水泥地面吧。破家烂什太多了，你看用得上的捡去吧。"家祥努力地挺了挺他佝偻的腰，很有气派地说："行，表叔，按你说的办，包你满意。"

家祥去找人了。望着他驼着背佝偻着腰的背影，栓娃感慨万千，这人过去何等的威风，走路带风，身躯高大，力大无比。他当过生产队的小队长，每天天一亮拿着个哨子，高声大嗓地叫大家去出工，栓娃尤其怕他，栓娃身材矮小，他把他编入妇女儿童中去，这原本没啥不好，问题是他只拿其他社员一半的工分，要知道那时他已经二十岁了。栓娃做活是不吝力气的，喊他挖沟他就挖沟，喊他挑肥他就挑肥，可他还是百般刁难他。那次修台地，栓娃和一个膘肥体壮的婆娘抬石头，石头很大很沉，栓娃是咬紧牙关抬的，刘家祥见了，说停下，他走过去把绳子朝栓娃这里移了一大截，说男子汉大丈夫，你好意思和婆娘一样吗？石头本身就重，绳子一移，栓娃觉得千斤般重，咬着牙抬起来，走了几步，觉得脚飘腿软、眼冒金星，趔趄着不成步形。那女的不忍心，说移过来吧，家祥说："移什么移，你如果是蹲着屙尿的你就移。"栓娃又气又急，咬着牙又抬了起来，结果就闪了腰，睡了半个月都没见好。

村里有啥红白喜事，全村人都要去帮忙。不管是红事白事，刘家祥都是总指挥，他给栓娃派的总是别人不愿意做的活。死了人要开席，他让栓娃去踩炭，踩炭是将散煤和上水加上泥，用脚踩得和窑泥一样，又是冬天下着凌，赤脚踩泥像踩冰碴子，慢一点他就骂，说你看你这个三寸丁，老子拉头老母猪来也比你能干。吃饭时大家都上了酒桌，唯独没有他，尽管那时大家都穷，穿得也窝囊，可大家仍然嫌弃他，他看到有空位刚要坐，有人就说"去去去，这里有人了"。他刚离开，那人就说"你看他那样子，他坐着还能吃得下饭吗？"另外一桌一个老人说："来和我挤一挤吧，加张凳子。"他畏畏缩缩地坐下去，菜还没上齐，大家的筷子就伸出去了，急风暴雨一顿乱搅，他刚把筷子伸出去，才夹到一块肥肉，马上就有人将他的筷子打落，说："翻什么翻，你也不嫌你筷子不干净，尽是口水别人咋个吃。"他说："你们不也在翻吗？"那人说："别人是别人，哪个像你这样肮脏，你看你那衣裳，泡盆水够肥三分田了。"

栓娃悻悻地走了，他端着碗干饭跑到一个无人的角落去蹲着吃，吃着吃着他的眼泪噼里啪啦掉下来了，他越想越伤心，越想越难过，自己前世做了什么孽，这辈子才来吃这份苦，受这份罪。

栓娃家在村上是寒门孤弱的，他爹一身是病，又无父母兄弟姊妹支撑，快四十多岁了还娶不上媳妇。后来村里来了个流浪女，又痴又傻，说不清从哪里来的，她睡在村头的谷草堆里，每天到处要吃的，渴了在沟里舀水喝，累了田埂、路边、屋檐下，哪里方便哪里歇。村里的老人看着不忍心，就撮合着老光棍将她收留了，大家凑了点钱买点锅锅家什，买点绒毯被子，也就成了婚。

可想而知栓娃出生时会是什么样子，村里的人说见过丑的没有见过这么丑的，包在烂布里的栓娃又瘦又小，比一只小猫还小，哭的声音像耗子叫，头只有拳头大，又皱又脏。但那个又痴又傻的女人却把他当成了宝，不准任何人摸他、靠近他，她在生下他的那一瞬间焕发了母性，每天寸步不离地抱着他。天热了也不知道要减少些衣物，天冷了也不知道要添加点，成天就将两只布袋似的老瘪奶塞在他嘴里，他能活下来也真是奇迹。

他也在长，但却长得缓慢，和他差不多大的娃娃已经会小跑快走了，他还站都站不稳；别的娃娃已经可以去提瓶打酱油、吆鸡吆鸭了，他还在扶着草墩挪步。他爹说不怕慢只怕站，他总会长高的，可是到了十来岁已经定格了，他依然只有一米二三，再也不会长高了。

矮且丑使他受尽了欺凌，村里的同伴从来不和他玩。每天傍晚打谷场上热闹异常，小伙伴们抓老鹰、捉小鸡、捉迷藏、斗鸡啥的都没有他，他怯怯地、孤独地站在一旁，有时实在缺人，就让他当坏人，大家追捕，扔石子，一哄而上把他压在地上。他也很快乐，终于有人愿意理他，哪怕被众人欺负。

他最怕的是黄昏降临，村里传来一阵阵呼儿唤女的声音，"王牛儿你这死鬼还不回来吃饭，饭都冷了"。"张小英，死鬼娃娃还没玩够，再不回来我们就吃完了，你回来舔碗"。"刘大毛小狗日的，你还没玩饿？等会有球给你吃"。各种各样的呼唤声透着亲情和关爱，唯独没人呼唤他，他像孤魂野鬼一样游荡，任凭大家投来可怜而又鄙视的目光。

二

家祥找的人来了，两个木工，三个泥水匠，四个小工，这几个的技术在村里都是一流的。家祥果然熟悉，他们各自拿着工具，站着听家祥的安排。此刻的家祥，精神抖擞，神采焕发，佝偻的腰虽尽力挺直，驼着的背虽然直不起来，但也尽量地挺，他的脸上褪去了灰暗和苦涩，一下神气起来，有如当年安排生产队的活路，气势不凡。他说黄木匠、李师傅、张二梗、孙晓泉你们先拆这堵墙，这堵墙斜得很了，随时会垮下来，不排除隐患，是修不好的。他说："几个小工你们去挖土、和泥，泥要稠和黏，要加上切碎的稻草才有筋骨。刘师去备料，你去村东头老犟驴家谈下价，把他家今年存下的新稻草买来，苫房顶要用。"刘师说："去谈可以，但老犟驴抠得很，我怕谈不好栓娃叔不高兴哩。"家祥说："叫你去谈你就去谈，这里我做主，栓娃全权委托我哩。"刘师说："还是你跟着去吧，多个人不吃亏。"家祥说："多大个事，这点零碎钱王栓娃还会在意，我说行就行，你放心去吧。"栓娃站在旁边，这好像不是他在翻修房子，倒成了家祥在翻修，在做主了。栓娃心里不高兴，叫你来是来帮忙的，不是让你代替主人的，老子自己不会做主人吗？窝囊了一辈子，不就是图个风光，图个当家作主的感觉吗？

众人正要分头行动，栓娃突然叫住他们，说："我还没有讲话，你们就去整，这里谁是主人？整不好哪个负责？"众人面面相觑，见他面红耳赤很生气的样子也不明白咋的了。他说："站过来，站过来，排好队，不要稀稀拉拉的，刚才的精神劲头哪里去了？你们没吃晌午饭？听好，干好了我请你们喝酒，吃羊肉汤锅。"大家高兴起来："好、好，有羊肉汤锅吃，还有啥干不好的。"他说："好个球，重新分工，刚才我听了分工不合理，没有根据你们的特长来分。记好，你们就按我分的工各行其是。"刘家祥惊愕，说："不是才分过的吗？我在村里几十年，村里大大小小的事都请我执掌，村里哪个人能干什么，哪个有什么特长我清清楚楚，你这样整不是乱套了吗？"栓娃见他急赤白脸很生气的样子就高兴，说："乱什么套？我说咋样就咋样！这是我修房，我说东就是东，说西就是西，你问他们乱不乱套？"众人都说："不乱套、不乱套，这样安排合理得很。"一个年轻人说："栓娃叔，想不到你出去这些年，样样活计都精通，你这样一分工，不是正符合每个人的长处，我有力气做小工正好，我那点木工活是三脚猫，上不得台面的。"另一个说："我扎稻草扎得好，扎得细、扎得均匀，让我去铺房顶肯定铺不好，铺得凸的凸，凹的凹，不是害人吗？"家祥听了气得跳起来，说："你们这些狗日的，你们会说人话吗？你们只要有钱有好处，啥话都敢说，啥事都敢做，你们还是人吗？"众人见他发了脾气都不吭声了。栓娃心里高兴，你不是能得很吗？多少年只见你一个人上蹿下跳，神气活现，啥都听你的，谁都要看你的脸色行事，今天咋个不灵了？你不想想，不就是你手里有点权吗？你就没想过过去在你手里我过的是啥日子，做最苦的活，拿最少的工分，还要受多少凌辱，你把我安排和村里的婆娘一起做活，还说我一个站着屙尿的人比不过蹲着屙的人，还叫那些婆娘和我比哪个尿得高，还怂恿那些婆娘按着我，拿奶呲我，还扯掉我的裤子丢在树梢上，让我蹲在地下连家都不敢回……

栓娃说："你也不要不高兴，这是我在翻修房子，你不要弄错了。"家祥板着脖子，说："晓得是你翻修房子，是你请我来的，请我来不是听我指挥吗？"栓娃说："谁说让你指挥了？我自己出钱修房子我不会指挥，不会安排，你当我是憨包、白痴？我是看你可怜给你点活做，混口饭吃，你还把自己当作人物了？"家祥气得脸色苍白，手抖得不行，他说："老子不干了，老子穷得新鲜，饿得志气，不耐烦在你家里混饭吃。"家祥说完就走了，走了几步还不忘转过身说："你们就听他的，看他能弄出啥新鲜玩意来。"

家祥走远了，众人按照他的安排拿出工具准备做活，栓娃说："等等，别忙，刚才刘家祥安排的你们还记得吗？"众人说记得。他说："好，记得就好。现在我宣布我安排的作废，大家还是按他的安排各行其是。"有人说："为啥呢？你安排的不是挺好的吗？刘家祥懂个球，多少年在村里仗着他当村长耀武扬威，捏着五指充六指，现在他还想像过去一样，没门。"有人说："这个狗日的滚岩成了背锅。三弯三翘没得个人形，自己没得数，还想找点过去的感觉。栓娃叔不理他，我们听你的。"

栓娃想真是墙倒众人推，鼓破众人捶呀，大家都这样的德性，叫人寒心呀，他说："不要嚼牙巴骨了，我咋说你们咋做，就按家祥分的工各行其是，他的安排是对的，他对村里的每个人都了如指掌，对各种活路也熟悉得很。我只是气不过他还是改不掉以前的脾气，还是那样自以为是、大咧咧的样子。"大家一听，说："是哩，是哩，栓娃叔说得对，就是要煞煞他的威风，不过他安排的倒真的是合理的。"栓娃说："合理个屁，你们没得主见，我咋个说你们就咋个说？"众人面面相觑有些尴尬，不过也就一瞬间，说："你是老板，不听你的听谁的？翻修的房子是你的，钱是你出的，不认你认谁？"

栓娃听了五味杂陈，这世道、这人心，咋会变成这样了。想想也就释然了，钱呵，有钱真好，有钱就有面子，就有尊严，孙子就会变成爹。正想着，家祥又来了。他嗫嗫嚅嚅对栓娃说："我想好了，还是来给你干活，你让我干啥就干啥，再也不会自作主张了，我的工钱你看着给吧，我不会有意见哩。"栓娃知道他少不了这份差事，现在没有人请他干活，他也干不了啥活，日子过得紧紧巴巴，眼看要过年了，连过年钱都没有，这日子就真的过不下去了。栓娃本来不想要他，他确实不是干活的料，自从跌了那一跤，他背也驼了，腰也佝偻了，走路都一步三喘，他的长处是当工头，他确实有这个经验，有这个能力，但现在连打杂的活都没人请他，更不要梦想当工头了。

天黑收工，栓娃背着手验收当天的工程，家祥找的这几个人手艺确实不错，活也做得认真，他承诺了当天的工钱当天结算，这就让他们非常兴奋。现在活难找，更难的是做了活拿不到工钱，有的做了活儿年都还拖欠着，这等好事是少有的。栓娃这里翻翻那里看看，指指点点，说些这墙还要砌得更直，大的可以了，上面这两排砖还要拉直；房顶是技术活，哪里铺不好就会积水，就会沤烂稻草，中间那部分还要加些厚度才够的话。其实他是很满意的，只是不找点毛病不讲点啥显示不出身份。他拿出一沓新崭崭的票子，要给大家兑现当天的工钱，其实他也知道要不了多少钱，每个人的工钱就是那么点，但他喜欢这种感觉，喜欢让他们围着自己，眼巴巴地、惊羡不已的感觉，喜欢看他们吐着唾沫左一遍右一遍地数钱的感觉，喜欢听他们讲些感谢感激的话，哪怕那些话不是真心的。

三

房子经过修葺，焕然一新了，虽然不如新盖的房子那么气派，那么讲究，但和以前比有着天壤之别。家祥和其他人也劝过他新修房子，他想我为啥要修房呢？别人修房是为了子孙后代，千秋万代的基业，我一个孤寡老汉修了也住不了几年，修给谁住呢？修葺一下，仍然新崭崭亮堂堂的，新翻的稻草顶齐齐整整，散发着稻草的香味，冬暖夏凉，正是他几十年梦寐以求的事。新砌的墙壁，刷得雪白，还漆了齐腰高的绿色，喜气洋洋，明亮耀眼，地下没铺瓷砖，在乡下还是水泥地面好，又防潮又防滑，可用水冲可用扫帚扫，光滑整洁，一尘不染，哪里不好呢。

家祥现在是很随和的了，修房子时栓娃给了他难堪，以为他会生气，但他还是回来了。这放在以前就惹大祸了，真是此一时彼一时呵。谁能想得到当初在村里是个响当当的人物，不说跺一脚全村都会震颤，起码一村人都敬畏，都惧怕，让你干啥活你就干啥活，给你评多少工分就是多少工分。当初在村里由于自身的原因，他可是受尽了白眼，受尽了欺侮，家祥没给自己撑过腰，反而火中浇油，想起来，真是往事不堪回首呵。

家祥随时来他家，他现在在家闲着也是闲着。家祥家人口少，也不晓得啥原因就只生了一个女儿，后来嫁到坝区去了。坝区虽然出产好些，但她女儿却很能生，嫁去几年就生了五个娃娃，随时回娘家讨接济。前些年他还有能力接济她们，自从他从岩上摔伤成了残疾后，他自顾不暇，加之老伴哮喘病越来越严重，一步三喘，早上起来喘得昏天黑地，啥也干不了，喂猪、煮饭都成了他的活计，日子过得怎样就可想而知了。

家祥人倒是真勤快，到栓娃家来他见啥做啥，水没有了，他驼着背去挑，他走得艰难，磕磕绊绊，一挑水挑到家也只剩一半了。看着他热汗涔涔，气都喘不匀的样子，栓娃说："不要挑了，你跟我差不多，也是个残疾人了，我用不了多少水，用得多我会请人挑的。"家祥说："小事，小事，走急了，要不然满满一挑没问题的。"他在扫地，家祥夺过扫帚，说："你咋能干这些事，你是体面人，这些事是下人干的，你见过哪个老板抹桌洗碗？你自己不自尊，别人就会小瞧你。"栓娃说："我是啥老板？我跟你一样是做苦力的。"家祥说："你别装了，我也不找你借钱。我这双眼虽然灰蒙蒙的，看人还是看得很准的。从那天见你第一眼起，我就晓得你发财了，还发了不小的财。"栓娃心中一惊，说："你这是乱猜，你是看我穿得光鲜的，还提着一个大旅行箱，其实那身行头值得多少钱？都是在城边农贸市场的地摊上买的。多少年没回家穿光鲜点，免得被人看不起。那个旅行箱也是地摊货，值不了几个钱，有它方便提东西，里面也没啥，瓜子、糖果、茶叶，烂衣烂衫一堆。"说着还把放在墙角的旅行箱提过来，打开，说："你看，你看，有啥子嘛，尽是些别人不要的东西，我捡了来舍不得丢带回来了。"家祥想，你这是蒙小娃娃哩，哪个会把真金白银放在里面，拿回来不藏好那就真是傻子了。

四

栓娃真是发了笔横财，如果不是飞来横财，栓娃这种人一辈子只能勉强活着，而且随着年龄增大，日子越发艰难，活下去都会是问题了。

往事不堪回首，想起以往的日子，栓娃心里酸酸的，涩涩的，干涸的眼眶会涌出一些泪水。他离开村子在外面啥都干过，他去建筑工地找活干，总是被人嘲笑，说："你站起来还没得三泡牛屎高，挑砂浆你挑得起吗？挑到半空中掉下来摔死咋办？摔伤更麻烦，老子还要捡个爹来养起。"

他说："试下嘛，不是兴试工吗？我干上三天，如果不行就走人，一分钱都不要的。"他连续一段时间没事做，再不找点事做真就活不下去了。包工头被他缠不过，只好答应了他，但只给他一半的工钱。一半就一半吧，先干了再说。

那时候修房子，水泥砂浆都是人工挑上去的，楼层也不高，大多五六层，用大型机械不划算，人工挑上去还是很高很险很累的。钢管搭的支架一层一层密密麻麻，依势而上，人走在上面像一群群蚂蚁，一个跟一个慢慢地向上蠕动。栓娃挑的灰浆和那些婆娘一样多，这些从农村来的女人个个都身强体壮，即使瘦小的也是耐力很好，力气很大。他和那些高一点的女人相比，只有她们的半腰高，加之他发育极度不好，人瘦小不说，相貌猥琐，脑袋像枣核，脸只有巴掌大，眼睛、鼻子、嘴巴含糊不清堆在一起，看着就让人生气。这不是他的错，爹妈生下他就是如此，但他却要受一辈子的歧视、孤立、打击和各种屈辱。挑灰浆和做其他小工的人都是自己带饭来吃，他们随身带着一个长方形的铝饭盒，里面是炒菜、米饭还有肉。工地上有火，一块大铁板下烧着熊熊燃烧的木柴，无数个铝饭盒放在上面嗞嗞作响，热气腾腾，他们热火朝天地吃着，还互相拨拉菜。这个时候是他最难受的时候，浑身酸疼，饥肠辘辘，饭菜的香味刺激着他，让他更加难受，清口水也不争气地流了下来。他进城游荡了一段时间，身上没有一分钱，游荡在馆子外面，他只能羡慕地看人家进去，有人招呼，拿菜单点菜，倒茶水，吃肉喝酒，猜拳行令，吃饱喝足相扶而去。他呢？饿得几乎晕死过去，他想有钱多好呵，有钱就有吃有喝有住处。无奈，他只得去街边垃圾桶刨垃圾，刨了半天，终于刨到一个塑料袋，里面有别人吃剩不要的东西。塑料袋外面粘了好些黏糊糊、脏兮兮的东西。袋里的东西啥都有，稀里糊涂，他顾不得许多，拿起来狼吞虎咽地吃。一个小男孩站着看他，说："这东西多脏呀，怎么能吃呢，吃了会生病的。"他满心恼怒，说："生病？没得吃才生病，没得吃会死的。"小男孩说："你没家吗？咋不在家吃？家里没现成的，可以在馆子里吃呀。"他更恼火："有钱我不会去吃吗？快走，快走，啥也不懂的小屁孩。"小男孩说："我有一块钱，给你拿去吃饭，你不要吃这脏东西了。"他心里有些感动，但他咋能要一个小孩的钱呢？况且一块钱够干啥呢？他恶狠狠地把小男孩赶走了，小男孩边走边回头，不解地看着他。

他去要过饭，他虽然样子像乞丐，但他不知道要饭也是需要技巧的。他样子猥琐，但不是残疾人。他看到那些断手断脚爬行在街上的残疾人，也看到那些虽然没断腿，但裸露的大腿上肌肉烂了一大片，红汝汝烂翻翻地看了叫人惊心。他后来听说那是他们自己弄的，至于怎样弄的是保密的。他跟踪了一个这样的乞丐，在没有人的地方他就小心翼翼地、毕恭毕敬地向他讨教。那人说："兄弟我可以告诉你办法，但要拿钱呢，当初我也是付了钱人家才教的。"他说："有钱我还来当叫花子，我已经沦落到连脸都不要了，老子不当叫花子了。"

一时找不到活干，身上带来的那点钱早就用完了，吃的靠翻垃圾桶；睡呢，只能睡公园，睡桥洞。城里只有一个小小的公园，天一黑就要清理里面的人，公园小难以藏身，只得去睡桥洞。桥洞也不是人人可以睡的，早有人占了，他们在桥洞里铺了纸板，随身带得有被子，床头还有锅锅家什各种生活用品。他一去就被人呵斥，叫他滚远点。他说："又不是哪家的，凭啥不能住。"人家说："老子先来已经占了，你不服，不服就打一架，我输了马上就搬走让你。"那人五大三粗极有蛮力，他掂量是打不赢的。他讪讪地说："你凶，你凶，你就永远住在这里，死在这里。"那人说："你说什么，你再说一遍，老子踹不死你。"

好不容易在一家餐厅找到一份活做，老板说你在后厨洗碗，不要窜来窜去，更不要到餐厅。他明白老板的意思，是嫌他长得矮小猥琐、形象丑陋，他的自尊心受到打击。他说："好的、好的，我就在这里洗碗。"他想，洗碗就洗碗，何必说那么多。做活他还是不吝力气的，餐厅里堆得小山似的餐具他卖力地洗，人家只让他洗第一遍，第一遍残渣多油腻大，难洗。第二遍是个女的清洗，第二遍就轻松多了。除了洗餐具，还让他干杂活，倒潲水、通下水道、倒垃圾、搬运蔬菜肉食，一天忙得不得闲，被众人呼来唤去。他也没怨言，心想有人收留，有人管吃管住，总比流浪街头、衣食无着落好。谁知发工资的时候，他发现他的工钱比那个清洗第二遍餐具的人少了一半，他实在想不明白，去问老板，老板说："我这里不需要人，看你可怜收留你，给你吃给你住，本是不给工钱的，我心好，给你一点当零用。"他说："我做的活不比王玲玲少，除了洗餐具，餐厅的杂事都是我做，这你也是晓得的，只给我这点钱就有点欺负人。"老板说："欺负你？给多少是我说了算，你愿干就干，不愿干就走人。"他一赌气，说："不干就不干，你这是打发叫花子。"老板说："你不是叫花子是什么？至少和叫花子差不多。"

工地上的一个工友见他连吃饭的钱都没有，他带的饭也只够他一个吃，就叫住他，说："我这里有点钱，你拿去买点饭吃，不吃饭咋干活呢？领了钱你再还我。"他千恩万谢，在这个时候借他钱那真的是救他命呀。他说："我领了钱一定多还你点。"那人说："借多少还多少，你以为我放高利贷呀？你这人真是的。"

他住在工棚里，吃得也很简单，只求吃饱不求吃好，有时就是两个馒头一碗稀饭了事。他很想好好地吃一顿肉，那种油汪汪、肥腻腻的蒜苗炒的回锅肉，来个大盘的，风卷残云、稀里哗啦、痛快淋漓地吃，他想得清口水直流，肚子饿得更难受。可他不能吃，他要坚持到发工资。他想慢慢地挣，慢慢地攒钱，回村时他一定要有一笔钱，钱多钱少不重要，但一定要有一笔钱。这个村子本来就穷，你如果有一笔钱就会被村里人高看一眼，你的身价地位就不一般，否则，出来条狗一定会咬你。他之所以出来就是要挣钱、攒钱，风光体面地回去，让村里人对他刮目相看，让他在村里活得有尊严。

可是出来之后他才知道，不要说攒钱，他连怎样活下去都是问题。他住过河堤，捡过垃圾，在餐厅洗过碗，在车站挑过东西，都赚不到钱，听说工地的活虽然苦，但比做其他钱多一些。

这个月他领到了他有生以来最多的一次钱，虽然包工头把他的档次排在那些婆娘之后，但他还是心满意足，他知道他完成的定额确实还低于她们。领工钱的那天，大家照例去馆子里打牙祭，没有人约他，他也不愿去。他只想自己一个人去一个小馆子好好地炒一大盘回锅肉，要一大碗清汤、米饭，好好犒劳自己。那天他真的这样做了。他觉得从来没有过这样的豪爽、大气。老板说："清汤就不要钱了。"他说："怎么能不要钱，你还放得有白菜、菠菜，该收还是得收。"老板看着这个怪怪的人，说："好，收一元钱。"

那天工地里跑来一条狗，这条狗细骨伶仃，皮毛支棱，但肚子下垂，眼光凶狠，这条狗在工地上四处游走。工地上有很多建筑材料，有还没砌墙的一堆一堆的砖，有一堆一堆的木料、水泥、砂子，还有要埋在地下的水泥管道。这条狗这里看看，那里嗅嗅，最终它选择了一根粗大的水泥管道。他是从乡下来的，知道这是一条快要生儿的狗，而且是一条流浪狗。他关注它很长一段时间了，他见它去工地上把那些枯草衔来，它是要做窝了，它要给它即将出生的宝宝做个温暖的窝。他的心融化了，他十多岁就失去了双亲，从小就过着无人呵护、受人欺辱的生活，他知道这条狗的艰辛，它自己挨冻受饿，居无定所，但为了即将出生的狗宝宝，它忍饥挨饿不辞艰辛地操劳着，他看得眼里涩涩的，心里酸酸的。

吃饭时，他特意多打了饭菜，工友说："栓娃今天好大方，舍得放开肚皮吃了。"他也不开腔，悄悄来到水泥管道那儿，他见那条母狗疲惫地蹲在地上，目光黯淡，毛发凌乱，浑身颤抖不已。他知道它是饿坏了，累坏了，见他来也不避让，经过几天的观察，它知道这人不会伤害自己。它闻到了饭菜的香味，它肚子一起一伏，嘴角流着长长的涎水，眼里尽是乞怜的样子。他心里一热，忙去捡了个塑料盒子，将热气腾腾的饭菜倒了一半进去，那狗饿坏了，迫不及待地赶了过来，它蹲下时，还是不放心地看了看他，同时还嗅了嗅，它怕贪婪的人下了毒，害了它的性命，更怕害了它肚里的宝宝。

连续打了几天的饭，他有些心疼，毕竟他领的工钱是比较少的，毕竟，他还要像在针尖削铁、鸡脚杆上刮油一样，尽量地省钱、攒钱，他想这事就算了，这是一条流浪狗，和自己没有一丝关系，凭什么要省吃俭用供它。自己一个活生生的人，身上没有一分钱时，在大街上饿得半死不活，饿得走路都飘的，都没有人怜悯过自己，凭什么自己要关心一条狗。

他狠了狠心只打了自己的一份饭，吃完回工棚去了。那晚，他睡得不踏实，心里总觉得空空的、歉歉的，他还是放心不下那条狗呵。半夜，寂静的工地上响起狗的叫声，这条狗是条懂事的狗，它来到工地从来不叫，它怕引起人的关注，它要在不为人知的地方隐藏，生下它的宝宝，以免受到伤害。今晚它狂吠不已，一定是饥饿难耐，或者是生宝宝难产了。它不停地叫，叫得苍凉，叫得凄厉，叫得渗人。工棚里熟睡的工友被叫醒了，他们劳累了一天，最怕被吵醒，他们被吵醒后是很愤怒的，纷纷说道："妈的，工地上咋个会有狗？这狗是疯了，叫得人发慌。"有人说："叫也就叫了，叫一阵你总该歇下吧，像这样咋个睡得着。"有人说："睡吧，睡吧，睡着就听不见了。"大家想再次入睡，谁也不想起来去看个究竟。可咋个睡得着，眼皮刚刚搭上，它又撕心裂肺地叫起来了。醒了大家更加愤怒，如是三番，谁受得了这种折磨，他们明天还要干活，睡不好咋办？

有人骂骂咧咧地穿衣，说："啥子疯狗，老子找到它不把它的狗脑袋砸出狗脑浆来就不是人。"于是大家都起床，骂骂咧咧往外走。栓娃心都提到嗓子眼了，他知道找到这条狗后的结果会是什么。这群人都是出苦力的粗野人，他们的生活本来就艰辛，缺少温暖，缺少关爱，生活把他们的性格磨砺得异常粗糙、冷漠和狂野。他们找到狗会狂怒地把狗打死，至少会打半死，说不定会拖回来架起柴火煮狗肉汤锅吃。想到这里，他感到自责和后悔，如果自己不心疼那碗饭，这狗会疯狂地叫吗？这是一条怀孕的狗，它不仅饿，还要呵护肚中的狗宝宝。这下好了，狂吠引来狂祸，走出工棚的人每人都找了根棍子提着，工地上最不缺的就是棍子，方的、圆的，长的、短的，还有铁管呢。

他急匆匆地尾随而去，前边已传来狗的惨叫声和打狗人愤怒的骂声，"打死你这死狗，你叫嘛，你叫嘛，不把你狗嘴打烂老子不罢休"。"打、打死这条瘟狗，你它妈半夜三更疯叫，你不是成心坑老子们吗"？栓娃走拢时，大家正围着那狗疯打，狗被打得撕心裂肺地哀叫，奇怪的是它既不跑也不逃，它知道跑不脱，索性就趴在地下。栓娃心里好疼，他知道这条狗是为了保护肚里的宝宝才趴着的。狗都如此，为了保护下一代而甘愿被折磨，只要还有一口气，它不会放弃保护宝宝的。他看了心里难受到极点，也愤怒到极点，他叫一声："住手，不准再打这狗了，它是一条怀孕的狗呀。"打狗的人停下了飞舞的乱棒，他们见这个又瘦又矮小的猥琐男子，突然勇气十足、一脸愤怒地站在他们面前，他们太感意外了，他们说："咋个不打，它是你爹还是你妈，它一晚不停地叫，还让我们睡觉吗？还叫我们干活吗？"有人说："老子们好久没吃过狗肉了，打死这个送上门来的狗东西，明天支起大锅炖狗肉汤锅吃。"栓娃说："它是怀着崽崽的呀，你们忍心吃，那是命呀。"有人说："你咋晓得它怀着崽崽？这条母狗的崽崽是你干出来的吧？"大家哈哈大笑起来，说："看不出你还有这本事，悄悄咪咪就要当爹了。说，你是啥时让这狗怀上的。"大家疯狂地笑，大声地嘲弄他。他血脉偾张，怒火快冲出脑门，但他还是硬生生地压下去了，他说："就算是我干的，你们就不要打死它了，它终究是生命，好几条生命呀。"那些人更兴奋了，说："你说是你干的，你干一回给我们看，干成了我们就饶了它。"大家起哄："干呀，干呀，你干给我们看。"栓娃又恼又气，羞辱感包裹着他，他实在忍受不了这种羞辱，想转身离去，但他一走，这条狗和它肚里的崽崽必然要被打死。想到在乱棍之下奄奄一息、血肉模糊的狗以及它肚里的崽崽，他的心疼痛起来，他又说："求你们了，饶它一命吧。"说着"扑通"一声跪下去，朝打狗的人磕起了头。有人说："算了，算了，栓娃都磕头了，饶它一条狗命。"有人说："不行，他不干一回给我们看，就要打死它。"有人说："我还没见过人干狗呢，刺激，干一回给我们看。"开头说打狗的汉子说："你狗日的变态呀，来来来，老子让你去干。"说着抓住那人的胳膊将他拖过去，那人说："二叔、二叔，开玩笑哩，你咋当真。"汉子说："你爹把你交给我，管不好你就是我的罪过，老子扒了你的裤子，让你干个够。"说着就去扒那小伙的裤子，众人见了，忙着去劝，拖的拖，扯的扯，把汉子弄开了。众人觉得无趣，散了。

那晚，栓娃去找了些烂衣服、烂棉絮来给狗铺好、垫好，又找了些吃的来喂它。这条狗其实是受了很重的伤，它躺在地上艰难地喘息，肚皮一起一伏，它的额上流了很多血，眼睛也被血遮住了，样子狰狞恐怖，它哀伤而又无助地看着他，它希望自己能活下去，能顺利地产下肚里的崽崽，所有的生物都一样，所有的母亲都一样。这样的眼神看得他痛彻心扉，他说："你要活下去，一定要活下去，我明天带你去医，给你吃好的，为了你肚里的宝宝。"那狗流下了眼泪，它知道自己不行了，这么多的棍棒暴风骤雨般打在它身上，它本来身体就虚弱，加上肚里又怀着崽崽，饥一顿、饱一顿，这样的狂打，它是扛不住的。它流泪了，栓娃没想到狗的眼睛和人的是一样的，它的眼泪一串又一串，看得栓娃心碎。他说："狗呵，你好好活着吧，今天是我害了你呀，我如果不是为了省一顿饭，你也不至于挨饿，不挨饿你也不至于大声地叫，不大声叫也不至于引来杀生大祸，罪过呀，罪过呀，都是我的罪过。"那狗的眼光变温柔了，意思是这事和你无关，但要请你照顾好我的宝宝。它哀怨、忧伤、无助、乞求地最后看了他一眼，死去了。它死去了，它肚里的崽崽自然也死去了。他看着渐渐变冷、变硬的狗，心里涌起无限哀伤。他不仅怜悯这条四处流浪、遭人厌恶的狗，他更心疼它已经孕育成熟、即将见到天地、日月、星辰、花草，见到这既是温暖的也是苦难的人世，见到有温情、呵护、关爱，也有冷酷、残忍的世界。但它们什么也没见到，它们的生命还没开始却已经结束，这是何等的令人悲哀，何等的叫人心碎。

　　他想起了大街上见到的那些狗，那些毛茸茸白色的或黑色的各式各样的狗，它们有的穿着马甲，被那些女人抱着、亲着，连路都不让走，它们被亲切地叫着宝贝、心肝，听说吃的狗粮是特别订购的。有一次他好心地将手中的半个馒头拿给一条小狗吃，他以为那条小狗会高兴得大吃特吃，谁知那狗只是嗅了嗅。他说："吃嘛，我都舍不得吃，新鲜着呢。"一个年轻妇人走过来，恶狠狠地说："你干什么？我的狗是吃这个的吗？我的狗吃病了你负责，看你这样子值不了我这条狗的钱呢。"他气得眼翻白，有这样侮辱人的吗？你的狗就比人金贵、比人值钱吗？但气归气，他终归不敢跟人家吵，这些人都是很凶恶的，说不定窜出几个二混混，把他打来趴下才不划算呢。他也见过从小车中走出来的女人，穿着翻毛的大毛领衣衫，抱着小小的金毛犬一脸哭兮兮、焦急万分的样子走进宠物医院。出于好奇，他走近玻璃门，隔着玻璃门往里瞅，他见宠物医生给狗用听诊器诊断，看得很细，看的时候百般温柔，问这问那，他想人都享受不了这待遇呀。他这一生，从来没感受到关爱，爹妈死得早，人又矮小猥琐，没有谁会摸着他的头说"栓娃，几岁了，读书没有？"更没有人会把他抱在怀里，问这问那，给他一颗水果糖或者一个桃子。生病了，从来没有去看病的概念，都是死拖硬扛，最多在炕头上找些草药熬了喝，最大的享受就是躺两天。多少年都是这样的，只有一次是得了不知什么病，头疼得像被石头砸烂了，脖子疼得像才磨快的镰刀在割，身上烧得像过年打醋炭烧红的石头，他烧得人事不知、神情昏迷。队长发现他几天没出工了，才想起来，说："这狗日的太懒了，几天没出工了，你们去他家里看一下，活着给我揪起来，死了也要有个交代。"去的人才晓得他的情况，队长派人把他送到乡里的卫生所。他看到卫生所雪白的墙壁，巨大的玻璃窗，吊在吊架上的输液瓶和盖在身上的白被子，他差点哭了，长这么大，他才是第一次享受到来卫生所的待遇，享受到医生的诊断和治疗。在卫生所输了一天的液，他的高烧就退了，头也不疼了，脖子和身上也不疼了。医生说："你这人皮实，换其他人就没救了。"医生给他开了些药，拿着那些白色的药丸他很激动，他舍不得吃，问医生一次能不能少吃一半？医生说哪有这样吃药的，药少了达不到效果。他说太可惜了，留着多吃两次多好。医生被他逗得哭笑不得，说你喜欢我给你多开点，只是不能多吃哟。

他看见那女的抱着小狗出来，小狗被打了针，长一声短一声地哼唧着，女人心疼得紧紧抱住它，亲它、摸它，"心肝""宝贝"地叫。他这时简直有些控制不住自己，简直想把那狗从女人身上抢了丢在地上。他仅仅是有这个想法，事实上他永远也不敢的。那女的经过他旁边，惊乍乍地叫："快躲开，你看你这身又脏又臭，弄脏我的狗狗你赔不起。"他一听，气得脸红脖子粗，老子又没挡你的道，老远你就惊乍乍地，老子还不如你的狗吗？就是把它弄脏了又咋样。他故意去碰了碰那条狗，女的更加气愤，说："你碰我的狗？你敢碰我的狗？你瞧你叫花子一样的爪子，也敢碰我的狗？"两人吵了起来，女的很凶恶，伸手要去抓他，刚伸出手又缩回去了。说："你看你这恶心样子，不要碰脏老娘的手。"

他想这狗也太可怜了，和他一样一生都是屈辱和痛苦，人和人不一样，狗和狗也不一样啊。它死了，连同它肚里的崽崽一起死了，死得好憋屈、好无辜。他想不能让它抛尸于这里，狗也是有尊严的，为了它和它肚里的崽崽，他必须把它埋了。工地太杂乱，埋在这里是不安全的。他想工地围墙外是一片荒地，还有一条小河，埋那里就很好，他去拖狗，那狗似乎颤动了一下，他吓了一跳，趴下去观察，那狗其实已经死得僵硬。他想他是把它拖疼了，它肚里还有崽崽呢，它护着呢。他不忍心再拖，他把狗弄到背上，背着狗走，工地上乱七八糟堆满石子、砂子、钢筋、砖、木料，路面凸凹不平，随时会被绊倒。他小心翼翼地走，尽管如此，他还是好几次差点跌倒。狗在他身上越来越沉，好几次要滑下去。他说狗啊，你好好趴着，要不然就背不出去了。你这一生也过得太惨了，我把你背去埋了，让你下一世也过得体面点。

磕磕绊绊、跌跌撞撞，终于把狗背到工地外的那片荒地。栓娃选了个高敞向阳的地方，找了根木棍，费了好大力刨了一个深坑，怕那狗不舒服，还找了一堆枯草给它垫上，埋好了，去河滩上找了一块大的石头放在坟前。他知道没有谁会在意一座荒滩上的狗坟，很快就会被风吹雨淋甚至漫上来的洪水夷为平地。但又咋样呢？人都渺小如蝼蚁，何况是一条狗呢。这条狗算是幸运的了，和自己有缘，喂它、呵护它，死了还有葬身之地。自己死了呢，就没有这样的好福气了，自己孤身一人，无儿无女，远亲近邻也没往来，死硬了都没人知道。想到这里他不禁悲从中来，心里酸楚，泪水流了下来，流着流着，他不禁哽咽起来，继而放声大哭，他哭得哀伤、凄凉、绝望、悲凉，哭得浑身颤动，剜心挖肺。

哭完，他觉得浑身轻松了，多少年了，他从来没有机会好好地痛痛快快地哭，有多少屈辱、多少哀伤都是深深埋在心里，今天有机会畅哭，犹如水库泄了洪，浩浩荡荡，畅快不已。

天要亮的时候他才返往工地，他头昏昏沉沉的，脚轻飘飘的，像这样走路都成问题，还挑啥砂浆呢？他想休息一天，走到工棚那里又返回了，他不能休息，休息了这一天的工钱就没有了。他又走向施工的楼，挑起砂浆，他让铲砂浆的人少铲一点，说今天头晕。人家说："挑不起就不要挑，你不用挣钱，你一个人吃饱全家不饿，又不需要养家糊口。"

这话深深地刺激了他，他说："满上，满上，哪个说我不需要养家糊口？我挣钱就是为了以后有家可养。"

毕竟是折腾了一夜，他的头始终是昏昏沉沉的，脚是虚飘飘的，像踩在云朵上一样，脚手架是钢管搭的，上一层就要右转，螺旋形上升。他才上了两层人就虚脱得不行，刚想停下歇一会儿，后面的人又在催促："快走，别挡道。"他勉强走了起来，突然眼冒金星，四周旋转起来，他不由自主地"哎呀"一声跌了下去。

还好，他刚爬了两层，跌在了下面的一堆沙子上。大家惊呼，有人忙去救他，见他眼睛睁着，还在转动，说："你狗日的命大呀，还能走吗？脚没断吧？"他试着站起来，虽然疼得钻心，但却能站起来，站得起来就没断，只是脚踝扭伤了，肿得像猪蹄。

工友中有会推拿、接骨斗榫的，他们把他抬回工棚，那个工友找了瓶酒来，含了一口喷在他的伤处，再喷，说按好。他背后站了人，按住他的脖子，前面有人按住他的腿，只听咔嚓一声，他大叫起来，接着就好了，大汗淋漓，像水洗了一般。

但他却不能在工地挑砂浆了，他本来就矮小瘦弱，脚扭伤后更是寸步难行，一动就疼得钻心。他这脚需要静养，需要吃好、休息好，但他哪有这个条件。领了钱，他茫然地拄着根棍子一瘸一拐走着，他不知道要到哪里去，前途茫茫，何以为家？

五

工地外有一个村子，村子不大，像所有农村一样，村子里有的人家建起了新房，新房多为三层，高大而亮堂，不少人家仍是土墙瓦房，门前是猪圈、牛棚，堆满柴草。他茫然地走，在新修的高大的楼房面前，他不敢停留。他走走停停，观察村里的人。他看见一间土墙茅草顶的房，这种房在乡下也是很少的了，可知这家人的经济状况了。他正在踟踏，这家人的女主人出来了，是个慈眉善目的老婆婆，她以为他是上门乞讨的，就说："你等一下。我去给你拿点吃的。"说着转身进门，随即拿了几个洋芋、两个煮熟的苞谷棒。他很感激，说："大妈我不是来要吃的，我是前面这个工地打工的，脚扭伤了，一时回不了家，我想在你家休养几天，你看可以吗？"老婆婆打量了他一下，见他虽矮小猥琐，但面目善良，不是凶狠之人，就说："你家在哪里？咋不回家呢？"他说："家远也不算远，也就百十里路，但我家只有我一人，回去也无人照顾。"老婆婆说："你等我问一下我家老头。"她刚要回去，一个须发皆白的老人出来了，他说："我听了你们的话了，这位侄子不会是坏人，他无家可回，怪可怜的，就在我家将就住几天吧，只是我家贫寒，你不要嫌弃。"

随他们进了屋，这家人也真是贫寒，房屋年久失修，房顶上的茅草凹陷，墙壁常年被烟火熏得漆黑，还有一道道雨水冲刷的水痕。屋里堆满杂物：有成捆的纸壳、水泥袋，成袋的塑料瓶、易拉罐，塞得满满当当。屋中间吊着一盏十五瓦的电灯，灯光昏暗，暗影重重，气味难闻。像所有坝区人家一样，家家都有一个火塘，火塘边是靠墙支着木板，就是凳子了。他见火塘边坐着一个女的，穿着红花棉袄，长着一头浓黑的长发，灯光太暗，看不清她的容颜，但觉得轮廓还是美，好看的。老头说这是我女儿，他叫秀姑，客来了，你挪一下，秀姑不好意思地看了他一眼，将身子挪了挪。栓娃发现她挪动时很困难，要用双手撑着，他想她可能身体不大方便。按理，年纪轻轻的该灵活才对。

老两口将一张裂了口的、看不出颜色的小方桌支上，他们做了个炒洋芋，一个酸菜红豆汤，还专门为他炒了两个鸡蛋，炸了一碗洋芋片。他很久没吃过这么热乎的饭菜了，老两口不断地叫他吃，还说："秀姑，给客人夹菜呀。"秀姑不好意思，说："我用过的筷子，客人嫌弃。"他说："嫌弃啥，农村人哪有那么讲究。"秀姑看了他一眼，说："那我就夹啰。"接过菜，他看到秀姑的脸红了，他也不禁心动了一下。长这么大，从来没有人正眼看他，更何况是一个姑娘，他感到心里热乎乎的。旋即，他的心又凉下来，他想是自己想多了，咋个可能人家会对你有感觉，是自己饥渴久了的幻想，一个形象猥琐、身体矮小畸形、被人们歧视的人。人家也许是礼貌性地微笑，是见到生人的羞涩。

吃完饭，老头叫他脱了鞋，让老太婆去打水给他泡脚。老头见到他肿得像猪蹄子并且发黑的脚踝，说："你这脚再这样下去就完了，虽然脱臼的地方接上了，但韧带伤得太厉害了。""你这几天要尽量少动，我给你包点草药，很快就好。"说着找出草药和药酒，先在他洗净的脚踝处涂抹了药酒，然后使劲搓。老头手劲很大，但力道掌握得好，或急或缓，或轻或重，或深或浅，搓得血脉畅通，皮肤由黑转红。老头又将草药捣碎，让老伴找出一块白布，将药敷上，又紧紧缠上，他感到那草药像是炭火，贴在患处热气一股一股地往里钻，接着滚烫滚烫的了。老头说："好了，见效了，明天接着敷。"他说："你老人家学过医？"老头说："学过啥哟，农村人不是跌伤就是扭伤，我是在赶场天见一个乡村游医治病，向他学的。也就会这么点简单的，其他都不会。"

第二天，老两口给他做了吃的出门去了。他看见一个女人挂着凳子在院里忙碌，仔细一看，不就是昨晚在昏暗的灯光下看到的那个姑娘吗？怎么，她是残疾人？姑娘的两只脚扭曲着，像螃蟹的腿，向外伸得很大，又向里收缩，根本直不起来。他叹息一声，天呀，咋就不会给人一个完好？这个姑娘在清晨的晨曦中有着很美的剪影，她穿着桃红色的上衣，藏青色的裤子，头发黝黑而茂密，披散着像在老房子后那道梁上倒垂而下的瀑布。她的脸略显苍白，可能是很少出去的缘故，但白里却有些透红，眼睛不算大，但却细长而妩媚，鼻子也小巧而可爱，尤其是嘴，薄薄的嘴皮，嘴皮向上翘，随时像在微笑。他的心像湖水一样漾开，他想天公不作美，如果这个姑娘不残疾，该是多么美丽啊。她不仅残疾，而且是重度残疾，她整个身体直立不起来，脚伸不直，背弯曲，她行走就靠一个凳子，双手撑在凳子上，一点一点挪动，但她却很勤快，除了重体力劳动外，能做的她都做了。她拄着凳子在院里喂鸡、喂鸭，她家竟然喂了两头猪，喂完鸡鸭她就剁猪食，两头猪是很能吃的，她已经剁了满满一大盆猪食。她要把猪食挪到屋里的火塘上去煮，盆大沉重，她一只手撑着凳子，一只手拽住盆沿，一点一点地挪，挪得很吃力，脸都涨红了，喘着粗气，他赶紧过去让她放开手，他虽然脚扭伤了，行动不便，但毕竟比她强很多。她说："咋能让你做，你的脚也受伤了，千万不要再伤着。"他说："不碍事，不碍事，我注意点就行了。"他也是一只手拄着一根棍子，一只手拽住盆沿，这盆猪食虽然多，但对于他来说就不算什么，如果脚不扭伤，他抬起来就走，丝毫不费力的。但毕竟是扭伤了，他挪动的时候不仅吃力，而且牵动到韧带，疼得他皱着眉头，差点嚎出声来。她见他这样子，忙说："放手，放手，你不要再拉了，伤到伤口就坏了。"他仍说没事，没事，坚持去拽。她用手去扒他的手，她的手虽然粗糙，但却是温软的。她的手碰到他的手，而且还是紧紧覆盖在他的手上的，他的心跳了起来，有了一种别样的感觉，这是他自打出生以来第一次碰到异性的手，他的脸红了，忙把手慌忙地抽了出来。再看，她也有些吃惊，对于她来讲也是第一次碰到异性的手，她的脸也倏地红了。他们就这样静静地站着，这个简单的接触，触动了他们人生中沉睡已久的、最原始的感情，让他们心底起了波澜。沉静了一会儿还是他打破了沉默，说你让开一点，我把它挪进去。

当他把猪食盆挪到门槛那里时，把猪食盆一端抬高，然后进到门槛里，再将它放下来，这时猪食盆倾斜下来，碰到了他的脚踝，他疼得"啊"地大叫一声，脸色惨白，豆大的汗珠涌了下来，紧紧抱住脚踝。她见了，心疼不已，忙来帮他按住脚踝，又拿凳子让他坐下，她急得几乎要哭了，说："都怨我，都怨我，不该让你抬，这下恼火了。"她把他的脚抱在怀里，不断地吹，轻轻地揉，她抱得很紧，脚已在她柔软温润的怀里，他感到异样的柔软和温润，他的内心激动起来，身上甚至有了强烈的感觉和冲动，他抱住她的头猛地亲起来，这是他平生第一次亲吻，吻得慌乱，吻得急促，吻得毫无章法，只恨不得把一生的亏欠弥补回来。她呢，慌张中本能地推他，扯他，带着哭腔说："不要这样，不要这样……"抓也抓不开，扯也扯不掉，她就任他去亲了，亲着亲着，她也动起情来，脸色潮红，全身颤抖，张开嘴主动迎合他，他们就这样不期而至地迎来他们苦难人生的第一次爱情。

六

他的脚基本好了，这段时间他不仅得到了这户人家老人的精心治疗，还得到了他们残疾女儿的精心关爱，她把家里的好东西都拿出来做给他吃，梁上不多的老腊肉，家里的鸡、鸡蛋都做给他吃了，他脸色红润起来，身体比以前好多了。

他决定走了，他不能在这个善良的老人家里白吃白住，他没给他们带来任何好处，反而给他们增添了很大负担，他和那个姑娘感情越陷越深，但他知道以他目前的情况不仅不能使他们的生活好起来，反而会使他们的贫困加深。他想了很久，决定还是走，他要出去，不管用什么方法，总得挣到钱，才有理由来到他们家。

告别是艰难的，他掏出身上的钱要给那个老人，老人非但不要还说："你出去要用钱，我这里还有点你拿上。"他悄悄地把钱拿给那个姑娘，姑娘发现了，流泪了。她说："你不把钱拿走我就不理你了，你出去好好干，有钱无钱都回来，有钱好，无钱我们一起熬……"

他茫然地出去，到处去寻找做工的地方，到了好几个工地，人家都不要，嫌他个子矮小，身单力薄，还有就是他的相貌，让人看了觉得是不是得了什么怪病，会不会传染人。

眼看口袋里的钱快要用完，工作依旧没有着落，他焦急、茫然而又无可奈何。这天他在河边茫然地走着，正是盛夏季节，河风燥热，蝉声不绝，他在一棵大柳树下睡着了。这是一条从山区流下来的河，平时河床狭窄，沙滩宽阔，有不少人在河边浅水处嬉戏。正当他酣然而睡的时候，被一阵巨大的声音惊醒了，这条河涨山洪了，洪水铺天盖地而来，丈高的浪头挟着枯枝败树、泥沙和牛羊鸡鸭呼啸而来。他看见河滩上的人纷纷朝河边奔跑，狼奔豕突，大呼小叫，惊心动魄，他惊得嘴都合不拢。

正在这时，一个女的发了疯似的朝河水里跑，她撕心裂肺地喊："荣儿，荣儿，荣儿啊，天呐，天呐。"他知道这人一跳进水里就完蛋了，不要说是女人，男人水性不好也准完蛋。他拼命跑过去，一把将那女人推倒，那女的说："荣儿还在水里，天呐，荣儿啊……"他看见一个小黑点随水而下，他来不及多想，纵身跳下水里，他的水性很好，从小到大，他经常一个人去洗澡，练就了一身好水性。他借助水流，加快速度，很快就追上了那个黑点，他抓住了他的头发，接着换手抓住衣领，这是一个五六岁的男孩，已经被水呛晕了，还好不会挣扎。他不急着出水，顺着水势流到一个平缓的地方，爬上岸，见不远处有一头水牛，他把水牛牵来，把小孩抱上去倒躺着，牵着水牛缓缓走了起来。小孩在水牛背上吐了水，他醒了过来，他把他抱下来放在平坦的地方躺着，问他是哪里的，叫什么名字？小男孩说他叫刘荣，他家就在不远的地方。

河水来得快退得也快，很快河床就恢复了原来的宽度，只是河边堆了不少树木枯枝和一些死鸡、死猪。那个女的找到他们后激动得哭起来，说："大哥啊，你是我的救命恩人，荣儿出事了我也活不成了，我咋向主人交代呀。"原来她是一个老板雇的保姆，也是农村人，天气热小孩叫嚷着一定要到河边玩，却遇到河里涨大水。

她一定要请他去和她的主人见一面，拗不过只好随着她去了。这是一个开矿的老板，这些年发了财，修了一幢很大的别墅，可是天公总不会让人十全十美，他尽管明里暗里有几个老婆，可只生下刘荣这么一个儿子，这个孩子捧在手里怕摔倒，含在嘴里怕化掉，真是集千恩万宠于一身，由此可见他的珍贵。

刘老板从二楼的卧室里下来，他面容憔悴，精神倦怠，走路都要人扶。他听了事情经过，忙得没时间去责怪保姆，对面前这个矮小、猥琐的男人千恩万谢，叫人去拿钱给他。栓娃坚决不要，他知道救人一命胜造七级浮屠，救人是修阴功积德，要了钱就抵消了，他这辈子已经是这样子了，他希望来世过得体面些，有尊严些。

刘老板请他吃饭，来陪他吃饭的尽是些有头有脸的人，有镇长、书记和几个老板。刘老板说："得罪两位领导和几个弟兄了，今晚我要请这位兄弟坐正席，今天沙河涨洪水，不是他我的娃儿就没有了，他是我一家的救命恩人，不管用什么方法都报答不了他的大恩大德，说着就给他鞠了几个躬。"镇长、书记和其他几人见状也肃然起敬，说："该坐上座，该坐上座。我们刘老板钱是多得数不完了，但目前就这一个独丁丁，你真的是做了天大的好事啊。"

得知栓娃是个单身，现在没有去处，刘老板就诚恳地邀请他住在别墅里，栓娃很高兴，他说我也做不了啥，就算了吧。刘老板说你就看看门，管管花，也没有多少事，能做多少算多少，工钱嘛，我会考虑的……

就这样栓娃住进了别墅，刘老板专门给他安排了房子，铺盖被褥全是新的，他的衣裤早已丢了，刘老板叫人给他买了几套好衣服。都说人是桩桩，全靠衣裳，他穿了新衣服，加上生活良好，心情快乐，脸色红润了，人精神了，看上去竟然有些顺眼了。

日子好了，他更加想念那个姑娘了，天天晚上都在想，他想拿到工钱就去找她，可是刘老板不让他走。他说你安心地干吧，到年底我会给你钱的，到那时候你回去也有底气。

谁知刘老板的病却越来越严重，原来他患了肾衰竭，现在已经转成尿毒症了，他在等待换肾，可合适的肾源一直没找到，他的全身却已经肿了，病情危急。

那天，老板娘将他请到客厅，说有事跟他商量，老板娘端了果盘，还亲手给他沏茶，亲手切开水果，他受宠若惊，忙说："有啥事您尽管说，能做到的我一定答应，哪怕从身上割肉。"老板娘说老刘得了尿毒症，再不换肾人就没了。我们想请你捐个肾，当然是要给钱的。老刘说，凭你救我们孩子的命和捐肾，我们要给你八十万，你看行不行。他听了，眼睛瞪得鸡蛋大，半天回不过神来。一是"捐"了一个肾，对身体的影响大不大，会不会危及生命。二是八十万简直是一个天文数字，那时候有几万元已经是很了不得了，乡里、县里还要给披大红花呢。见他木愣愣的半天回不过神，老板娘说这事不忙，你好好考虑一下，你是我们荣儿的救命恩人，这事是不会勉强的……

他心神不定地走出刘府豪宅，他到镇上，问了好些人，大多数人都不懂，有的说取一个腰子不碍事的，对身体没影响。有的说腰子是人的命脉，取了死倒是死不掉，就剩半条命了，各种病都会来，活不长的。他听了忐忑不安，惶惑不已。他决定去问医生，打小长大他很少去看医生，他挂了个号，在镇医院的门诊室，医生问他哪里不舒服，他将情况讲了，医生说取一个肾对身体没多大影响，肾的功能很强大，有一个肾就可以支撑身体。他听了放下心来，刚要走，医生又问是不是你要卖肾，肾是不能乱卖的。他说："不是，不是，是我的一个亲戚托我问的。"

这事就这样定了，经过一系列检查，配对，手术，他的肾终于移到刘老板身上去了。手术很成功，刘老板很满意，他心里却不是滋味，身体发肤，受之父母，一个人身上少了一样东西，始终就不完整了，不过人家刘老板可是出了大价钱的，这笔钱就是在县城也算是有钱人了，想到这他又高兴起来。

辞别了刘老板一家，他朝那个收留过他的老人家方向走去，他脚步轻快，满心欢喜，他终于成为一个拥有一大笔钱的人，他终于体面地、豪气万丈地回来了。他的恋人在等他，他不能忘记她，尽管她身患残疾，但是她是他的恋人，她给了他有生以来的爱情，她是个善良而又坚强、勤劳的人，他要让她和她的一家过上幸福的生活。然后，他还要回他的老家去，他要风光体面、豪气万分地回去，让全村的人刮目相看，让全村的人羡慕、嫉妒而又心中折服。

世界上的事情真是难以预料，当他回到那个村里，他被一个消息打击晕了，老人颤抖地悲伤地告诉他女儿死了，那天天色晴朗风和日丽，她坚持要去放鸭子，这条河离家不远，河床虽宽水却不大，是条季节性河流。谁知上游山洪暴发，她一个残疾人怎么也跑不掉，眨眼就被洪水冲走了……

他算了一下日期，那天正是他在洪水里救了那个叫荣儿的日子，那条河正是这条河的下流，世界上真是有谁也说不清的巧合，天公不作美，容不下这个苦命的人。

他留了一笔钱给老人，悲痛欲绝，三步一回头地离开了这个村子。走之前，他去那个曾经有过短暂爱情的姑娘的坟上看望，坟堆很小，既无墓石也无墓碑，很快就会被风雨推平。他默默地坐了一上午，和她说了很多心里话，说着说着他就流泪了，也许是这个贫穷而又残疾的姑娘的身世引起他对自身的悲悯，他越想越伤心，由小声抽泣到放声大哭，他哭得伤心，哭得悲痛，哭得酣畅。哭完之后，他感到心情轻松了许多。

七

睡在修葺一新的房子里，他感到心满意足，按说他是有能力修新房子的，但他不愿意，他想自己孤身一人修新房子干啥呢？无儿无女谁来继承？把破败的房子修葺好不也很舒服吗？现在他吃喝不愁，他的开销不大，多少年的苦日子让他养成了节俭的习惯，让他吃大鱼大肉他不习惯，原来是咋过还是咋过。他现在在村里是人人羡慕的人，尽管人们不知道他有多少钱，不知道他的钱是从何而来的，但大家知道他确实有钱。

对这笔钱如何开销，他确实没想过，做点什么好呢，也没想清楚，但他就是要让大家羡慕他、尊重他，让他找到尊严和荣耀。昨天他无意中听到一个人的话，让他心生悲凉，让他又回到屈辱的状态。那个人说再有钱又咋样，还不是断子绝孙的。这话让他昨晚一夜没睡好，他想要找一个像样的老婆，凭他的年龄和身高，相貌是不现实的，找个和他差不多的，一样地会受到村里人的嘲笑。他突然心血来潮，那就认个干儿子吧。本来可以过继一个的，但他担心他的钱，过继的也可以继承的，不如认个干儿子，名义上的，就不必担心继承的事了。

他把这个想法和刘家祥说了，刘家祥一拍大腿，说我本来也想和你说的，但怕你想多了，这正好。他说那谁最合适呢？家祥想都没想，说："我侄儿最合适，十五岁，不大不小，这个娃儿又懂事又有孝心。"栓娃说："你不是说我是你表叔吗？这不乱套了？"家祥说："不碍事，各喊各的。"这个娃娃他是知道的，心里也满意，就同意了。

家祥说："虽然是认，但必要的仪式还是要有的，让全村人都知道。"他说："那咋办呢？你知道我是不懂的。"家祥说办几桌席，把他一家和远亲近邻都请来。他说请全村人要办多少桌呢？家祥说那要二十来桌，太铺张了。他说办，就这样定了。他平时也没多少机会显示自己，总不能成天在村里游来游去，向人们炫耀吧，这正是机会，让他们看一看过去那个又穷又日脓、又丑又矮小的人，今天也是风光体面的。家祥呢，巴不得他大操大办，规模越大人越多，他越威风体面，还会有进账。只是他心中不舒服，说真是小人，发了点财就不得了了，就到处显摆。

要说家祥也真是有组织能力，他把村里的人按能力、特长做了分配，以周三婶为首，率十多人专门负责打杂、洗碗、洗菜、收拾饭桌等；本家侄儿刘大云是厨师，由他牵头请白案、红案厨师共六人；其他打灶的，借家私的，端菜上饭的，招呼客人的一应俱全，他是总指挥、总协调。采买酒肉禽蛋一类的事由他承担，这里面油水大。

那天村里真是盛况空前，喜气洋洋，年轻人纷纷上山，把后山的松针都采光了，村里的小广场上铺满松毛，松毛清香，踩着柔软。二十来张桌子依次排列，桌上摆着白酒、红酒、啤酒、香烟，几个大灶焰火熊熊，灶上的大甑子蒸着白米饭，几张案板上剁的剁肉，配的配菜。几个大厨分别是专做凉菜的、做蒸菜的、做炒菜的，传递菜的是大姑娘小媳妇，依次而上，纹丝不乱。刘家祥特意理了发，剃了胡须，穿一件大红的褂子，人显得精神，喜气洋洋的，他胸前还戴了朵小红花。人齐了，他站在高处喊："大家坐好，不要动了，现在请我们的主角王栓娃上台，他是我们村最先出去闯荡、最有成就的人。现在他衣锦还乡了，认了我的侄儿刘学进当干儿子，特在今天举办宴会，请大家见证这件好事。"下面乱嚷嚷的，有的撇嘴，"哟，我还以为啥事，认个干儿子还这样铺张"。有的说"人家钱多，不显摆咋行，像你认个干儿子也就是买个书包给三块钱"。有的说"人家的钱想咋办就咋办，只要他愿意，天天吃我都高兴"。有人说"再有钱又咋个，还不是无儿无女孤寡一个人"。有人说"不要虱子形，吃人又羞人，吃人家的就不要嚼舌根了"。

刘家祥说："不要讲话了，现在请今天的主人王栓娃上台。"栓娃今天穿得挺洋气，是一套银灰色的呢子西装，还打了领带，西装是刘老板送他的，量身定制，挺合身，他的头发也是新理的，胸口别了一朵比刘家祥那朵大的绒花。人是桩桩全靠衣裳真是不假，人逢喜事精神爽，他一出场，下面一片嬉笑声、欢呼声、惊叫声，仿佛明星出场一般。他感到前所未有的满足，他找回了他半辈子没得到过的荣耀和尊重。随着刘家祥的安排，他坐在正中那把硬木凳子上，挺胸昂首，接受干儿子刘学进的拜礼，刘学进认认真真地磕了三个头，然后说："干爸，从今以后请你关照。"他说："没问题，没问题。"刘学进又说："还要请你起个名。"他挠着脑袋，尴尬地笑。刘家祥说："这事不急，等你干爸想好了再取。"栓娃说："对，对，等我想一下。"

当天晚上，他兴奋得睡不着，脑海里全是小广场上人山人海的情景，全村人呵，男女老少一个不落，上至七八十岁的老人，下到抱在怀里的婴儿，那场面何等壮观。几十年了，从来没有哪家有这样的规模，这样的壮观，这是何等长脸的事。几十年在村里的卑微、低贱、受人歧视，各种屈辱全被这代替了，尤其是高高地坐在台上，受干儿子的叩拜，受全村人的羡慕、赞叹，是他这卑微的一生中最风光、体面的一次。

他这种心情第二天就被削减了。刘家祥来报账，厚厚的一沓发票。说是发票，其实就是些白纸条子，大笔的、小笔的，零三八碎的，加起来有四万八千多。他脸唰地白了，手都颤抖起来，他这一生贫困潦倒，吃饭仅是填饱肚子，穿衣多少年都是破破烂烂，好一点的还是刘老板给买的，平时都舍不得穿，只有像昨天这种场合才会穿出去。这简直就是剜他的心、割他的肉呀。刘家祥说："你不要心疼这点钱，人生一世，草木一秋，钱是干啥的？钱是为人服务的，要不然钱就是一堆纸，你昨天这阵仗，方圆二三十里也没有过。钟乡长为他爹做生，也就是请了五六桌。你呢，全村人都来了，要多风光有多风光，要多体面有多体面，你老王家祖坟冒青烟了，你这一生也值了。"听他这样说，他又高兴起来，想想也是，钱是死的，人是活的，他这一辈子活得窝囊，活得憋屈，这么搞一次也是值得的。

但是在数钱的时候，他的心还是紧缩的，额上还是冒冷汗，手还是抖的，数了几遍也数不清楚。

他很想听到村里人对他的看法，但他是听不到的，他问刘家祥，刘家祥说的尽是好话，他半信半疑，刘家祥是个何等精明的人。

他一天在村里游荡，村里人少，留在村里的除了干不起重活的老年人都下地去了。这些老年人倒是很客气，抬凳子来请他坐，拿出瓜子、花生给他吃，一个劲儿地夸他，说："人不可貌相呀，你娃出去混几年混出名堂来了，翻房子办酒席，那得要多少钱呀，不是有钱得很的办不起呀……"他说："托您老人家的福，我出去恁多年其实身上也没几文钱，只是想报答一下乡亲父老。"老人说："你有多少钱我也不会向你借，你放心，穷得就饿得硬气。"这话噎得他再也讲不出话来了。

　　也有些从远处飘来的声音，若隐若现，似有似无，断断续续听不完整，但就是一个意思，说他是小人得志，发了点混财就翘尾巴了，到处显摆，收个干儿子，搞出恁大动静，比人家当官的排场还要大……还听见有人说收就收吧，还要搭个高台，七八十岁的老人坐在下面，他高高在上昂首挺胸坐在上面，不像话呀……

　　他心乱如麻，心情灰暗到极点。自己几十年在村里一直不受人待见，一直过着受人歧视、冷落、屈辱的日子，现在有了钱把全村的人请来白吃白喝，受到的仍然是背后的嫉妒和冷嘲热讽。他真后悔花了一大笔冤枉钱，这钱不是天上掉下来的，是救了一条命和捐了一个肾换来的，是自己的血肉，你们吃的是我的血肉呀……他大叫一声，眼泪悄无声息地流了下来。

八

　　他觉得待在村里实在无趣，他想去乡场上逛一逛。乡场离村子有二十多里，路实在不好走，村里人买东西都很少去，除非过年采集年货才去。走到村头，就是那个断崖，陡峭而狭窄，宽的地方只有一米，窄的地方人只能侧身而过，稍有不慎就会跌下深谷，刘家祥就是在这里把背跌驼的。

　　乡场现在叫镇了，热闹得很，各种店铺一家接一家，各种小吃店、小饭馆也密密麻麻，当然还有大的、规格高的酒楼。

　　他正走着，突然遇到一个人，这人年龄和他差不多，他一把抓住他的手："栓娃哥，你来赶场？稀罕，稀罕，咋就你一人？"他说："你是?"那人说:"你认不得我,我认得你,你现在是名人了,十里八乡的人都知道绝壁村出了个大富人,腰缠万贯,出手大方,请客请全村人吃饭,那天我恰好去我大舅家玩,被叫上了。那天我也真开了眼界了,全村几百人,男女老少一个不落,村里广场坐得密密麻麻,吃的那个高档,好烟好酒放开抽,放开喝,听说花了十来万呢。"那人眼里放出了羡慕的眼光,咋咋呼呼,引得好几个人驻足。他说:"你们看见了吧,这就是绝壁村的王栓娃,大名鼎鼎的富豪,你们见过请客请一个村的人吗?你们见过那高档豪华的饮食吗?你们见过出手就给他干儿子十万元的吗?"他说:"哪里,哪里,酒席花了四万多,干儿子给了一千元。"那人说:"你别谦虚了,我亲眼看见的呢。"他的话引来众人一片赞叹,大家纷纷称赞,有人还要请他去家里做客。那人说:"人家咋会去你家里,要去也是去我家,我亲自吃过他的酒宴哩。"说着就要来扯他。他心里很高兴,自满自得的神情洋溢在他脸上,想想自己何时享受过这种待遇。于是豪情万丈,气势十足地一挥手:"走,大家跟我去吃饭,选一家好点的,我离开家乡好些年了,这也算是请家乡人聚一聚。"他一讲,大家欢呼起来,果然名不虚传,这人虽然形象猥琐、貌不出众,却是真人不露相,有大气魄、大气度的。

于是,呼啦啦的一群人拥向镇里最高档的一家餐馆去了。老板一看惊呆了,这是干啥啊?这么多人拥向他的餐厅,莫不是砸场子来了。等大家大呼小叫地说:"老板,安排桌位,今天这位大哥请我们吃饭。"老板看不出谁是大哥,有些急了,说请问谁是大哥?大家指着一个矮小而猥琐的人说:"你不相信?这就是大名鼎鼎的王栓娃大哥,他连全村人都请呢。"老板心一下凉了,这人咋看咋不像有钱的老板,恐怕是个混混,带人来混吃混喝了。老板带着哭腔说:"大哥,我这是小本生意,哪里有得罪你的地方请海涵,改时我登门谢罪。"栓娃一听生气了,这不是狗眼看人低吗?把他当成丐帮帮主了。他拍着腰包说:"今天这饭吃定了,你尽管安排,少不了你一分。"说着抽出十张百元的,说:"放心了吧，这是定钱，吃完再算。"

餐厅里热闹非凡，众人纷纷攘攘找位子坐了，老板请他点菜，他一看餐厅一楼几乎被这些完全不认识的人坐满了，有的还在喊人，有的匆匆忙忙回去，让人占好位置，一家人匆匆赶来。一时间，七大姑、八大姨、爷爷、奶奶、嬢嬢、舅妈一片欢腾。还是那人聪明，他叫大家安静，说："你们来吃饭要有礼貌，来了这么多人连哪个请吃饭都不认得，就对不起主人了。现在请王栓娃大哥站起来自我介绍一下，他是我们本乡绝壁村的，发了财不忘乡亲，随时请大家做客，随时关心贫穷的人，以后大家有了困难可以去找他，当然不要狮子大开口，不到困难得很也不要去麻烦人家。今天人家到镇上来，豪爽得很，除了我都是不认识的人，来了都请，你们说栓娃大哥好不好？"众人齐声说："好。""你们说栓娃大哥豪爽不豪爽？""豪爽。"众人齐声喊，气氛热烈，喊得震天动地。

他刚要坐下去，那人说不忙，不忙，我还有话呢。他说请大家看好，我给栓娃大哥鞠躬，大家也一起鞠躬。大家又齐刷刷站起来，连几个年纪大的也站了起来。那人说我带头，一鞠躬，二鞠躬，三鞠躬……请大家坐下，请栓娃大哥宣布开席。

栓娃也不会讲啥，说："承蒙大家看得起我，我宣布开吃，放开吃，吃个痛快。"话声一落，下面骚动起来，你用筷子叉过去，我用筷子叉过来，有人索性站起来，全方位出击，有人将碗伸到菜盘下，几乎将一盘菜全扫在自己碗里……

接着是敬酒，那人将一大杯酒倒满，说："栓娃大哥，不是我吹捧你，方圆几十里有钱的人也多，但没得谁有你这样的慷慨大方，豪情仗义，放在过去，你就是梁山伯的首领宋江。你看今天这么多人对你尊敬、爱戴，不是有钱人都能享受的，大家说对不对。"大家齐声说对，那人说："我先喝为敬。"说着一口将一钢化杯的酒喝了，那杯酒足足有三两，众人说："敬栓娃大哥，喝死也值。"说着都将钢化杯里的酒一口干了，看得栓娃目瞪口呆，也看得他心里热乎乎的。

那天晚上，栓娃是睡在那人家里的，他醉得不省人事，怎么收的场，怎么被众人像送英雄一般呼啦啦地送到那人家里，他全然不知。第二天醒来已是中午，那人亲自打了热水给他洗脸，洗完脸，堂屋里已摆好了一桌热气腾腾、香味扑鼻的饭菜。

吃完饭，那人说栓娃哥，我有话不知当讲不当讲。他说："你讲，你讲。"那人说："听说你父母早亡，从小孤身一人受尽欺辱，靠自己打拼才有今天。我也和你一样，上无父母下无兄弟姊妹，人丁单薄受尽凌辱，不知可不可以称你为兄？"说着就要跪下来，他忙扶着，说："这咋行，这咋行？赶紧起来，赶紧起来。"那人说："你不答应，我就跪下去。"他见他诚恳，答应了，受了他三个叩拜大礼。

临行前，那人不好意思地说："栓娃哥，本来不好意思讲的，怕你说我势利，拜你为兄是有目的的。"栓娃说："你讲，你讲，既然是哥们弟兄，没有啥不好讲的。"那人说："你看我这房子，上百年了，墙倾梁斜，沟歪底漏，随时都会垮塌。我实在无力翻修，想向大哥借点钱，我筹点钱修一下。"栓娃心里七上八下，脸憋得紫红，比他向别人借钱还紧张，他知道这钱借出去就不要想要回来了，钱毕竟是自己用命换来的，要是不借呢？这人对自己真是热情、尊重、巴心巴意，再说，刚才还认了兄弟呢，想了想他说："这样吧，我身上大概还有两三千元，你也不用还了，其余的你自己筹吧。"虽然不尽如人意，那人还是千恩万谢，一直坚持着将他送回家了。

九

这以后，他的日子一直不得安宁，村里的人不是这家来借钱，就是那家来借钱。村里人礼数多，虽然并不富裕，但大小事都要办席请客，规模有大有小，老人过生日、娃娃剃长毛、死者仙逝、娃娃出生过百日，以至于姑娘回门、小伙定亲都要请客。别人请客都是礼尚往来，今天我送给你，明天你送给我，大抵送出和收回差不了多少。而他呢，孤身一人，只有出没有进。这也罢了，他送出去的必须比别人多，而且一次比一次多，谁叫你是有钱人呢。

栓娃心里郁闷，钱送出去了，收获的却是背后的责骂，有人说越是有钱的人越抠，这点钱都好意思拿出手，你当是打发叫花子。有的说听说他送一半的人是八百元，送我的就五百元，这不是明显地欺负人吗？钱多钱少是小事，人都要面子的嘛。有一家人更可气，当着他的面摸了摸红包，说你拿回去吧，我们收不起你的钱，受不起你的福。直到他回去多塞了钱，那人才把红包收了。

借钱的事更让他烦心，光是刘家祥就借过好几次了，他借得理直气壮。他的侄儿拜他为干爹之后，他就以亲戚自居，一开口就说要借多少多少的，弄得他很不高兴。稍微慢点，他就说钱是身外之物，生不带来死不带去，我一天到处都在宣传你，说你的好，你走在村里，哪个不尊重你，哪个不羡慕你。他在心里说尊重个屁，没得钱拿出去，哪个尊重你。就是拿出去了，背后嚼舌根的还少了吗？

借钱的人越来越多，有的是真有困难的，有的是觉得不借就是吃亏。借钱也会形成攀比，大家私下打听，借给谁多，借给谁少，借得多的洋洋自得，说我就说嘛，人家栓娃大哥是厚道人，真的困难他会帮你的。借得少的说他也太势利了，欺负我家穷，你再有钱拿去打金棺材，还不是无儿无女的。

直到有一天村里的王银翠拉着她七八岁的儿子来到他家，见面就按着她儿子给他磕头，说："他叔，今天我儿子来拜你为干爹了，你收也得收，不收也得收。"他为收一个干儿子的事正烦恼不已，赶紧拒绝了。王银翠说："你不收就一个都不要收，收刘家祥的侄儿不收我儿是说不过去的，这是明显欺负人。刘家祥过去当村长我受够他的气，这几年跌伤了蔫了下去，自从他侄儿拜你为干爹之后，他又仗着你的势神气得很，一会儿把我的地埂刨了一溜，一会儿又说我家房檐伸到他的地界，拿竹竿把我的瓦捅了。昨天我家的粪桶不在了，我找了半天，发现在他家地里，他不承认还要打我，你今天就收了我儿吧，我也借借你的光，看他以后还敢欺负我家。"栓娃听了哭笑不得，自己历来是受人踩踏、欺负的，现在居然有人"仗"自己去欺负别人了。他无法推脱，只得收了。

他刚要回里屋，跪在地上的娃娃说："干爹，我的红包呢？"他差点惊掉下巴，这显然是大人教的。哪里有这样的道理，强迫认干爹还强迫要钱，他简直有些愤怒了，说："认就认了，没有钱。"那婆娘说："他干爹，认也认了，头也磕了，哪有不给的道理。钱是小事，这是礼数，刘家祥的侄儿子都给了，我儿子不给，是啥道理？这不是明显地欺负人嘛。"他尽管不高兴，觉得活得窝囊，强迫你不说还要被强迫给钱，这开了头，何时是个尾哟……

那天晚上他辗转反侧一夜无眠，回村后的种种经历如同电影历历在目。有欣喜、有自豪，有失望、有哀伤，他渴求的在这个让他受尽冷眼和屈辱的村子里获得尊敬和尊严，表面上是实现了，实际上都是虚假的，钱能使人表面尊敬你，实际是敷衍你、蒙骗你，这种虚假让他越来越厌烦，越来越心灰意冷。他想，像这样下去，他有再多的钱也要耗完，与其这样，不如做一件实实在在的有益于人的事，与其把名留在人们并不真实的嘴上，不如把名留在不会讲话的石头上，让人们真正铭记于心。

最终他想好了，留够自己养老的钱，把剩下的钱捐出去，为村里修一条路。这条路是村里的断头路，村口的那堵绝壁，多少年来不知道摔死、摔残多少人和畜，外面的东西进不来，村里的东西运不出去，不把这条路修好，村里的人畜安全和经济就根本不会改变。

想着要拿去这么多钱，他不免心疼。这是他救人和捐肾的钱，也是他用命换来的，留着它后半辈子不仅吃穿不愁，还可以过得风光体面。

但留着呢，也是无穷的烦恼和忧患。捐，干脆捐了，他什么也不要，只要村里为他立个功德碑，上面写着，这条路是村民王栓娃捐赠修建的。

想好这事，他的心踏实了，天都亮了，他才酣然睡去，睡着就梦见路修通了，全村人兴高采烈，放鞭炮、扭秧歌，他被大家披红挂彩，走到路尽头，一块崭新的石碑赫然在目，碑额上的大字闪闪放光，仔细一看，是"功德碑"三个字。功德碑，功德碑，他喃喃地读着、笑着，便醒了。

蚊帐里的萤火虫

一

从桃源巷盲人按摩店回来，沛生总喜欢上到二楼，来到他的靠南的房间。窗外，是两条巷的交会处，就有了一个开阔地，疏疏落落有七八棵老柳树，有几丛美人蕉，柳树下有些石凳。老柳树虽然少，东一棵、西一棵，不像公园和河堤上的整齐，但长得随意，活得恣肆，树干粗壮而扭曲，树冠浓而阔大，一匝浓荫，就拢了许多风，聚了许多凉。每到傍晚，这里必然热闹，一些粗壮汉子和一些精瘦的老者，在柳树下支起桌子，桌子简陋，是那种可收拢提起就走的，摆上象棋，各自携带茶杯就来，或蹲或站，开始了纸上的杀伐征战。老婆婆们摇着蒲扇，放牧孙子，讲些家长里短、菜价上涨、水电费居高、孙子逃学、媳妇懒惰一地鸡毛的碎事。小孩子们追逐打闹，一片喧腾。也有携二胡、笛子的，在喧闹中旁若无人地演奏，将优雅的乐声挤进嘈杂，像浑水中的一股细流。

沛生喜欢这样的生活，他在盲人按摩店上班，店主沉闷不爱说话。他技术是很好的，也很敬业，把做按摩当成做艺术品来对待，做按摩时他不讲一句话，身心潜沉，每个动作，每个手法都精心把握，他把躺在床上的人当成钢琴，或轻或重，或缓或急，或深按或浅按，或急骤如狂风暴雨，或轻揉如行云流水，他完全沉浸在自己的世界里。按摩店只有四张床位，逼仄但干净，单调而沉闷，日光灯白天也是开着的，尽管对他们形同虚设，风扇也是开着的，嗡嗡地更加沉闷。

站在南窗前，沛生就从沉闷、单调和阴郁中走出来了，人从僵硬中变得活泼，心也活泛开阔起来。窗前这片巷口空地，他熟悉得就像他身上的每条筋络、每个器官、每根头发。他在这里生活了二十多年，空地上的每个人，每件事，两条巷口之间的每间房，每道墙，每个小门面，每个小摊点他都很熟悉。空地里的每棵柳树，从萌生一片绿叶到凋零，到地上的叶片，从浅绿、嫩绿到深绿，从光秃秃的枝条到浓密如冠盖，他都清清楚楚。甚至最近流行的广场舞，开始跳时只有曾三婶的儿媳妇，她曾在县花灯团当过演员，会跳花灯，在《大茶山》《三访亲》里扮过角儿。花灯团解体后，她随人去乡下演出，那种演出就简单多了，一群半老不少的人穿着红红绿绿的衣服，打着锣鼓，摇着扇子，扭去扭来，在丧家门前乱跳一通，能吃一顿丧饭，得几文小钱。她好时髦，原是有花灯底子的，看一眼就会，就拉上几个半老徐娘每天傍晚跳起来，她们的音响设备太差，响得人发疯，但也吸引了不少人，跳的人渐渐地多了，连周小婶、宗奶奶也加入进去了，说是跳了以后确实一身轻松。

巷口空地上活色生鲜的生活他是打心底喜欢的，他回家的第一件事必然是先泡一杯茶，端着茶杯看空地的情景。巷口的这片空地，于他就是个小舞台，每天这里上演着剧情相同或者剧情转换的戏剧，老人、小孩、中年妇女各色人等，都是戏里的角色。他们不用排练，不用导演，广场就是舞台，蝉鸣、蛙叫加上二胡、笛子，就是多声部的音乐。静止的如坐在石凳上的胡大妈们，追逐喊叫的如那些小娃娃，后来又加上广场舞，这块巷口的空地是鲜活的生命，是生命的活泼和律动。

窗口前的沛生一下就觉得丝丝抽空的元气又活到了体内，他虽然不能参与窗下空地上的活动，但他能真切地感受空地上炽热的生活。他像从空气稀薄、呼吸困难、亘古寂静的雪域之巅下来一样拼命地补氧；像沙滩上干涸得快死的鱼一样，被人放入深深的大海，痛快淋漓地大口呼吸，大口吃水，畅快游泳。巷口平庸的但又充满市井生活的气息让他觉得干瘪的生活丰盈，内心平静而喜悦。

沛生是盲人，巷口空地上的一切他是看得到、听得见的，听自然没问题，自从眼睛看不见之后，他的听力就变得格外地敏锐。不要说空地上震耳欲聋的、跳广场舞的音响声，不要说经久不息、耐心十足、自信自满但又十分蹩脚的二胡声，还有那长一声短一声、像被捏住了脖子发出的笛子的声音，就是石凳上那些大妈大婶或沙哑，或高亢，或舒缓，或急促的交谈，他也能听得清。他不厌倦这些声音，这是滚滚红尘里的天籁之音，不加修饰、不经过滤、原汁原味、活泼的生命之声。巷口的人家，常常紧闭了窗户，他们用木质的、铝合金的窗把声音隔在窗外，沛生却不，他的窗子是时刻开着的。他的窗子像似堤坝的闸口，关闭了汹腾的水就成微波不兴的湖了，关了窗子他的小阁楼就成了幽深雍闭寒冷的古井了。他也有电视、手机，他不是看电视、看手机，是听电视、听手机，他需要电视或手机的声音来填满生活的缝隙。但电视和手机的声音不能代替来自生命中的生活，那是有生命的，有颜色、味道、温度的声音，是能激活人的感知感觉的声音。只有在漫长的阒寂无声的深夜，在闷热或者寒冷得无法入眠的夜里，他才用电视或者手机来驱逐孤寂和无聊。

沛生不是与生俱来的盲人，他是在上小学时一次意外事故造成双目失明的。那个岁数他已经对世界有了明晰的记忆和认知，蓝天白云，绿树瓦舍，长长的巷子，巷口的杂货铺，柳树下卖冰棒、卖酸萝卜的刘三婶，卖葵花籽、炒蚕豆、酸角的周大妈，学校鲜艳的五星红旗，遮住了半个操场的老槐树，在三合土操场上踢毽子、滚铁环、玩纸折飞机的同学，一切都那么栩栩如生，一切都那么历历在目。突然间，他什么都看不见了，世界成了一个巨大的、可以吞噬一切的魔洞，他在这个没有依托的魔洞里如微尘般飘浮，看不见什么，也看不见自己，没有来路，也没有去路，没有抵达的地方，也没有停息的枝条，只有黑暗中无望地坠落、坠落。他曾经几次寻死，但父母片刻不停地守在他身边，家里的利器都藏起来了；要去小城外的水库，他却走不出家门，在门口就被拽回，爸爸妈妈对他又是哄又是劝，声泪俱下，说他如果死了，他们也不活了，渐渐地，他也屈服了命运，不再寻死觅活了。

这样的日子过了几年，他的父母相继去世了。那个时候还不知道什么是癌，他当搬运工的父亲先是咳嗽，吃不下东西，人消瘦得厉害，两三个月一个一百八十斤重的汉子就瘦成皮包骨了。小城也没有好的医疗条件，就是输输液、吃点药，也寻遍了许多民间医生，用了许多偏方、秘方。有个秘方似乎有效，这是乡场上的一个土医生告诉的，就是用才砍下的青竹竿插在粪池里，几天之后取出晾干，剖开竹竿把里面的一层霜状样的黑粉刮下，用白酒冲服。那黑粉应该是粪池里的毒物凝结，毒性极强，这样吃了几次居然有些起色，可他已病入膏肓，终究还是倒下了。

父亲死后，母亲也忧郁成疾，家中实在困难，为了医治父亲的病，几乎向所有亲戚朋友借钱，家里值钱的东西都卖完了。她拖着病体就是不去治，也许她是能治好的，她忧心忡忡，心力交瘁，终于也随着丈夫而去了。她死的时候，最放心不下的就是沛生，这个瞎了眼的儿子是她最大的牵挂，他以后在这黑暗中何以为生。她拉着他的手，说："儿啊，娘走后你就一个人生活了，这世上磕磕碰碰，明眼人都艰难，你咋活哟。娘也没啥留给你的，就这一座阁楼，你把楼下租了就住到楼上去，自己慢慢熬吧……"

二

沛生家这座楼不大，是老式的穿阁斗榫土木结构的房子，房子很老式，但墙还周正，木质楼板，木质格子窗，木质板壁和门。曾经上过漆的，但岁月熏得斑斑驳驳，好在虽颓败却不曾垮塌，修修补补仍可居住，斜斜的瓦檐上长满青草，檐下的燕子窝从一个到三个，就经常看得到大大小小的燕子在檐下穿梭。

房子位置好，正在两条巷口当头，房子前的空地，说是小广场吧又太夸张，但这个空地确实宽敞，是逼仄的小城的门户，是巷里芸芸众生休闲、透气的地方。巷里已经有几家用门面做生意了，但没有一家有这座阁楼位置好，阁楼下面是通往城外的必经之地，四里八乡的人进城或城里的人出去，必须经过这条长长的巷子。早先，这里曾经有过一座城门，阁楼也许就是城门下的建筑。巷口的空地，应该就是城门拆除后形成的，要不然这么密集的房中怎么会多出一块空地。

一楼房子很快租出去了，他请人来在二楼做个窗子，他的那个窗开得不大，他说还得拆，又拆了不少土基，他说还得拆。人家想你一个瞎子，开个窗透透气就行了，开那么大干什么？窗外的东西你又看不见，那不是瞎子点灯白费蜡吗？他只说还得拆，直到拆到他满意为止。窗是很大很大了，小城的窗都不大，修房的年代兵匪多，加上地处高原，在大山拥挤之中，自然冷，能不开就不开，即使开，也小，俗称猫儿洞。猫出入的地方，能大吗？

窗开得大，租房的店家正是做门窗生意的，沛生便请他给自己做窗子。店家叫人量好尺寸，说做木头窗子。沛生说不，做铝合金的玻璃窗。店家很不高兴，说："铝合金贵得很，这钱我不能出，说好的木窗子吗？"他说："我出。"店家说："你出得起吗？你先拿钱来，我叫人去买。"他说从租金里扣，店家心好，说："那是你的生活费呀，出了你咋生活？"他说："你别管，你尽管去做。"店家想这人不光眼瞎，心也瞎了，你明明啥也看不见，开个窗透透气也罢了，开那么大的窗干嘛呢？窗外再有啥景物你看得到吗？开窗也罢了，还要铝合金窗，这不是瞎子讨婆娘，生得再俊你见得到吗？

　　小城其他地方有没有人安铝合金窗大家不知道，但在两条巷之交的空地上，沛生是第一个拥有一扇大大的、漂亮的铝合金窗的人。有这样的窗也不奇怪，大家惊诧于窗的主人是个盲人，都晓得他是个孤儿，生活来源是十分有限的，就靠出租费维持生活，他竟然把生活费拿出来做铝合金窗了，这不是大脑进水了吗？更使大家惊讶的是，他不仅做了铝合金窗，还给窗子安了绿色的纱窗。安了纱窗不说，竟然做了不晓得什么材料的窗帘，风一吹，窗帘轻轻飘曳，像是谁剪了片绿色湖水，让湖水在空中轻漾。

　　巷口空地的柳树下多了个铁匠摊子，打铁的人是从狱中放出来的郑化良。他这时已经三十多快四十岁了，也不晓得犯啥事进去吃了几年牢饭，只知道这人争勇斗狠，常和人打架，这样的人迟早要犯事的。他无家无室，只有个老爹也是瞎了眼的，瞎眼老爹脾气暴躁，三句话不合就骂，好在他轻易抓不到人，抓到就瞎子打人不松手，朝死里揍。郑化良的火暴脾气随他爹，他在外面横行霸道，唯独忌惮他爹，就是进狱出来后也如此。郑化良脾气虽然火爆，但却有个嗜好，喜欢下棋，他痴迷下棋已到癫狂，在牢里又得到一个高人指点，棋艺大增，出来后也不找点事做，到处找人下棋，他爹急得发疯，天天骂，骂得他头也抬不起来。

　　好在他跟人学过铁匠手艺，会打菜刀、板锄、钉耙，更擅长打马掌钉。小城四周都是山，山里山外还在靠人背马驮，就少不了马掌马钉。铁匠炉简单，砌个灶支个风箱，再支个砧子就可以。开头几天他还认真，毕竟要吃饭，加之老爹抬了个竹椅坐镇。过了几天他就技痒难熬，约了些人来下象棋。开头他还克制，打一阵铁下一阵棋，老爹听在耳里也没多说什么，权当是休息吧。棋越下他的瘾越大，有时下一下午的棋也就是叮叮咚咚打那么一会儿铁。老爹忍无可忍，也不管那么多人围观就开骂，他脸上挂不住，都几十岁了，又有自己的棋友在场，只好扔下棋子去打铁。

　　沛生喜欢声音，打铁的声音他听着就十分悦耳，叮咚、叮咚、叮叮咚，很有节奏感。他下楼去，郑化良棋瘾发了正难受，旁边厮杀的人也不管他的感受，"将"，啪的一声，他听得心痒痒的，卒子过河，逼死老帅，心更痒痒。见沛生来，他灵感上来，让沛生过去，附着他的耳朵说了些什么。沛生喜悦，从他手里接过小锤，坐在凳子上，有模有样地敲起来。沛生也有灵性，虽然是打空锤，力道小了些，却也锤锤落在砧子上，敲得也有声有色。

那天沛生得到郑化良的两元钱，他们约定每打一百下空锤得一角钱。沛生打了几百下，手有些酸，就停下了，谁知郑化良的老爹在竹椅上开骂了，老头在睡觉，天热，不知不觉就睡着了，手里的葵扇掉在地上都不晓得，但锤声一停，他马上就醒了。"你龟儿棋瘾发了，又去下你妈的狗屎棋，你不下棋你会死？锅儿吊起、碗儿干起你才会死。"沛生原想休息一会儿，谁知老头开骂了，他不得不又继续打起空锤来。

晚上，沛生手疼得厉害，又麻、又热、又疼。他打了盆凉水把手伸进去浸泡，心想这钱不好拿哩，虽然是打空锤，也要打到实处，锤锤出声哩。他双眼看不见，就有打空的地方，自然就不会出声，他是实诚人，打空了本可忽略不计，但他还是较真，出了声他才记数，一天下来，手又肿又疼，但他还是高兴，毕竟是第一次凭劳动得到了两元钱。他还喜欢听那锤声，锤子落到砧子上发出清脆的、叮叮当当的声音，是自己敲击出来的，还有节奏感和韵律感，让沉寂的世界多了些生动和灵气。

打了几天后他还是决定不打了，尽管他喜欢这声音，也挣得了一些小钱。他听到郑化良老爹愤怒的骂声，这是一个盲眼老人失望至极的声音，在他的世界里锤声是挣钱活命的声音，只有不停的、叮叮当当的敲击声才能出马掌、马钉，而他却在用空锤欺骗老人，这个和自己一样盲眼的老人因为看不清而相信他儿子在打铁，这是何等的残忍和不公。他不能作为他儿子的合伙人去欺骗这个盲眼的老人，郑化良说："你是嫌钱少？一百下再加一角，不少了。"他摇摇头，说："不是钱的事，我不想再打了。"

三

　　黑暗的日子是非常难熬的，他试图去城外寻找些乐趣。他记不清有多少日子没出过城了，自从眼瞎看不清之后，爹娘就不让他到处乱跑了。他想象中的城外，是一个趣味无穷的世界。那里有多少不为人知的隐秘，有多少和人的生命一样微妙的植物和各种小生物，有吹过苞谷林像波浪一样起伏的风，有在庄稼地里蜿蜒而行的小河，有高大的柳树和此起彼伏的蝉鸣，有河滩上的卵石和沙地上小小的螃蟹。在他没失明前，他经常跑出去玩，有的时候就是上课也逃学去，一去就是大半天，不到天黑不回家。自从失明以后，他就被囚禁在逼仄的空间里，如同瞎眼的麻雀蜷缩在树洞里。

　　他的家在坡顶，小城的几条巷道都是顺坡而筑，到了坡顶就是那个空地了。从坡顶顺着小巷走，全是青石板路，青石板是凿有石棱的，防滑，年代久了，竟被踩平，光溜溜地。他知道坡两边的房子都低矮，成年人伸手就可以摸到房檐，过年时踩高跷，竟有人顺势坐在瓦脊上，慢悠悠地吸了烟才去追赶走远的队伍。有的房子低于路面，要下几级石阶才到大门，冬天他们可以跳起来敲房檐下的冰凌，这些房屋下都是做小生意的人家，屋檐下张开的窗口，支一块木板，卖米凉虾、木瓜凉粉、炒葵花、叮叮糖，还卖凉粉、油糕、饵块和各种土杂日货，进城的人先在这里吃碗凉粉，喝二两小酒，才慢慢进城。

　　虽然看不见，但他对这里的每块青石板、每家每户都了然于胸。这些石板年代久了，有的断裂了，有的被撬了，哪里有坑塘，他清清楚楚，不会被绊倒的。他欢快地走着，想着就要出城心里高兴起来，竟吹起口哨，有认得他的说："沛生你要到哪里去，看好路莫跌倒。"想想他是瞎子，看啥路，也就笑起来。听到卖凉粉、椒盐饼子的吆喝声，他很想停下来。凉粉是出名的炎山凉粉，这种凉粉是用豌豆做的，做的工序很复杂，泡豌豆、推浆、过滤、柴火加热，必须用浆状的木片不停搅动，搅得越好，凉粉越好。这时凉粉还是热的，冷却后，切成几尺长的条都不会断，可以拴着甩，可见这种凉粉筋道之好。他好久没吃炎山凉粉了，他太想吃了，兜里有几块钱，可他舍不得用，这钱来得不易呵，打空锤也是要劳力的，现在他的手都还在疼呢，他要把钱用在最该用的地方。

一到坡脚就出城，坡脚是一条曲曲折折的小河，虽然小，但水清澈，鱼虾多，过去这里是他的乐园，他常来捉鱼摸虾，不要什么工具，一只烂撮箕就行，看准了，猛地将撮箕撮进去，抬起来，就是好多的鱼。鱼不大，大的一卡长，这种鱼煎了很好吃。

在水边他站了好大一会儿，他听见风被苞谷叶子撕碎的声音，听见柳树摇曳柳枝的沙沙声，也听见小鱼吐泡喝水的声音，可他不敢多走一步，河里有深深浅浅的坑，跌倒了很糟糕。他感到有鱼游到他的脚踝，他们不停地碰撞，让他感到痒痒的。他突然很难过，他清晰地记得鱼群的模样，却再也看不见它们。他的心情沮丧到极点，孤独无望到极点，想想真不该出城来，他只能蜷缩在逼仄的阁楼里，与黑暗孤独一起腐蚀时光。

小城和乡村几乎没有过渡，酒肆、茶楼、瓦舍之外就是大片大片的苞谷地，他没有再向前走，像他这样走进去是出不来的，苞谷地茂密，苞谷秆比人还高，苞谷叶凌乱而锋利，会把人的皮肤割破。他知道小河边有几座瓦窑，瓦窑是他过去的天堂，瓦窑边的泥池里永远有几头巨大的水牛在踩泥，瓦窑泥被踩得很黏，细腻而紧密。他们用瓦窑泥做各种玩具，他记得他做过最好的泥牛、泥马、泥狗、泥猪，还会做泥人，做好藏在大石下、树洞里。有次一个画画的年轻人见了他的泥塑非常惊讶，说他有搞泥塑的天赋，并且问他愿不愿意跟他学画。这个年轻人是小城一所学校的美术老师，他竟然跟他学过一段时间的画。这位老师对他期望很大，说照这样下去考取美术学院是没问题的，可没有多久，他的眼睛却意外失明了，一切美好的东西离他而去。他很想再去做一次泥塑，凭感觉能做成什么算什么，可他摸索到泥池边，发现泥没有了，成了一个杂草丛的水塘，杂草下面还是有泥的，他弯腰下去摸了一捧出来，臭烘烘的稀泥，他赶紧去河边洗了手，很失落，很惆怅，再不可能做一次泥塑了。

瓦窑，是他儿时的乐园，那时，他常去看烧瓦的师傅做坯、做砖、做瓦、装窑，装了窑烧了火，瓦窑像个巨大的烘笼，上面腾腾冒着热气，竟有青草摇曳在热气中。瓦窑是废弃了，巨兽样蹲在苞谷地里，炉膛的火熄灭了，像他枯寂的眼睛，没有火焰的跳动，没有鲜红的、蓝色的、红色的交织在一起的光，没有呼呼直蹿的声音，只有黑暗和呆滞。

这个夏天多雨，他在小阁楼里感到风雨飘摇的惊恐，看见雷电交加互相撕裂的凶残，看见坡上、坡下、小城的无数房屋像被暴雨驱赶在一起的羊群瑟瑟发抖。他还看见坡下小河边的瓦窑，像刚刚熟透的黑色大馒头，腾腾冒着热气。他想起有一次逃学被父亲的竹棍打了逃出来，他在瓦窑口蜷缩着，半夜下起了瓢泼大雨，他惊恐不安，紧紧贴近炉壁，冷得瑟瑟发抖。正在这时，他听见高声而凄厉的叫声，是爹和娘冒着大雨找他来了，他像被狂风从树顶吹落的小鸟，刚起身就被娘搂在怀里。

多雨的夏天万物蓬勃生长，他拨开窑洞口的杂草试着钻了进去，废弃的瓦窑再也没有光热，窑洞里潮湿而充满腐败的气息，像一个衰老颓败的身躯，再也不能庇护人和给人温暖。里面有到处乱窜的老鼠，他感到恐惧和厌恶，还有嗡嗡乱飞的声音，有的甚至从他的脸上、额上摩擦而去，他知道那是蝙蝠，一种状似老鼠有黏黏汁液很讨厌的东西。

走出窑洞，他的心情好起来，风穿过苞谷地，带来庄稼、青草和各种植物浓烈的气息。苦蒿的气息特别浓郁，让人有种夜里点蚊香驱蚊的感觉，他知道此刻天很蓝、云很白，小河很慵懒、很清澈，蝉鸣此起彼伏，还有不时冒出来的蟋蟀声。这一带的蟋蟀个头小，但很强悍，特别能打斗。他知道在瓦窑背后的土坡上，那里的蟋蟀特别强悍，就是脚被卸了，翅膀被咬了，也还要继续打，有的对手不是被打跑的，而是被惨烈的场景吓跑的。

他曾经捉过许多蛐蛐，他能循着声音找到蛐蛐的栖身之所，有时看见一个小小的洞口，他就知道这是蛐蛐的洞，就知道这个洞还有没有出口，先堵住出口，用长长的狗尾巴草去捅，一捉一个准。他不喜欢斗蛐蛐，尤其不喜欢打斗得惨烈和下了赌的斗蛐蛐，看见被卸了腿的蛐蛐他就隐隐地感到自己的腿疼。他只喜欢捉蛐蛐的过程，喜欢蓄养蛐蛐的乐趣。他喜欢把苞谷秆捣空，两头用艾草堵起来，就可以装下一只蛐蛐了。有时他拥有几十节苞谷秆装着蛐蛐，他用线拴了，挂在脖子上，拿到城里的箭道广场去卖。放了学的小学生最喜欢买，一角钱一只，拿回去他们可以玩几天。现在，听得到蛐蛐叫，但他是无论如何捉不到蛐蛐了，他们随便一蹦跶，他就找不到了，更别说在洞里掏蛐蛐了。

他呆呆地坐在河埂上，两只眼空洞灰白，看不出他内心的情绪。此刻，他内心是孤独、寂寞、惆怅和失落万分的。世界对于他来讲成为记忆，万物、万象、宇宙、星空、小草、昆虫依旧存在，而他却见不到了。在夏天的夜晚，他曾跑到城外，穿过苞谷林，爬上土丘，看见过陨落的星星曳着长长的尾巴，瞬息消失；看见荒草丛中的萤火虫成群成群地飞舞，漆黑的夜空中它们像小小的灯盏，散乱无章地织出了好看的画卷。他曾和小伙伴捉了许多萤火虫用一个玻璃瓶装着，回到家把灯熄了，看玻璃瓶里的萤火虫能不能照着写字。一切美好都离他而去，他只能与黑暗、孤独、寂寞为伴，活着仅仅是活着，活着并且成为负累。他害怕人们的厌恶和嫌弃，也害怕人们的同情和赠予，当听到"这娃儿可怜了，眼瞎了，爹妈死了，咋个活"的话时，他心里很难受，也很抵触。隔壁的王四姊不时拿些吃的东西叫娃娃送过来，说："给你瞎哥哥送过去，也不晓得他几天没吃东西了，死活都不晓得。"他想他就是要活，要活得有滋有味，要活得不比别人差。他在黑暗中学会了洗衣，学会了做饭，切菜时他好些次切伤了手，吮着手指上又咸又腥的血，他伤心落泪，等好一点又摸索着切起来。经过一段时间，他的刀法熟练了，得心应手，再也不会伤着自己，还可以把洋芋丝切得比火柴棍细。炒菜是门学问，火大火小他是看不见的，炒生炒熟全凭感觉，他经常把菜炒煳或者半生不熟，放盐放佐料更难，常常不是咸了就是淡了，不是辣了就是苦了，他耐心地摸索。尽管只有简单的菜，几个洋芋、一棵白菜，一块豆腐，几只茄子，几根莴笋，他都要力求做得最好。日子黑暗，但生活不能黑暗；日子枯寂，生活不能枯寂；日子焦心，生活不能焦心。

他的阁楼上简单得不能再简单，一桌一床，几个凳子，一张茶几，简单归简单，但他要求干净整洁，家具和地板是常常擦拭的，他要下楼去巷口公用自来水亭提水，别人见他一天提好几次，走得磕磕绊绊，提得泼泼洒洒，说："少提点，你用得了这么多水吗？"他笑而不答。楼下店主说："人家是擦家具擦地板哩，比你我还讲究。"他听出嘲笑的意思，有人说："擦得干净吗？"店主说："我去看过哩，比镜面还干净。"人家说白费力，有啥用。这话的意思就直白了，意思是你一个看不见的人这样做有意思吗？你看得见吗？看不见擦和不擦有多大区别，还用得着蹲在地上一点一点擦吗？他不作答，默默地提着，走得趔趔趄趄，洒得飘飘扬扬。

冷暖自知，日子是自己过的，该咋过自己过，用不着听闲言碎语，盲人的世界只有自己知晓，盲人的日子只有自己安排，即使看不见，日子也要过得闻得着、摸得到、看得见。

起风了，他嗅到了大风潮湿的气息，太阳炙热，苞谷地里有焦煳的气味，树木青草有枯萎的气味。大风拂来，先把大地的热浪吹去，然后才会下雨，这仿佛是把滚烫的茶壶吹冷，然后再用水冷却，大自然的一切都是巧妙而贴心的。他走到砖窑边，此刻雨还没下，今年雨水好，废弃的瓦窑上长满了各种各样的野花野草，蓬蓬勃勃、葳葳蕤蕤。大雨将至，土地返潮，他嗅到了浓烈的苦蒿味、野蔷薇的花香，还有不知名的花香。瓦窑的边缘，长得更是茂盛，他心生欢喜，用手去摸那些野花野草，牵牛花是凋零的，摸着就是软耷耷的。他知道牵牛花是早上开的，蓝的、红的、粉红的，凝结着露水，煞是好看。他摸到野蔷薇了，他的手被扎了一下，野蔷薇是有刺的，他抓住一枝，这样就能寻找到花，也不会扎手了。枝上的野蔷薇开得真是好，一串一串的，在小城，管野蔷薇叫七姊妹花，它的花骨朵都是七个一组，一组一组的，开起来真是热烈，绚丽多姿。蔷薇花有小茶盅大，润滑、光洁，手感很舒服，深深嗅一口，幽幽花香沁人心脾。

他在花草上探视，他摸到了一个小小的、肉肉的小虫，他心里大喜，这是萤火虫呀。它们白天蜷缩在草丛中，花叶的背面，到了晚上全都出来了，它们像去参加盛大的灯火晚会，难以计数的萤火虫组成一个一个的光圈，在夜空中游弋。一个一个飘忽不定的光圈，把黑夜装扮得神秘而绚丽，深邃的暗夜有了这些光圈的装扮，变得生动活泼。

他激动起来，萌生出一个想法，这个想法使他欣喜不已。他去苞谷地里用小刀割了一棵苞谷秆，他把苞谷叶撕去，用小刀切了几截苞谷秆，把里面捣空，又扯了些艾叶堵住，他要像装蛐蛐一样把这些萤火虫装进去。他顺着花叶草丛摸去，摸到一只萤火虫，他小心翼翼地把它装进苞谷秆，萤火虫小而柔软，稍不小心就会伤害到它们，手指对它们无忌于两座大山。他小心翼翼地摸索，它们虽在休眠，却也异常敏感，稍有响动和震感，它们就急速地逃离，或从叶片的这一头逃到那一头，或跌落到地上再慌乱地逃窜。这些在以前对于他都不是难事，可现在他啥都看不见，只能凭感觉，凭心灵感应，他很快就掌握了萤火虫逃离的规律，如果不能一次抓住，就迅速地截住长长的叶片的下端，轻轻地准确地将它捉住。

抓的速度很慢，但他还是满心欢喜，他在心里说："萤火虫、萤火虫，跟我回去吧，我不会伤害你们，我就是想看你们在夜里点亮的灯，天亮了，我就放你们走，好吗？"虽然很费劲，但他还是捉住十几只萤火虫了，他想再捉几只就行了，太少了没有光团，没有气势，太多呢，又不容易捉到。

正当他想象着萤火虫绚丽多姿、熠熠生辉的景象时，他跌倒了。平时他是很小心的，走路时都是先用一只脚试探，没有障碍和危险再走，可他一门心思放在捉萤火虫上，忘记了试探，他跌到了一个很深的坎子下。坎子有齐腰高，下面是丛生的杂草和荆棘，他跌得很重，手和脸都被荆棘划破了，火辣辣地疼，手臂上还冒出血珠，咸咸的一股腥味。他用手抹去，这种伤对他不算什么，成为盲人后他不知跌了多少次，有一次从石坎上跌下来，脚脖子扭得老高，并且错了位，是巷里的民间医生给他复位的。这位医生不用啥止疼药，只是让两个人紧紧地按住他，咔嚓一声就扳回来了，然后敷上捣绒的草药，他虽然疼得大汗淋漓，疼得钻心，但咬着牙坚持，一个多星期也就好了。这次跌下高高的土坎，只是被荆棘刺伤，于他并无大碍，他没感到撕心裂肺的疼，脚和手也灵活自如，他慢慢地爬起来，摸索着去寻装萤火虫的苞谷壳去了。

晚上，弄完吃的，已经是夜里十二点了。他去整理床铺，放下白色蚊帐，洗漱完毕，习惯地站在窗前，夜风习习，白天的暑热一扫而尽，绿色的窗帘随风飘曳，轻拂着他的脸，他心情尤为放松，感到了生活的美好。他失去了很多很多，他在黑暗的深渊里艰难地活着，他克服了常人难以想象的困难，他忍受着讥讽和同情，他饱受着孤独和黑暗，但他心里揣着光亮，揣着梦想，揣着温情。他随时在心里勾勒出失明前的景物，以前觉得平庸和无趣的东西，现在变得弥足珍贵。以前上学时出门看到满天彩霞，他从不会多看一眼，更不会为之心动；以前看到的逼仄的小巷，一个接一个的店铺和小摊，各色各样的人，只觉得灰扑扑乱麻麻，现在才觉得它的生动和鲜活；以前巷口空地里的大柳树，柳树下拉二胡的老人，奔跑追逐的小孩，用一个大簸箕支着打叶子牌的老妇，只会让他觉得灰暗和无聊，现在这一切都是那么生动和鲜活。就是吹得满地落叶，灰尘漫卷的晚风，现在他都觉得无比亲切，无比温馨。

　　能有一扇窗多么美好呵，窗是他心灵的窗户，是他与外界联系的通道，是他感知世界的桥梁。站在窗前，他神思飞扬，思绪既扯得很远很远，也收缩得很近。他能感知到小城的那座古塔被落日熔在熊熊的火焰中，熊熊的火焰在古塔周围欢快地跳跃，古塔铁灰色的冷艳让它岿然不动，跳跃的火焰渐渐缠绕上身，静与动，热烈与冷艳让人惊叹！他能感知乌泱泱的一片乌鸦正在小城唯一的公园前那几棵白杨树上空盘旋，那几棵白杨树都是百年以上的老树，每棵树要几人才围得住，几棵树的树冠联结纠缠，遮住了一大片空地。空地上有个青瓦木柱的水亭，水亭下是一个很大的石砌的水池，那是全城人的饮水，他经常踩着湿漉漉的石板路去那里挑水，水亭前有一大片茂盛的灌木丛，那是他们儿时的乐园。乌鸦是小城的一道风景，没有谁会觉得乌鸦是不吉祥的，成百上千只乌鸦在白杨树上空盘旋，黑压压一片，何等壮观。人们不知道它们白天飞到什么地方去了，是成片地飞走还是分散觅食？但人们知道它们必然在暮色笼罩的时候就来了，它们的叫声聒噪而热烈，小城的人没有觉得是不吉祥的，成百上千的乌鸦和它们的叫声，是小城人的必不可少的生活内容。他曾经用弹弓去打伤过一只乌鸦，他遭到了大家的咒骂和嫌弃，后来他和大家一样，哪天不见乌鸦归来就心欠欠的，乌鸦和乌鸦的叫声装点了他的回想。站在窗前，他依然听得到乌鸦的叫声，乌鸦像黑色的云彩在他脑里盘旋，他不知道这群乌鸦是什么时候聚集于此的，从父母的口中他知道至少伴随了几代人。直到如今，那几棵巨大而苍老的白杨树依然还在，那群乌鸦也不知是第几代的乌鸦了，它们依然眷恋这几棵老白杨，依然以强大的阵势和巨大的声浪盘旋于小城的上空，它们依然不管什么原因绝不迁徙，为小城增加了热辣辣的气息。

　　他凝神倾听乌鸦盘旋和聒噪的声音，小城虽然有了变化，拓宽的街道上也渐渐地多了一些小车，小车的鸣叫和乌鸦的聒噪并不冲突，它们会因汽车的尖叫而飞离小城一会儿，很快又飞到小城上空，飞到白杨树那儿，像黑色的云彩伴随着五彩的落日余晖，绚丽之中多了沉稳。

此时巷口已经清寂，他知道那几盏白色的灯仍然亮着，小城的变化是很慢的，节奏也慢，但毕竟在变化着。以前巷口空地上是没有灯的，也没有用石头做的石凳，一到夜里这里就黑漆漆的。那时他还没有这个宽大敞亮的窗子，更没有绿水泱泱的窗帘，每到傍晚他就抬个凳子坐到巷口，傍晚巷口的空地是最热闹的，大柳树下有卖冰水的，卖炒瓜子、炒蚕豆的，还有任何时候都少不了的酸萝卜，这是小城贫民最喜欢的小吃，抵不了饭，但解馋。

那些年小巷空地里没安灯，每天傍晚空地里是很热闹的，吹牛谈天、拉胡琴、吹笛子，摆摊卖零食的，小孩追逐嬉戏的，小巷充满腾腾的生活气息。夜幕降临了，人就渐渐稀少了，有月亮的夜晚还好，总有稀稀疏疏的人停留在小巷的空地。自从失明后，他更加珍爱这种生活，总要抬个小凳子在门口或者到大柳树下，看不见总是听得见的。他用耳朵捕捉一切，哪个小孩摔倒了，哪个下棋的为一个棋子和谁争吵了，他都清清楚楚，他虽不能参与，但总能融入。但到了阴天，天幕低垂，黑夜沉沉，尤其是雨季，阴冷的小雨下个不停，夜更是黑得伸手不见五指，听见小巷和小巷口空地里就一片死寂，连风吹柳树叶片掉落的声音都没有。

前些年，小城完全是一个被人遗忘的边远小城，没有工业，小城只有手工业，补锅的、打铁的、钉马掌的、皮匠、裁缝、修自行车的、敲羊皮桶的、打草席的，再早一点还有用织布机织土布的，用青、靛、蓝染布的染坊坊，完全是一幅农耕社会的景象。市政建设就根本谈不上，小城的几条主要街道是青石铺就的，其他的就是土路了，年深月久，坑坑洼洼，晴天尘土飞扬，雨天泥浆遍地，稀滑异常，稍不留意就摔一个大马趴。

这样的夜晚，他是睡不着的，坐在门口茫然地听雨声，小巷寂寂，雨声飒飒，很是清凄。他内心涌出许多惆怅，很多感伤，感叹自己年纪轻轻就成了盲人，感叹自己做不了事，成不了家，年纪渐大，对男女之事也逐渐了然于心。但像他这样连自己的生活都自顾不暇的人，更谈不上男欢女爱、娶妻生子。年纪轻轻，还有几十年的路要走，这一生如何度过？前途茫茫，雨声凄清，叫人心生忧愁。突然，他听到"噼叭"一声，有人在雨水中跌倒了，跌倒的人哼叽着说："妈的，连盏灯都没得，黑漆嘛咕，害人呀……哟，老子脚脖子扭了，膝盖出血了，明天咋个去拉车呀……"他听了，心惊胆战，半夜三更，细雨飘飘，这人真是倒霉，看来跌得不轻呢。每天夜里总有人行走，有的有急事，有的是醉汉，有的刚做完工回来，总会有人跌倒的。小城居住条件差，老旧的房间里是没有解手的地方的，只有一个公厕在小巷口的角落处，男人还可以壮着胆出来，女孩就不行了。有的人家用尿罐，有的人家把煤灰放在地上，解了第二天撮了倒掉，弄得屋里总有一股尿臊味。

他想是应该有一盏路灯了，可这事没人管，谁来安呢？这事跟他没有关系，他一个盲人，蓝天白云和黑夜森森也没有区别，何必操这个心。可想想小巷人家对他可没少关照，都是老街坊，都熟悉得很了，小城民风古朴，有个大事小务，都互相关照。他成了盲人，父母死了后，大家对他更是可怜，更加关心，逢年过节，总有人家怕他孤单难过，总要叫上他去。他自尊心极强，总是拒绝人家，人家知道他的心思，也不勉强，但会送上一些做好的菜，叫小孩把热腾腾的菜端到他的屋里。他爱干净，衣服被子都是自己洗，但衣服破了就无法了，他曾尝试着自己补，无奈眼睛看不见，把手扎得血直流，左一针右一针，针针扎在肉上，疼得他把衣服扔了，用嘴吮着流血的手指手背。

总有巷里的大婶大嫂会喊住他，让他坐在身边，低下头为他缝补裂了口的衣服，边缝边和他说话，问长问短，他心里温暖极了，仿佛回到了母亲的身边。有时神情恍惚，觉得母亲真的来了，那语言，那动作，那气息，让他又温暖又伤感，他太想多待在她身边了，这种温馨让他久久不能释怀。

也有不懂事的小孩子会在他背后喊"瞎子、瞎子，走路拄棍子，跌倒吃鸡屎"，这时总有大人追出来，骂："短命儿子你嘴痒呢？你是三天不打，上房揭瓦，老娘今天让你晓得厉害，看你还乱喊。"接着就听到小孩的尖哭声，听到竹条打在皮肉上的声音。他站在原地，说："秦大婶，娃娃不懂事，不要打了，说他两句就是。"秦大婶说："短命儿子嘴痒得很，一天乱说，昨天喊他们老师绰号才遭一顿打，今天他又乱喊了，不能惯着，以后还得了。"他看也看不见，拉也拉不着，心里干着急，直到有人来才拉住她。

他请了人来，把电线拉到门口的柱子上，人家奇怪，说："你接电线做什么……"言下之意，你一个盲人，点灯和不点灯有啥区别，他说："你别管，拉就是了。"

自从有了这盏灯，小巷口和小巷这片空地就豁亮了，尤其是月黑风高，漆黑一片的时候；尤其是细雨霏霏泥浆遍地的晚上，人们有事外出或者上厕所，都看得清路了。睡不着的时候他就抬个凳子坐在门口，听见有人出门，听见脚步声，他就会说："慢点哈，路滑得很。"走路的人感动，说："天不早了，你咋个还不睡？"有人解完手回来，还会蹩过来和他聊一会儿天，递烟给他，他不抽，人家就说："沛生你快二十了吧，该说媳妇了。"他苦涩地笑，说："你看我这样，自己都养不活自己，说啥媳妇。"人家说："不要灰心，也会有条件差不多的，等遇到了给你说一个。"

这盏灯就这样孤独而温暖地点燃在漆黑的、寂寂的夜空里，时间长了，大家觉得不应该让一个盲人来承担电费。大家议了一下就决定每家出一个月的电费，巷里人家多，这也就不成负担了。他们去和他讲，他坚决不同意，说："大家对我的关照还少吗？一个月也花不了多少钱，就由我出了。再说，我也需要灯哩。"大家不明白他为啥需要灯，他说："你们看得见路，我也看得见了，省得每晚听见有人跌倒的声音，我难受哩。"

四

夜深了，寒意渐浓，他关了窗子。临睡前，他放下蚊帐，把竹筒里的萤火虫小心翼翼地放在蚊帐里，然后上床睡觉。他听见萤火虫轻轻地滑翔的声音，听见它们收敛翅膀停在蚊帐的声音，听见一只接一只的萤火虫在蚊帐里飞翔、碰撞、嬉戏的声音。他眼前一片漆黑，在漆黑的、漫无边际的空茫中，他眼里出现了绚丽的星空，寂静暗黑中萤火虫漫天飞舞，一盏一盏的灯火飞舞旋转，犹如浩瀚天际的星星，闪闪烁烁，互相辉映，他看得心花怒放，仿佛进入童话世界。

天亮了，他打开蚊帐，打开窗子，他轻轻地挥舞着，那些飞舞了一夜的萤火虫悄悄地飞到窗外去了……

渐渐地，小城热闹起来了，先是有人家把临街的门店做了装修，卸去木门木板壁，用砖砌了门框，装上天蓝色的玻璃，还装上了卷帘门。还来了不少四川人、温州人，他们租下门面，几间连在一起，装了天花板，安了大吊灯，地上是雪白的瓷砖，玻璃柜台摆满小城人少见的东西。这种门店很有特色，房子还是原来的土木结构的老房子，有的甚至歪斜了，残破的瓦沟里长满蓬勃葳蕤的青草，有的瓦沟里还长出青青的苞谷，苞谷结穗，红红的璎珞样的须，像点点脂红，孤傲地在天空剪了张剪纸。燕子依旧在檐上筑巢，依旧斜斜地在青石板的街道上低飞，但毫不影响小城一天一个样的变化。小城有了录像厅，有了洗头屋，原来的理发摊子被理发屋代替了。原来一面水银的镜子，一个火炉，一盆热水，一副理发挑子的剃头匠败下阵来，退到小巷的空地上，他有他的顾客，都是在他手里剃了很多年头的老顾客，他们喜欢他慢慢地理，喜欢他用锋利的剃刀修面，喜欢剃刀在脸颊上行走的声音，还喜欢他捏肩捶背、采耳，这些洗头屋会吗？小城有了洗脚屋、桑拿、按摩，除了那些啥泰式、韩式、中式的按摩外，还有了盲人按摩店。

沛生被人介绍到一家盲人按摩店去学按摩了，这家按摩店的老板也是个盲人，浙江来的。他的按摩店，同样是重新装修了，有大玻璃门，有雪白的墙壁和吊灯，地面也是瓷砖，四张床上铺着洁白的床单和被子。来这里按摩的男女都有，多是腰肌劳损、筋骨酸疼、血脉不畅，一身不舒服的人，老板手艺好，按摩很到位，态度极热情，生意就好。他招了个女徒弟，是个叫若兰的盲人姑娘，生意好时，人手还是不够，于是又招了沛生。

沛生喜欢这里的环境，喜欢这里的人和气氛，他虽然看不见店里的装修，但他感受得到。他喜欢小巷，但厌恶小巷的灰尘、垃圾和泥泞，他喜欢店里的气氛。老板喜欢音乐，闲暇时会吹上一阵笛子，会拉一阵二胡。他笛子和二胡都很精湛，一曲《春江花月夜》，让他想起了一轮橙黄的月亮；想起朗朗的晴空，轻轻的流云，轻拂的大柳树和小城唯一的一条叫利济河的河流，河面不宽，沙滩洁净，菖蒲摇动，野花乱开；想起这条有三道石坝、流水潺潺、卵石清洁的小河；想起那些捉鱼摸虾、折柳做帽、从堤坝上飞身鱼跃的美好生活；想起骑在青牛背上吹着竹笛、在堤上慢慢走过的牧牛少年，他的心温暖而湿润。一曲《二泉映月》，瞎子阿炳的命运勾起了他的伤心，如泣如诉，如歌如吟的辛酸述说，人生的沉浮，命运的坎坷，世事的无常，人间的炎凉，令他动容，令他心酸。他听到了低低的啜泣声，那是先他而来的盲人姑娘若兰，他看不清她的模样，但他知道这是个勤快而善良的姑娘，她的家在邻县山区，父亲腿残疾，母亲是盲人，三个弟妹，她是先天盲人，家里的贫困，日子的艰难，是难以想象的，后来一个在小城做事的远房亲戚看到了盲人按摩店的招人启事，就把她带了来。来到这里，她觉得生活简直就是进了天堂，环境舒适，老板和蔼，包吃包住，她还有了有生以来的一个人住的小单间，让她高兴得要死。她人聪明、善良而勤快，来了半年她就可以独自按摩了，她单纯而热情，按摩很细心，来找她的顾客逐渐多了起来，尽管如此，师徒俩仍然忙不过来，这才把他招了进来。

吃饭了，若兰姑娘从厨房走出来，他早就闻到了饭菜的香味，有红烧肉浓郁的气味，有炒糖醋辣椒的酸甜味，有腊肉的香味，还有煮老豆皮、蒸老南瓜。他吃得狼吞虎咽、津津有味。很久没吃过这么好吃的了，他惊讶于若兰看不见什么却能把饭菜做得这么好吃。若兰说心里看得见眼里就看得见了。她从小做饭做菜、剁猪草、洗衣服、带弟妹，也不知吃了多少苦，受了多少伤，手上、脸上、身上有多少伤痕，终于可以和明眼人一样了。

若兰说："哥，我晓得你个子高高的，模样也端正，就是走路时左脚轻，像崴了一样，右脚重，像踩到东西一样。"他说："你咋晓得的？你也看不见我，咋我的走路姿势也晓得。"若兰说："别人用眼，我用心哩，你来了我观察就清楚了哩。"沛生心里一阵感动，一阵温暖，果真是个有心的姑娘，她是用心把他的一切都了解得清清楚楚了。师傅忙，就让若兰先教他，若兰说："这咋行，我才学到一点皮毛，不要把沛生哥带偏了。"师傅说："没得问题，你都可以独立操作了，带他是没问题的。"师傅知道两人的情况，也想成全他们，让他们有更多熟悉的机会。

自然而然地，两个苦命的人渐渐好起来了。起先，若兰还在犹豫、徘徊，她的命运实在太苦了，现在才稍微好了起来，她不敢轻易托付于人。在山区，女人的命尤其不好，嫁错了人，不仅要生儿育女，侍奉公婆，苦活脏活一起做，还要遭遇暴力。男人在外吃酒赌钱，还把老婆当牲口，想打就打，想骂就骂，那样的日子她是实在不想过的。等观察了一段时间，她觉得沛生是可以信赖的。

有一天她接到电话，说她寄回家的钱收到了，让她不要寄了，留着钱买点衣服穿，买点自己喜欢的东西。她很惊讶，最近没寄钱呀，不是才寄过不久吗？怎么会寄？想了一阵，终于想起这是沛生寄的，沛生第一个月拿到工资，还给她买了一只毛茸茸的小狗熊，她好喜欢，长这么大第一次有人送东西，第一次有玩具，没事的时候她总爱把小狗熊抱在怀里。她很感谢他，他说不用谢，还有惊喜哩。果然，他把工资的一半寄到她家里了，再三问，他才说："你家里人多，弟妹又要读书，我一个人吃饱全家不饿，又没啥开销。"她听了心里又苦涩，又感动，说："你也该攒点钱，以后要用哩。"说完她的脸倏地红了。

她病了，是拉痢疾，急肠炎，疼得满头大汗，是师傅和他把她送到医院的，到医院后师傅回去了，店里不能没有人。他日夜不离地在医院里守了三天三夜，他摸索着去为她买稀饭、豆浆、牛奶、面包，尽管她吃不了多少。他还摸索着到水房去为她洗弄脏的裤子，这是多么让人难为情的事，他却做了。她心里那个温暖，那个激动，趁着没人，她抱住他的头，狠狠地亲了一口。

说到他的房子，他做了简单的描述，她说阁楼不大，可以住了，下面还是继续租吧，等以后……她说家具少可以添，但要有个窗子，有个大大的窗子才好哈。他想她咋和他想到一起了，谁也不会想到盲人会需要窗子，要窗子干嘛呢？白天和黑夜，屋里和屋外，星星和月亮，落日与余晖，对他们有啥区别。可他们就是想要拥有一个又大又亮又通风透气的窗子，就是想在窗子前伫立用心观望。观望落日余晖，观望晴空万里，观察一线划过天空的归雁，观望小城万家灯火、炊烟袅袅，观望小巷空地前的大柳树和树下的世俗生活；"看"老人吹笛、拉二胡，看卖瓜子、炒花生、酸萝卜的小摊前的热闹景象，尤其是小孩子们的奔跑追逐。谁说他们看不见呢？只要心里有万般景象，只要心里还有对生活的渴望，这一切都是看得见的。

正当他们规划着自己的美好的生活，像蚂蚁搬家一样往阁楼里搬家具；正当他按若兰的心愿把窗帘换成天蓝色的湖纱时，他们听到一个惊人的消息，有人要在他们窗前、临近巷口的这片空地上修房子。

这个修房子的人正是当年追着他喊"瞎子、瞎子，走路拄棍子……"的那个人。这人也算有本事，书没读成，但混社会还是蛮有本事的。他小小年纪就走南闯北，到深圳打过工，到广州贩过牛仔服、电子表，赚了一些钱就随人到小城北面的野猪箐开小煤窑，开煤窑是很危险的，也是很赚钱的，这几年他赚得盆满钵盈，就想买田置地，兴家立业。田他是不会买的，他要修一幢高大的洋房，一楼做餐厅，设多个雅间，卖高档精致的餐饮。这几年，小城像沉睡了很多年的人，从灰蒙蒙的历史尘埃中苏醒过来，抖落一身灰尘焕发出无限的勃勃生机。小城里冒出了很多有钱的人，他们要有一个高档的消费场所。二楼做舞厅，三楼放录像，录像在小城正是个新鲜玩意儿，小城的不少背街小巷都有录像厅，这些录像厅极其简陋，把堂屋和房间打通，放十几把长条硬椅就可以了，门口用一副厚厚的门帘挡住，里面人头攒动，生意火爆，除了放打斗片之外，到夜深了还放黄色录像。这些地方环境太差，空气混浊，治安也不好。这人要修一个高档的录像厅，厅里放软沙发，还免费提供饮料，不少有钱人正需要这么一个环境。

沛生急了，这栋房子修起来不是彻底遮住了他的窗子了吗？他还幻想着和若兰站在窗前，任轻轻的南风吹拂，用心去看远处的落日余晖，看绚丽的天空中城西边的那几棵巨大的杨树，看乌云般的、旋风样的老鸹群，看渐渐亮起来的小城灯火，看灰蒙蒙的青瓦中间冒出来的洋楼，看巷口空地里的大柳树和树下的人间烟火。如果修了房，这些还能看见吗？徐徐吹来的风还吹得进来吗？剩下的，就是乒乒乓乓武打片的惊悚声，就是嗲声嗲气的录像声，就是昼夜不息的歌舞声和猜拳划令的叫喊声，这日子还能过吗？

沛生去找那个要修房子的人，他找了好几次都找不到，找到他老娘时，这个老人认识他，说你找他干啥？他经常不归家，我都两个月没见过了，你是找不到他的。老人和蔼，听了他讲修房子的事，老人说这事我也管不了，他要做的事谁也阻挡不了。现在有了钱他就狂得很了，叫他不要修他偏要修。沛生失望地走了，他想一定要阻止他修房子，无论如何也要找到他。

可以想象，沛生寻找之旅是多么地艰难，尽管他对小巷这一带很熟悉，哪里是个坑，他明晰得跟眼睛好的人一样，可小城的其他一些街巷他就不是那么熟悉，甚至不熟悉了。这个人是不大会在小城的偏街僻巷或者是一些小酒馆、小录像馆出现的，他会在啥地方呢？沛生跌跌撞撞地走，到处打听，他也不晓得跌了多少跤，跌得鼻青脸肿，一身灰尘。若兰心疼，说："你不要去找了，他坐着小车，一会东一会西，咋找得到呢？更何况他不会去那些小街小巷、小酒馆的。"他说："不找咋办？我不能让他修起房把窗子遮了，窗子遮了，听不见风，见不到雨，见不到大柳树，见不到老人和小孩，我就真正地瞎了，有窗在，我的心还是活的，眼还是亮的。"若兰说："我也喜欢窗，在我的老家，房子低矮破烂不说，还不开窗，房间又闷又热，气味难闻，我说：'爹开个窗吧？'他说：'开窗干啥？没窗安全。'我是多么渴望有个大大的通风敞亮的窗子啊。"他说："我们有窗子了，可是又要失去了。我不能让它失去，我必须阻止。"若兰说："找到了也没用的，人家一定要修呢？你阻止就是断了人家的财路。"他说："无论如何，我是要窗，要有自己的透风敞亮的窗哩。"

在别人的指点下，他终于找到了那个人，这是小城闹市区的一个新修茶庄，外面车来人往，热闹非凡，里面却很安静、温馨。那人很惊讶，说："沛生哥，你咋来这里了？找我有事？"他是听她老娘讲过沛生找他的事的，他毫不在意，说他一个瞎子要窗干啥？他妈说他怕是嫌闷，要吹风哩。他说又不堵他的窗，照样可以吹风的嘛。他妈说是呀，只是遮了窗，照样的可以通风透气的呀。

沛生见他客气，并不像人家说的他成暴发户就横着走路，一个城都容不下了，他讲了窗的事。那人说："沛生哥，我修房没碍了什么呀，图纸上是离你那房还有一尺的距离哩。"他说："是没占我什么，但你那房一建起，我啥都'看'不见了。"他这样一讲，屋里的几个人都哈哈大笑起来了，笑得很狂野，笑中的嘲讽之意明显透出来，他知道这些人的身份，不消说都是发了点财的小包工头之类的人。那人说笑啥笑，笑个屁。那些人立即哑了口，那人说："沛生哥，我们街坊几十年，我这人这几年虽然发了点小财，但我不是仗势欺人的人。就说这修房的事吧，本来我也不想修，可是北城办事处领导找到我，说我们北城太偏僻、太落后了，人家西城南城发展多快，各种新建筑不断出现，各种餐饮、娱乐、购物都有，我们这里太冷清了。他们找到我，要我起个带头作用。你那窗子的事，本来作用也不大，但我还是要补助你两千元。"沛生知道两千元不是小数目，有的房子几万元就可以买的，但他不是为钱，更不想让人觉得他想讹人，他是盲人，更容易引起大家的怀疑，盲人更要有尊严。他说："我不是这个意思，钱我一分都不要，我只是需要一个通风透气，'看'得见外面的窗子。"那些人又笑出了声，他说："那你说该咋办？我修房子又没占你的地基，我修房的手续是齐全的，我修房是响应政府号召，为繁荣家乡做点贡献。要说钱么，我也赚得差不多了，不在乎赚这钱的。"沛生听得一头雾水，他讲得头头是道，不是为赚钱，人家是为小城做贡献呢。

他疑疑惑惑地回来，心有不甘，觉得自己好好的窗子就要被堵住了，这窗于别人而言可能不是很重要，有两千元的补助肯定心满意足的了，可有谁知道窗子是他最重要的通向外面世界的心灵通道，是他孤独茫然、凄清无助、温润心灵的所在。但他讲得那样信誓旦旦，那样顾全大局，为发展他们这一片经济做努力，又让他感到茫然。果真是这样，他不就应该做出些牺牲。

走到巷口空地，他听见有些人站在他家楼下的地方在讲话，见他来了，他们说："沛生你知道要在你楼下修房子的事吗？"他说知道的。他们说："人家在你楼下修大洋房了，齐着你的房檐修，你不怕遮住你的窗子吗？"他说："咋不怕，我去找过刘贵生了，他说是政府同意他修的，是为了繁荣我们这片经济的。"巷口空地里站的人说："这是糊弄你的，繁荣经济？怕是繁荣他们的腰包吧。这块空地是自古就有的，为啥留空地？到处是房子，总要留个透气的地方吧？空地不是哪一家的，也不是办事处的，凭什么他们就可以拿给私人建房？听说是办事处和刘贵生有协议，拿地入股，办事处分利润的 40% 哩。"沛生听了很震惊，办事处咋能这样呢？这地是大家的，是老祖宗留给大家透气、纳凉的，凭啥为了分成就把地拿给刘贵生呢？凭啥就可以横空修一座房子，把我的窗子遮了呢？

沛生说："那咋办呢？我也找过他了，他说给我两千元补助我没要。"大家说："他是拿钱收买你呢，你不要就对了，这种脏钱千万不能要，一定要抵住，不能让他得逞。"沛生说："要不我们一起去办事处反映，人多力量大。"他这样一说，就没人答话了。过了一会儿有人说："这事还得你去说才好，呼啦啦去一帮人，人家还说是来闹事的。前几天一帮人去县政府，堵住大门上访，还抓了几个哩。"沛生心里有些不高兴，既然都说空地是大家的，为啥去反映就不愿了呢？有人说："沛生，还是你去合适，他遮住你的窗子，你透气的地方都没了，你是……"那人还是机灵，怕说他是盲人他不高兴，伤了他的自尊。他说："我去就我去，又不是找他们闹事，我只是反映问题。"大家说："还是沛生去好，你去他们会客气的。"

沛生去了办事处，一个副主任见他来，招呼他坐下，还泡了一杯茶。这个副主任是分管民政的，春节时还去看过沛生，沛生从来不给他们添麻烦，从来不提这要求那要求，所以对他印象挺好。副主任说："这事你就不要管了，修房子是办事处同意的，是为了繁荣这一片的经济，你要顾全大局。再说，窗子对你……"沛生知道他要讲什么，就说："你们都认为我看不见，不需要窗子，其实……"沛生讲了窗子对他的重要，讲了他在窗子前的种种感受，副主任说："沛生还是个诗人嘛，想象力挺丰富的。不过，建房这事是办事处定的，是件利国利民的好事，你就不要管了。"

沛生很沮丧，他晚饭都没吃就上床睡觉了。若兰问他是不是病了，说着摸了摸他的额头，哟，咋这样烫，走，去医院看一看。他说没病，就是心里烦，把今天的事，尤其是办事处的事说了。若兰说："这事看来复杂呀，如果光是贵生，咱们还可以告他，说他侵占大家的地，如果是办事处同意的，这事就麻烦了，况且人家还有利益呀。"他说："我是不甘心的哟，如果我这幢房子被掀了，我也没啥说的，但堵了窗子就是堵了我的眼睛、我的心。"说着伤心地哭起来。若兰说："我何尝不是这样呢，但我们拗得过人家吗？我俩都是盲人，无钱无势不说，光一天找人，就要命……算了吧，认命吧。"沛生说："不，我不认命，我们啥都没有了，一个窗子都不配有？我要告，到处告，明天我们请人写个告状信，我要去县政府，去找县长，就说我们的窗子，就叫盲窗吧，被人堵了。如果能解决最好，实在不行，开工那天我一定要睡在他们开挖的地上，哪怕被挖、被打……"若兰说："你真去了，我也去，我也不怕丢人现眼，我和你睡在一起。"

沛生说："好的，我感谢你，我们睡在一起。"说着抱着她亲吻起来，两人都为这个决定激动起来，既悲壮，又温馨，既伤感，又……

最后的守村人

一

村街上罩满一层薄薄的银霜，一钩残月似醒非醒摇摇欲坠的样子，一阵凄厉的乌鸦啼声穿透夜空，乱箭般射向七爷的老宅，村庄寂寂，鸡不鸣，狗不吠。

福生知道七爷死了，七爷死时那声长长的叹息，那两颗从枯涩的、凹陷的眼里流出的浑浊的泪，福生都听见和看见了。福生从他那堆乱麻麻的被窝里爬出来，摸索着穿起长一件和短一件油腻腻的衣服，还是觉得冷，又将那件短袄也穿上，毕竟是早春天气，天还未亮时是最冷的，他吃了两个冷洋芋，就起身朝七爷家去了。

七爷家的大门仍是紧闭着的，他从门缝里看进去，七爷家的堂屋灯光明亮，人影晃动，接着发出一串尖锐的哭声："爹呀，你怎么就走了呀，你咋舍得这一大家人，你咋这样狠心……"这是七爷儿媳的声音，接着是一阵爆发似的哭声，那里面有七爷的二儿子、小儿子、孙孙等。哭声参差不齐，有长嚎，有短叹，有急促，有缓慢，跌宕起伏，完全是乡村特有的挽歌，和福生听过的丧葬人家的别无二致。福生急急地敲起了大门，里面有人说："谁呀？这么早？"村里死了人，要等死者气息全无，开始哀哭，然后又开始为死者穿衣，穿衣完，才由死者家的儿子去每一户人家报丧。他们头上披着麻，无论多冷，都是穿着草鞋，由近到远，一家一家地报丧，这家人无论只有老的或者小的人，都要先敲门，然后带着哭腔说家父仙逝，前来报丧……报完必须在地上咚咚磕几个头再到下一家。

七爷家还没报丧，就有人上门，让他们很不高兴，这是啥人哩，难不成盼我爹早死？门开了，福生蜷缩着说："死啦？死得麻利嘛……"七爷大儿子恨不得抽他一耳光，说："你来吃球，还没报丧哩。"福生说："死了事多，死了事多……"七爷大儿子说："滚球远点，没得哪个请你。"福生说："死了不是要守夜吗？我会哭，你不是见过我在其他人家哭过吗？哭得巴心巴意，大家都说哭得好哩，现在轮到你家，我不哭谁哭？"七爷的大儿子心急火燎，忙着报丧哩，说："滚进去，要哭你去哭。"

七爷的大儿子石方成带着他的大儿子一家一家去磕头，一家一家去报丧，他们头还没磕完，全村人都知道他爹死了。福生嗓门大，声音瓮声瓮气，听不到悲哀的意思，甚至还有些喜气，但谁会在意这个，他这哭声就是意思意思罢了，也代表了报丧，半夜三更，寒气逼人，有这哭声不是就知晓了吗？

福生跪在七爷的脚下哭，他没有悲也没有喜，只是哭，甚至还有喜庆的味道，七爷的二儿子听着不舒服，朝他屁股上踢了一脚，说："滚起来，不要占着地方，你狗日的是哭吗？干号不说听着还高兴得很哩。"福生说："我不是还没感觉吗？我尽想着七爷的风光日子哩：吃好的，穿好的，还没死就有上好的棺材，墓碑也打好了，不死还要咋的？"七爷的二儿子又朝他屁股上踢了两脚，说："你是巴不得他死呀，死了你又可以混吃混喝。"福生说："让我再哭一会儿好吗？我想七爷的好……"福生这一次就哭得有感情了，七爷人好，从来不欺负人，从七爷门口过，七爷总是问福生："吃了吗？"福生说："吃了，吃老腊肉哩。"七爷说："你不要装了，走路都打飘飘了。昨天就没吃了吧。"七爷说："跟我来，碗柜里还有饭菜哩。"福生说："真的吃了，肥肉吃多了，心烧，我去地里找个萝卜解解腻。"七爷说："解你娘的腻，你看你脸都煞白了，冷汗都饿出来了，还装，还装。"七爷将他扯进去，他还说："不嘛，不嘛，你老人家要撑死我吗？"

七爷将碗柜里的剩菜剩饭端出来，要给他热一热。他说："大热天的，我又是火体子，热了吃下去不舒服。"七爷看见他饥饿的眼光，看见他快要流出来的口水，叹口气，说："也好也好，你慢慢吃，我去吆吆鸡。"福生见七爷出去，端起菜来直接倒进碗里，倒是还不忘留点碗底子。福生原想慢慢吃的，但禁不住饥饿的胃里伸出无数双手，端起碗，稀里哗啦倒进去，吃了一碗又一碗，甑里的饭都见底了，几个碗里的剩菜也见了底，只是他留着点，表示吃不完。

将碗筷收拾好，福生出来，七爷笑眯眯地看着他，说："饱啦？"福生说："早就饱了，我见这些菜太可惜了，硬撑着吃呢。"七爷说："你这饥一顿饱一顿的，造孽呀。"福生说："不造孽，不造孽，我顿顿都有肉吃哩。"七爷说："以后没做饭，来家里吃。"福生说："咋能经常吃你老人家哩，我有家哩。"七爷说："你那是家吗？你那是猪窝、狗窝。"福生有些不高兴，说："家么就是家嘛，人家都说福生家在哪里住，没说福生的窝在哪里。"七爷说："好好好，你那是家，是家。"在大门外福生遇到外出回来的七爷的二儿子，说："福生又来我家混吃啦？"福生说："哪个混吃，是七爷硬拽我的。"他说："吃也吃了，总该做点事吧。"福生说："要干啥你讲，我一身力气没处使，难过哩。"他说："我家房后的猪厩好久没打扫了，你帮我打扫了吧。"福生知道他家喂了好几头猪，猪厩的肥够多的，便说："好的，我正要消消食。"

福生挑了二三十挑猪粪才把厩里的肥挑完，挑完他人也累得头重脚轻心发慌，肚里的东西早就消化得干干净净，此时也就到了吃饭的时候。福生听七爷说："喊福生来吃饭吧，他一个人挑了几十挑，也够累的了。"七爷的二儿子说："中午不是才吃过吗？恁多剩饭剩菜全被他吃完了，还吃？"

福生那身衣服也真够脏的，七长八短，单的、厚的、棉的、羽绒的，他都穿起来，这些衣服都是人家送给他的，层层叠叠像个棉球。这些衣服他是不兴洗的，穿得油腻而邋遢，他又不兴洗澡的，身上脏得像盔甲，老远就是一股酸臭味，天热天冷他都是这样穿。天热了，大家在村头大杨树下乘凉，他还没走拢，就有人喊："过去，过去，不要来这里，你来这里，我们不是要被熏死吗？"大家都喊："过去，过去，不准来这里。"还有小娃娃朝他丢石头。丢在他身上当当响，像丢在盔甲上似的。有人说："福生你不热吗？这么热的天气还穿恁厚。"他说："不热，不热，脱了阳气散了，伤人哩。"

今天福生挑了二三十挑猪粪，淌了一身的汗，全身刺痒，他狠命抓挠，抓遍全身，抓出了血，舒坦了，一身冒出腾腾的、浓烈的馊臭味，只是肚子饿得紧，回去是冷锅冷灶没有啥吃的。七爷知道家里人是不许他进来吃的，也是。和这样一个人坐在一起吃饭，咋吃得下去。七爷拿一个大碗夹满了菜，又舀了一盆汤端出来，说："福生，天热，我俩在院里吃。"福生心里一热，知道七爷是为他好，怕他有被歧视的感觉。福生确实饿了，恨不得连碗一起吞下肚去，但他却矜持着，说："七爷吃。"他要去夹菜给七爷，七爷本能地掩住碗，说："你吃，你吃。"只有七爷在，福生也不再掩饰，狼吞虎咽地吃起来，吃完三碗，福生是不好意思再吃了。他听见七爷进屋去舀饭时屋里传出的声音，知道大家嫌弃他像猪吃食，他便说："不要了，不要了，再吃就撑着了。"

七爷有个儿子是从崖上跌下去死的，那个儿子天性好动，爬树上房，下河抓鱼，攀崖采花，啥危险的地方都敢去。那年独自上山见到半崖上有个蜂巢，他正想吃蜜，家里的白糖早就被他舀干净了。他顺着崖顶下去，已经接触到蜂巢了，他用树枝去桶蜂巢，毕竟人小，根本不知道怎样防护，蜜蜂倾巢出动，无数的蜜蜂蜇得他哇哇大叫，手一松，掉下崖去摔死了。村里的一个媳妇难产，怎么也生不下来，疼得杀猪样惨叫，几个妇人都按不住。七爷的儿子刚刚摔死，她就生了。七爷既心疼又惊诧，莫非这娃是儿子转世投胎的。七爷的这个心结一直无法打开，他沉浸在儿子摔死的巨大悲伤中，同时，他又莫名其妙地坚信这个娃娃就是儿子转世投胎的。

福生的妈是村里的老光棍乞宝赶集捡来的，她不知从哪里来要到哪里去，是个智障女人，乞宝把她领回来，那时七爷是队长，七爷说领回来就要好好善待人家。乞宝是个残疾人，背又驼腿又瘸，家里一贫如洗，七爷让人帮着把他的烂得住不成人的房子修了一下，又带头捐了些钱，置办了一些家私，算是帮他讨了个媳妇。福生出生后不久，他的妈妈在一次发山洪中淹死了，乞宝带着他艰难度日，七爷很关照他，不时地送些粮食。村里的婶子、嫂子也可怜福生，他在这家吃一顿、那家吃一顿，终于逐渐成人。只可惜福生可能遗传了他妈的智力，从小就显得呆头呆脑，五岁才会走路，动作笨拙，像鸭子一样蹒跚。他很大了才会说话，口齿不清，一句话分几次才说完，想讲啥也不清楚。做事呢，更是笨拙得可怜，一般娃娃会做的事他都不会，叫去割猪草，每次都把手划得鲜血淋漓的，洗个碗，不是打烂这个就是摔坏那个，家里碗本来就不多，几乎被他打烂光了。更不敢叫他切菜煮饭，煮的饭顿顿是糊的。但他长得壮实，黝黑的身上肌肉鼓鼓的，做粗活重活他最喜欢，挑水拌煤背东西都行。他爹乞宝体弱残疾，也在他十七八岁的时候就死了。死了也就死了，他不悲伤，只是呆呆地坐在他爹凉透了的尸体旁不知道咋办。还是七爷出面，召集村里人为他打了口薄木棺材，草草埋了。埋完他爹，七爷拿了粮食，村里人拿了蔬菜，村里的妇女在他家里做了一顿饭，算是对他爹的最后送行。吃饭时，大家看到他家四壁透风、漆黑一团的房子，看见他懵头懵脑、啥事也不清楚的样子，心里不是滋味，匆匆地扒了点饭。他却无所谓，放开了肚皮吃，本来就能吃，吃得大家目瞪口呆，一碗接一碗，众人吃完他还在不停地吃，吃得舔嘴抹舌，眼珠翻白,大家想,以后这娃儿的日子咋过哟。

果不其然,乞宝死后,福生的日子就过得一塌糊涂,首先他不会种地,挖地么没啥问题,虽有蛮力但不懂得怎样挖,东一锄西一锄,深一下浅一下,要沟没沟,要垄没垄,把地挖得像狗啃的一样。撒种、施肥、浇水这些更是难题,一个坑塘里放多少完全无数,一把一把撒进去,还没撒完一半坑,种子就用完了;除草那就是要命了,草没锄完,苗倒锄完了。栽种了一年,几乎收不到种子钱。第二年,七爷见他在地里瞎折腾,说:"你别种了,不种你还有口饭吃,种了会饿死你。"他说:"咋的?"七爷帮他分析清楚,说:"这样呢,我替你做主,把他租给别人,一年好歹有几百斤粮食,你也饿不死。"

不种地福生就闲着无事做,但他又不会做家务,他不会洗衣,身上实在痒得难受,就穿着衣服在河里打滚,打完爬上岸,在太阳下连人带衣服一起晒,太阳蒸出来的热气,把在河滩上吃草的羊群都熏跑了。他不会收拾屋子,更不会做饭,每天要么是煮一锅毛洋芋,连皮带芯一起吃下去;如果是苞谷,也不会拿去磨成面,蒸热了吃,他煮苞谷粒,撒把盐就吃了。他不吃蔬菜,种蔬菜是精细活,比种庄稼复杂多了,村里人家的蔬菜绿油油的,白菜、萝卜、莲花白、芹菜、青红豆啥都有,村里人都叫他去摘,但他好面子,从来不摘人家的蔬菜。吃肉呢,更是奢侈了,他连自己都养不好还会养猪?村里的红白喜事、老人过寿、娃娃剃头发、修新房挖地基等,都是要吃席的,这就是他最大的喜事。

七爷心疼他,家里吃肉,他总要偷偷给他送些。七爷老了,住大儿子家,他当不了家,肉只能偷偷送,总有被发现的时候,大儿子很生气,就会对他爹说些难听的话,说着说着就吵起来了。福生知道是为他吵,就不吃七爷送的肉。有一次七爷把肉放在门口,福生怎么也不端进去,让狗吃,但他又很心疼。他知道这是七爷省口落牙留下的,他也好久没吃肉了,看着冒着热气的、香喷喷的红烧肉,他馋得清口水淌,恨不得拿过来一嘴把它吃了,可是他还是强忍着,他不愿七爷为他受儿子的气。七爷知道后，深深叹口气，说这龟儿还是有些骨气的。

<h2 style="text-align:center">二</h2>

福生为七爷守灵，是真心实意地守灵。七爷家在村里算是家底厚实的，他的儿子们请道士先生定停棺的日子，道士都是老江湖了，知道七爷的儿女们好面子，就往长里定，定为七天。福生高兴，这几天他都不愁吃喝了，还有肉吃。七爷的儿女们哭灵是有时段的，成天哭谁受得了。福生就补上来，他跪在七爷棺前，撕开嗓子哭，是真心地哭，哭七爷咋能假哭呢？他就想七爷的好，想七爷不在了，就没有人可怜他、疼他了，他就认认真真地哭，哭得上气不接下气，哭得浑身抽搐起来。吃饭的时候叫他去，他不上桌，端了碗饭在七爷的棺前吃，边吃边流泪，七爷的家人都说这憨包呀，还算有良心，晓得哪个对他好。

除了哭灵，他还要守灵，还要做各种杂事，农村丧事，要大办伙食的，要砌几个大灶台，灶台是用土基和泥砌的，生上火就日夜不熄，直到丧事结束。这就要用很多煤，这里的煤都是散煤，是煤粉，要用黄泥和上，人进去踩，踩胶黏后用。有人喊福生，把煤踩好。这事福生可乐于干，他蛮实，体力好。福生用大桶挑来水，挖来黄泥，人跳进去，像条牯牛似的边用锄头搅拌，边用脚踩。这是个阴天，早春河沟里的水都还带着冰碴子，人冻得直打哆嗦。福生用水和泥搅拌煤粉，人跳进去就像进入冰窖，旁人喝彩，福生好样的，这煤只有你踩得好。福生益发高兴，拼命踩起来，仿佛一条牯牛进入稀煤泥里。福生踩了一大堆，挑来堆好，又用铲子拍得油光水亮。吃饭时，他见十多桌大都坐满了人，有的还有空位，他一身黑乎乎、脏兮兮的，刚走过去，人家就说去别桌，别桌去，这桌已经有人了。另外一桌有空位，但椅子上放了一件衣服，他过去说："我可以坐这里吗？"伸手去拿衣服，一个女人尖声叫起来："干啥子，这衣服是你拿的吗？你看这手爪爪。"福生尴尬地收回手，呆呆地站着，说："你可以坐我为啥不能坐？"女人说："你也不屙泡尿照下自己，这是你可以坐的吗？你坐在这里我们咋个吃？"说着用手掩住鼻子。旁边的人也说："你看你的样子，脏兮兮臭烘烘的，谁吃得下去？你再不走，我们就不吃了，让你一个人坐一桌。"福生在往常还是自觉的，他会端一大碗饭找个角落蹲着吃，今天觉得在七爷家，是七爷的丧事，况且大家都看见，他一个人踩了一大堆煤，连坐的资格都没有吗？他突然觉得好窝囊，好屈辱，他今天就是要争这口气，就是要坐着吃。

听到争吵声，七爷的大儿子方成过来了，方成问了情况，脸黑得难看，说："福生，谁让你上桌吃饭的？你哭了灵，踩了碳，就以为有功劳了，就可以人模人样地坐在席上了，你不知道你是什么人吗？让你做事是赏你脸，是给你口饭吃，你还拿自己当人了。这些都是我的客人，有头有脸的，不是三亲六戚，就是亲朋好友，你得罪了他们我饶不了你，滚，滚远点。"说着朝身边的大黄狗使劲地踢去，踢得大黄狗嗷嗷叫，飞奔逃去。

福生经历过的漠视、欺辱不可谓不少，但他都忍了下去，憨憨地笑着，可这次他觉得受不了，七爷和他虽不是一家人，但七爷对他像对儿子一样的，虽然不能像对儿子一样照顾他，但他知道七爷在内心里是把他当成儿子一样。这是七爷的丧礼，在别家也罢了。他尽心尽力地哭，尽心尽力地做事，吃个饭不能坐位子，这又罢了，这些人欺负他你不讲，还骂他，还叫他滚。他气血上头，说："滚就滚，哪个稀罕在你家，说着就气冲冲地走了。"

夜深了，来祭奠的人都走了，七爷的家人们忙着收拾，收桌子、洗碗筷、扫地都有人干，但舂炭、挑水这些事就没人干了。挑水要到两里多远的地方，夜黑，人乏，大家都不愿起身，但几口灶里的大铁锅里不能没水，这时就想起了福生，福生呢？福生呢？七爷的大儿子方成说："狗日的被我吵回家去了。"方成的老婆说："你也是，你吵他干啥？他虽然是憨包，但有力气肯干活，你去挑吧。"方成说："我也不想吵他，他不该和客人抢位子，他怎么能坐位子呢，谁吃得下。"方成婆娘说："他累了一天，饭也没吃，这咋要得。"

福生正蜷缩在冰冷的被窝里睡觉，他哭了一阵。干了一天重活，困得不行，可是又睡不着觉，肚子饿得前胸贴着后背，咕隆咕隆响个不停，清口水一阵一阵地淌出来。他有些后悔，这么多年都是这样，哪次去帮忙都没坐过正席，这次他突然鬼迷心窍，非要坐正席，还非要和客人争座位，这是咋的了？莫非他真的认为七爷就是他的亲人，莫非在内心深处已被七爷当成了自己的儿子。当他听到七爷最疼爱的那个儿子跌崖死的时候，正是自己出生之时，七爷是把他当成了自己的儿子，他也把七爷当成亲爹了。七爷死了，再也没有疼爱他的人了，守夜哭灵时，他就哭得真真切切，哭得认认真真，没有一点装模作样的意思，这样地哭是发自内心、掏心掏肺地哭，这样地哭是很伤元气的，七爷的儿女未必有他这样哭得真切而伤心。干起活来，他比任何一次都卖力，把几乎所有重活脏活都包了，他是把七爷当成亲人了呀，所以才会去抢座位，坐正席。

有人敲门，敲得急促而耐心，他知道是七爷的家人，他耐着性子好一阵才去开门。门开了，是方成，方成说："架子还大了嘛，吵你两句就赌气走了，以前吵你，没见你赌气的嘛。"他说："这次不同。"方成说："有啥不同？哪一次你都是去帮忙。"他说："帮和帮不一样。"方成懒得和他多说话，说走，我爹还要人守灵、哭灵。他不再言语，随他走了。

方成让人上了几个菜，说："我也没吃，我陪你吃。"说着和他坐在一起。福生心里一热，他感觉是七爷活过来了，他有了被重视的感觉，他说："这咋行？这咋行？我自己吃，你去忙吧。"说着束了束腰间的那根腰带，似乎要束住身上散发的气味。方成不再说话，坐在他身边，畅快地吃了起来，他心里一热，赶紧低下头，大口大口地往嘴里扒饭。

三

福生在村里确实是最清闲的人，家里的地租给别人种了，一年有几百斤粮，够他一个人吃的了。村里不可能经常有红白喜事，也不可能经常有修房盖屋、祝寿庆生、娃娃过周岁的事。他天天睡到大晌午，起来胡乱整点填饱肚子，就在村街上或河边树林里乱逛。村里人都忙，都有做不完的事：锄地撒种、除草施肥、修枝剪叶、喷洒农药，到处都是忙碌的身影。没有谁喊他去帮忙，家里的男人就可以做了。他希望有人叫他去挑水，去垒田埂，这些事他还是能做的，但没人叫他，叫他去就要管饭，他一个人顶两个甚至三个吃呢。

福生的地是转租给方成种的，方成是村里的能人，不光种地，还会木工、石工手艺，还养了三头牛。他随时在外跑，娃娃读书了没人放牛，他就叫福生去帮他放牛，他说："福生，你闲着也是闲着，不如去帮我放放牛吧。工钱呢也没有，我是开不出工钱的，但管你一顿饭。"福生说："牛交给我你放心？"方成说："有啥不放心的，你只要把牛赶到山坡上，让牛吃饱就行了。"

福生就去放牛，这活也挺清闲的，就是把牛赶到山坡上去，找些青草茂盛的地方让牛自个儿去啃。但是这年天旱，树木都快枯死了，山坡上的草稀稀疏疏，毫无往年茂盛的样子，牛在山坡上吃不到新鲜的青草，就啃些半死不活的草根，福生也无奈，他在山坡上睡起觉来，等到身上有了凉意，忙赶着牛回村。

方成摸摸牛的肚皮，说："你是咋放牛的，放了半天，牛还是只吃了个半饱？"福生说："天干，草都死了。"方成说："你不会换个场地，人家老刘家的羊就吃得肚子鼓鼓的。"福生说："山坳里的草好点，但人家先到，我不好意思去抢。"方成说："你还会不好意思？这又不是哪家的，个个都可以去放。"福生说："他家羊多，只够他家的羊吃哩。"方成说："算了算了，我们按工计价，牛吃半饱，你也只能吃半饱。"叫婆娘拿了两个馒头，一碗稀饭。方成知道他的饭量，这点只能够他吃个半饱。福生憋屈，也不好讲什么，稀里哗啦吃了，肚里空空荡荡，半饱都没有。

福生饿得实在睡不着，他就责怪起自己来，责怪自己只顾在山坡上睡觉，让牛没吃饱。想想也是应该，牛都只吃半饱，为什么你要吃饱，先前那点怨气也就没有了。他抓了些柴火，在灶里烧点洋芋吃，吃完又咕咕喝了一些凉水，才觉得踏实了。

肚子胀得不行，一时半会睡不着，他索性披上他铠甲一样的衣服，走到村街上闲逛。夜色寂寂，树木沉隐，没有狗叫，也无鸦啼，福生对这些都没啥感觉。他只是漫无目的游走，只是想消消食。走到村外刘翠妮家，刘翠妮的男人是最早出去打工的人，钱没挣到却在一次工伤事故中被砸断了腰，人瘫痪了。刘翠妮拉扯着三个孩子，日子过得很是凄惨。

突然看见方成从刘翠妮的院门出来了，他站在门口，往村街里看了看，见无异样才匆匆走了。福生想半夜三更的，他上刘翠妮家干嘛呢？福生虽然有些痴呆，但男女之事他还是晓得的，难不成他和刘翠妮好上了？这咋行呢，他是有老婆的人，还要乘人之危去破坏人家的家庭，人家床上还躺着一个人呢，虽然是瘫痪了，但还是个活人嘛，咋能做这种丧德事呢。

第二天福生依旧去放牛，这次他带了一网兜洋芋来，他怕牛吃不饱，去方成家仍然是只能吃半饱。福生想这片山坡草太少了，换个地方吧，就把牛赶到卯家湾去，卯家湾有长长的河滩，有水的地方草就茂密。虽然河水在旱季很少了，但河滩总是潮湿的，牛在这儿就可以吃饱了。福生原本打算在河滩上烧洋芋吃的，看到牛能吃饱，他也就不烧了，估计今晚方成会让他吃饱的。

炊烟四起，赶回村，方成家也正要吃饭，在大门外福生就闻到了浓浓的炒回锅肉的香味。早春时分，家家的粮油都耗得差不多了，方成家底厚，隔三岔五还能吃上肉。福生想今晚运气好，想必能好好吃一顿肉了。他是很长时间没吃过肉了，肠子都生锈了。他把牛赶进院子，说："今天牛吃得很饱了，你摸摸。"方成摸了摸牛的肚子，说："嗯，不错，是吃饱了。"福生望着方成的脸，心里一阵憎恶，他想起了昨晚的一幕，看见方成很坦然很白的脸，心想他咋这么坦然呢？像是啥也没发生过。方成的老婆是个勤劳能干的女人，模样也不错，他咋还吃着碗里惦记着锅里呢？

方成的婆娘端着一个硕大的土碗出来，碗里装满饭，上面还覆盖着一层油汪汪的回锅肉。福生看着碗，肠胃痉挛起来，清口水都差点淌出来。正要接碗，方成一把将碗抢过去说："你不是要送给爹吃的吗？我去送，我去送。"说着端着碗去隔壁爹家去了。福生瞅了一眼堂屋，明明看见她爹就坐在靠墙的地方。福生心里一凉，这肉是吃不成的了。方成说："你去舀些饭给福生，菜还有些，福生能吃能喝，不拣嘴的。"方成婆娘有些尴尬，返回身去舀饭，出来，说："福生兄弟，今天肉炒少了，只有这点炒洋芋了，你就将就吃点吧。"方成老婆觉得不好意思，福生说："没关系，没关系，这就很好了。"福生看着她的背影，想想这是个可怜的人哩，一天到晚田里地里、家里家外忙个不停，她不知道她的男人都在外面有了人。福生不是个多管闲事的人，他自己都管不好自己，混成一个大家都嫌弃的人。

隔了几天，福生心里还是放不下那事，他告诫自己，不要管闲事，不要管闲事。但他还是控制不了自己的好奇心，也对那晚是不是方成有些不确定，夜色朦胧，他看见的就是个影子，只是觉得这人太熟悉了。晚上睡不着，他又溜到村街去，这一次他没看见方成，等了一会儿，他想那晚怕是看花眼了。正要返身，听见门吱吱响了一下，刘翠妮从门里出来，往村外走去。这么晚了她要去哪里？福生随着她悄悄地走，村外小河边黑黢黢的，有一个巨大的废弃的瓦窑，静静地、巨兽一样地卧在那里。福生终于看清了，从窑洞里摸出来的正是方成，他把刘翠妮一把拉进窑洞。福生不敢多在外面逗留，他怕被发现，同时他觉得偷听偷看是不道德的。

返回时，经过刘翠妮家门口，他听见里面传来一阵一阵的长嚎，声音凄厉而悲伤，压抑悲痛而绝望。他知道是刘翠妮瘫痪在床的男人发出的叫声，这种叫声让人毛骨悚然，像钢刀一样锋利，像受伤的野狼一样悲鸣，这种声音任何人听了都会震撼而悲伤、悲愤不能自己。

福生想他不能再沉默，他想把这件事告诉全村人，让方成的丑行人人皆知，让他受到全村人的谴责，让他在全村人的唾骂中收敛自己。但村里人会相信他说的话吗？人们凭什么相信一个行为猥琐、全身肮脏、智力不全的人的话？福生不喜欢长舌妇，不喜欢村头村尾聚在一起捕风捉影、讲东家长西家短的人，多少似是而非的事情就是这样产生的。福生想自己是个男子汉，就要用男子汉的方式来表达。

福生在村尾拦住方成，方成背着木工工具正要去外村帮人干活。福生说："我有话给你讲。"他一脸的严肃让方成觉得好笑。他说你能有啥事，好好帮我放牛就行了，你能把肚儿混圆就是天大的事。福生说："这不是肚儿圆的事，是天大的事哩，你不能图你自己的快乐，伤害一个残废的人哩。"方成一脸懵也一脸的震惊，难道这事被他知道啦？不可能吧，他做事稳妥又谨慎的，村里几乎没有人知道他的行为。方成说："你狗日的不要瞎说，有种的你讲出来，老子可不是轻易就会被蒙着的。"福生说："我也没有啥意思，只是见不得一个瘫痪的人还要被人欺负，你去听听他叫的声音你就不会再去了。"方成说："你还想讹我呀，你狗日的看着憨，实际人阴险哩。"福生将他看到的和听到的都讲了，说："我也不是故意的，只是被我遇上了。"方成震惊，心想他要讲出去事情就麻烦了，谁也不会怀疑一个憨包会编造谎话。方成说："你要咋办？要钱么我给你钱，要粮么我给你粮。"福生说："我啥也不要。"方成说："你啥也不要你要干什么？你可记得我爹生前对你的好？"福生说："只要你不去就行，老人家对我的好我随时记着哩。"方成说："好好好，说不去就不去。不过，你也不能拿着嘴乱说哟。"福生说："一言为定，只要你不再去，我就永远不会说。"

一连几天，福生都去蹲守，他不放心，他怕方成用嘴哄着自己，几天下来都没见到方成的影子，福生想他怕是遵守了自己的诺言，不再去了。这天晚上，天色阴暗，狂风劲吹，雷声阵阵，福生想今晚就不要去了，连续几天都看不见人影，想必他会死了心吧。福生其实也累了，想好好地睡一觉，但雷鸣声中，他仿佛听到了夹杂在风声、雨声中的那个瘫痪在床的人的悲愤而绝望的声音，他挣扎着起来，雨已经下起来了，想找点遮雨的东西，但他能有啥呢，只有冒雨出去了。

在刘翠妮家门口，风雨阵阵，雷声阵阵，福生浑身都淋湿了，蜷缩在门槛下，但他啥也没看见，他想今晚怕是不会来了，自己是不是太多疑了，对人也不太相信了。但他又分明听到那个瘫痪的人屈辱而绝望的悲号声，他相信自己的心灵感知，这有时是比耳朵更可靠的。

他已经被雨淋成落汤鸡了，冷得瑟瑟发抖，一身的鸡皮疙瘩。正在这时，他听见了轻微的吱吱声，接着看见方成从门里闪出。他一步跳到方成面前，把方成吓得不轻，他没想到这样风雨交加的夜晚，这个憨包竟然会来蹲守。

福生说："你不守信用，说过不来你还来，你没话说了吧。"方成说："我就是送点药过来，她男的病重了，疼得睡不着。"福生说："是你睡不着，你是狗改不了吃屎。我不会再沉默了，我要把这事讲给全村人听，讲给你老婆娃娃听，看你咋说。"方成慌了，忙说："福生老弟，你能不能再给我一次机会，以后你天天来我家吃饭，天天做好的给你吃。"福生说："你就是山珍海味、龙肉燕窝我也不会上你的当，你等着瞧吧。"

一时没想好怎么办，也就不管他了，他仍然赶着方成的三头牛去吃草，这里的草场不宽，春旱草浅，只能朝更远的地方去。伏牛山远，但地域广大，树林茂盛，草总比别处多。看到牛悠闲吃草，福生就找了个阴凉的地方躺下休息。

一群羊也上来了，羊在福生周围吃草，他也没在意。正准备闭着眼睡一会儿，听到有人也上来了，说："福生福生，你狗日的偷懒，把牛赶上来就放心睡觉了。"福生说："你咋上来了？"方成说："我要到山下的村庄，正好路过。"方成说："你看那两只羊咋的了，在打架呢，快去把它们吃开。"福生看见一只羊趴在另一只羊背后，他说："管它的，又不是我放的羊。"方成说："你去把它们撺开嘛，打伤了不好。"福生去撺，怎么也撺不开，他急了，也气愤了，说："要听劝嘛，说不要打了就不要打了。"他抱住上面那只羊的腰，使劲拽，使劲拽，终于把它们拽开。他看见上面这只羊的胯下，还有一截红红的东西，福生虽然傻，但他还是知道，这东西是什么，他的下身也有了反应。

方成说："好你个狗日的，不是我亲眼看见，打死我也不会相信，你狗日的强奸人家的羊。快来看呀，快来看呀，有人在强奸羊。"山上空寂，了无声音，福生被吓呆了，他不明白明明是他叫他去把打架的羊吃开，怎么成了他强奸羊了。远处的放羊人正在朝这里走，福生又害怕、又羞愧、又惊恐，他说你别喊了，你这是冤枉、陷害，方成说："我就要喊，我要让所有人都知道，你这个光棍憋久了，连羊都要强奸。"说着又大声地叫起来，福生又急又羞愧，说："求求你了，求你不要喊了，你要咋我都答应你。"方成说："当真？你讲的当真？"福生说："当真。"方成说："一言为定，永不反悔。"福生说："一言为定，永不反悔。"方成说："你看见我的事你永远不要说，我看见你的事也永远不说，谁说就遭雷劈火烧。"福生结结巴巴说："永远不说……永远不说……"

为这事福生好长时间缓不过劲来，他觉得委屈、窝囊，觉得受了不白之冤还不敢讲。他不再为方成家放牛，他又恢复了原来的生活习惯，白天睡觉，放开睡，睡到肚子饿得实在不行，起来胡乱地弄点吃的糊弄一下肚子。白天睡够了，晚上睡不着，他又在夜色中到处瞎逛。他一到刘翠妮家门口，总要在那里守候一会儿，他希望方成不要再来，他怕听到刘翠妮男人绝望悲愤、屈辱哀伤的长一声、短一声的嘶鸣，那种嘶鸣像利刀一样割着他的神经，让他浑身难受，心生悲痛。又是好些天，方成果然没来了，他是遵守了他的承诺了吗？不来最好，但可能吗？如果这样，大家相安无事，但如果再来，他该咋办呢？阻止他，训斥他，把他的丑事讲出去，到村里揭发他？他又担心方成胡乱说，说他在山上和羊干那种事。福生在村里虽然被人看不起，肮脏贫穷，生活过得一塌糊涂，形象痴呆，行为猥琐，但他还是要面子的。如果他连羊都要干，那他在村里就一文不值了，就是一泡臭狗屎了，在村里就活不下去，所以他最好不要再来。

　　方成还是来了，福生看见他和刘翠妮一前一后往村外小树林里走去。福生气愤，果然是狗改不了吃屎，他纠结了，到底该管还是不管呢？管了结果在那里摆着的，福生又听见院里传来那个瘫痪在床的人的声音，声音依然凄厉而悲哀，屈辱而绝望，福生的心依然受到深深的刺激。他转身朝村外走去，小树林黝黑深邃，杂草丛生，他屏息凝神，不敢进去，他怕听到那种叫人血脉偾张的声音，他不想当窥听的人。他在外面等他，突然他听到里面的争吵声，声音虽然低但是还是清晰的，刘翠妮说："你不要再来了，我是实在受不了，你不知道那个死鬼一天天地叫，叫得我魂都没有了。他还哭，还往墙上撞，还不吃饭，说他活不下去了，他是乌龟，是王八，他还有什么脸，看着人家来睡自己的老婆，他还叫人吗？我们断了吧，我实在听不下去了，想想他也是个人啊，我不该这样折磨他，这比让他死还难受呀。"方成说："那有什么？他不就是个活死人吗？你就当他是死了的。"刘翠妮说："不，不，他总之是活人，总之是有感觉的人，换成我也受不了，你就放过我，我们再不要往来了，我也受不了，快要疯了。"说着哭了起来，方成说："没有这么简单，你不想想你从我这里拿了多少东西，多少钱，没有我你还能供娃娃读书？还活得下去？我也是看你可怜才和你好，你想过没有，我不帮你咋个活？"刘翠妮说："我想过了，日子再难我也要自己活下去，我不愿过这样的日子……"方成的声音凶狠起来，说："这样也行，你算一算你从我这里拿了多少钱，多少东西，把钱和东西还我，我不会再来找你。"刘翠妮哭泣，说："我会还你的，等娃娃大了有能力了，一定还你。"方成说："不可能，现在就要还……"

福生想方成这杂种太狠毒了，玩了人家还要还钱、还东西，刘翠妮还算有良心，她知道丈夫的痛苦，想终结这种关系。但她咋还得起这些钱和东西呢？福生不能再坐视不管了，他冲进小树林，说："方成你算不算人，你说过不再纠缠人家，人家孤儿寡母，无依无靠，你还要欺凌人家。"方成见是福生，吃了一惊，随即镇静下来，说："你狗日的真不要脸，说好我俩的事不要互相纠缠，你还要跟踪我，你到底要咋样？"福生说："说好你不要再纠缠人家你还是狗改不了吃屎，被我拿到现场了吧？你咋个说？"方成说："咋个说？咋个说我也总比你连羊都要干好，我不怕，你要咋的就咋的！"福生说："我也不怕，你是诬陷哩。"方成说："算了吧，我俩还是大哥不说二哥，相安无事的好。"福生说："不行，我要去告诉村长，让村长做主，要不然你还是不放过人家的。"方成想，这个狗日的难缠，先缓缓再说，就说："行吧，看在我爹的面子上，你再给我一次机会，我不会再纠缠她了。"

福生实诚，答应暂时不去告诉村长，谁知在后来的日子里，福生发现村里人看见他扭头就走，眼里全是鄙视和厌恶，他还看见人们对他指指点点，说你不要看他是憨包，还会和羊干事哩。有人说他人憨心不憨，人不能干的事他都敢干。有人说这憨杂种太恶心了，姐妹们要小心哟，连羊都敢干的人指不定他会干出啥事来，以后不要叫他来干活了，哪家有红白喜事都不要让他来。大人注意着点，尤其是小娃娃更要小心，不要被他盯上，千万千万防备着点。

福生百口莫辩，他去跟哪个辩呢？哪个会相信他呢？大家只相信他是个光棍，他憋久了，连羊都会干哩，他成为村人眼中最危险的人物，也成为村里人最鄙视和瞧不起的人。

四

村里的人陆陆续续地外出打工了，这些年兴起一股打工潮。先是方成出去了，方成是村里的能人，他头脑灵活，有手艺，会木工、泥工、石工。外面正在大兴土木，到处都在建房子，需要大量的民工，方成出去很快就站住了脚跟，他不仅有手艺，还会管理，人又机灵，很快就成为小包工头，跑回村里去招人。方成回村，穿得光鲜水亮，一套灰色西装，裤脚笔挺，还打了领带，还梳了个大背头，脚上的皮鞋铮亮，只是才到村头就灰扑扑的了，他用手巾擦了又擦，擦到亮得照得见人影。他还夹着一个皮包，咋看都像个大老板。

晚上方成家挤满了人，村里的人都很好奇，见他出去就发达了，都很羡慕。方成招呼大家进来，让老婆煨了水，泡了茶，又拿出好烟、瓜子、糖果招待大家。大家众星捧月，围在他周围，听他讲外面世界的精彩。这个遥远的小山村的人几乎都没有出去过，封闭使他们的认知很有限，他们听得一惊一乍，很是羡慕，以为外面的钱像树叶子一样，弯下腰就可以捡到。那晚茶喝够了，瓜子、糖果也吃够了，大家都说愿意和他出去，都说在这山里太憋闷了，穷得屙屎不生蛆，不如出去闯一闯。

方成自然不会招呼福生来家的，他和他结有梁子，即使没有他也不愿带他出去，谁愿带一个憨包出去呢？福生是个好热闹的人，哪里有热闹就爱往哪里凑，即使大家不待见他，他也会找个角落蹲下。见方成穿着光鲜，衣锦还乡，他有些失落，尤其是方成招呼大家去他家里，唯独不招呼他，他更是失落。方成家灯火辉煌，人声鼎沸，热闹非凡，他躲在不远处，更是孤独落寞，他隐隐约约地听到方成要带大家出去打工，村里的人也纷纷报名，他有些羡慕，不过他知道人家不会带他去，不去就不去，有啥了不起，他一个人吃饱全家不饿，挣钱干什么？不如落个清闲自在。

歇马村本来就小，也就二十来户人家，方成就把大多数人家的男人带走了，剩下几家的男人走不脱，村子一下就寂寞起来。方成带人出去的时候，正是春耕大忙时节，好些人请求是不是等忙过春耕再去，方成说："不行，工地上正等着用人呢，你们也不算算，种一季庄稼能有多少钱，工地上是按天计算的，一天的工钱够你买多少粮食。"

人走了地还是要种的，庄稼人把土地看得比命还重，不要说土地上的钱是看不见摸不到的，即使手里捏着大把的钱，他们也更看重土里种出的粮食，这样让人踏实，让人放心。

春风刮得紧，农事不等人，每家的地还没有挖，水还没有运，肥没撒，种没播，看着急人。村里的女人们只得自己去做，她们不会使牛，有牛的人家也派不上用场，只得自己去挖，天干、物燥、土硬，女人的力气是有限的，挖不了多少，就累得腰酸背疼，还要回去做饭，还要剁草喂猪、喂鸡、喂鸭，她们唉声叹气，终于体会到男人的好，男人在家，重活脏活都做了。

有几家的男人没有出去，他们都是一时走不开的人，有的老人病得厉害，恐怕挺不过去；有的自己生病，要等病好一些再去。这几家的活做得顺利些，他们刚把地里的活做完，马上就有人来请，来的人都是撇不开情的，有的是亲戚，有的是好友，有的是邻居，男人们外出照例要请人喝酒，既是告别又是托付，酒热耳酣之后一句"我走了，家里就靠你帮忙了"。不走的人豪气冲天，说"你放心去，我在一天会帮一天的，你的事就是我的事"。有了这句话，人家来请，再苦再累也要去帮。帮了一家又一家，最后把人累得像瘫死的狗，连走路都要扶墙了，想想还是出去吧，留在村里不把人苦死累死是不得行的，人家出去赚钱，自己在家赚不到钱，还把人苦死累死，这是何苦呢？就这样，村里没出去的这几家的男人也陆续出去了。

村里、田里、地里、山上、河边，能见到的都是女人。她们或挖地，或挑水，或砍柴，或挑粪，忙得不可开交，累得东倒西歪，只有福生悠闲无事。他成天到处瞎逛，吃是不用操心的，一人吃饱全家不饿，每天胡乱整点东西塞饱就行。在田地里劳作的女人见到他，心里总有一种复杂的感情，这个人除了智力有点问题，体力是蛮好的，养了一身好膘不用做事，她们都好想叫他来帮帮忙，可是谁也不愿开口。自从传出他和羊干事之后，福生在村里的女人心中就被无限地鄙视了，和一个连羊都干的人打交道，是她们无论如何也接受不了的。她们担心会影响自己的名誉，还担心他会有非分之举，再苦再累，她们也不愿叫他来帮忙。

福生呢，他倒是盼望着会有人叫他，让他帮下忙，他不图别的，只要有碗饭吃就行，没吃的也可以，能帮她们他也会觉得高兴，起码人家还看得上他，起码他还有点价值。可是谁也不喊他，有时看到一个女的挑着一大挑东西，累了在路边歇脚，女的背上还背着娃娃，娃娃被晒得满脸通红，汗水直流，他走拢去，鼓起勇气说："三嫂路还远，我帮你挑一阵。"那女的惊慌万分，仿佛他就会一下把她扑倒，说："不消，不消，我马上就走，马上就走。"说着还朝四周看，怕被人看到。

他成天荡去游来，遇到的人对他都是躲避和鄙夷的目光，以前村里男人还没外出，她们还会和他搭句话，现在个个都圣女似的，这让他的自尊受到很大的伤害。他再日脓也有自尊，他又没做啥伤天害理的事，又没奸妇女耍流氓，凭啥大家就鄙视他，不把他当人看。他既气愤又委屈、悲伤，不叫就不叫，我是看你可怜想帮你一把，你以为我是吃饱了饭没事干，与其帮你干活，不如到河边睡一觉。

日子最艰难的是刘翠妮家，她的男人长年瘫痪在床，三个娃娃一个比一个小，大的在上学，小的什么也帮不了。她和方成有一腿也实属无奈，原来地里种不了，是方成拿钱给他买粮食和帮衬零用。现在她只能靠自己，地不种就连饭都吃不上了。她带着大女儿去挖地，大女儿也就八九岁，瘦得麻秆似的，锄头都抡不圆，挖一天也就挖出一小块，照这样猴年马月才挖得完，挖完还要起垄、打塘、撒种、施肥、浇水，哪个环节都是她胜任不了的。

那天晚上刘翠妮的男人突然肚子疼，也不晓得是肝、肠胃还是哪个部位的问题，他疼得满头大汗，脸色青紫，挣扎着起身，摔下去，又起身，又摔下去，只恨不能满地打滚，刘翠妮急得跑出跑进，一会儿找药，一会儿掐穴位拍背脊。她想送他到乡上的卫生院，可卫生院离这里有七八里路，天黑、坡陡、路险，她是无论如何也将他送不去的，她急得抓天无路毫无办法，这时床上的男人说："叫福生，叫福生……"刘翠妮怎么也没想到叫福生，福生知道她和方成的事，男人怎么会想起福生呢？其实，男人凭感觉知道他的事，男人凭感觉知道福生同情她、关心她，所以他才会和方成有矛盾。

刘翠妮在深夜敲开了福生的门，刘翠妮衣衫不整满头大汗说话上句不接下句，他终于清楚她上门的目的，他没有犹豫，在这个没有男人的村庄里，他就是唯一能出力的人，他不去谁去？再说刘翠妮的男人确实可怜，今晚没有人送他去医院，恐怕他这条命就没有了。

在这条山道上，不要说牛车、马车，连独轮车也无法通过，福生将他背在背上，一路小跑。山道崎岖，不是悬崖就是深渊，这人长年瘫痪在床，瘦得像秧鸡，尽管如此，这么长、这么难走的山路还是够呛，刘翠妮打着电筒，爬完一面坡，福生已累得脚趴手软腿抽筋，他把他放下来，他疼得直叫唤，福生不敢多耽搁，又背起走。好不容易走到乡卫生院，天都快亮了，医生忙着检查，是盲肠炎，必须把坏了的部分切除，经过一番抢救，总算做完手术，男的不再叫唤，静静地睡去了。

从这以后，福生就经常出入刘翠妮家了。刘翠妮开头很是纠结，她知道村里的人会怎样嚼舌头，和方成呢不管咋样，他是各方面都比较强的人，家里的情况摆在这里，她也确实需要有人帮助。而福生呢，身无所长还有些痴呆，是大家都公认的憨包，除了一身力气，连自己都管不好自己的人。她知道和福生的往来，只是限于劳力方面，但外人就不这样看，就会捕风捉影，编排故事，那她的名声就更坏了，在村里更站不住脚了。

可刘翠妮的男人却不这样看，他对福生救了他一命心存感激，更主要的是福生实在，会尊重人，他对他的遭遇深深同情，理解他内心的挣扎和痛苦，这就行了，有什么比理解和尊重更为重要的呢？地里的庄稼种不下去，刘翠妮急得抹眼泪，男的说："去叫福生来。"刘翠妮说："你不怕村里人嚼舌头？"男的说："他人实诚，身正不怕影子歪。"刘翠妮说："不怕他动歪心思？"男的说："他咋会呢？那是个实诚人。"

福生于是就去帮刘翠妮挖地、挑水、运肥，村里人见了，指指点点，说这个骚婆娘，勾引这勾引那，连个憨包都不放过。福生从她们面前过，嘿嘿嘿地傻笑，他高兴，有人叫他干活，还管饭。婆娘们说："福生，吃嘎嘎打牙祭呢，嘎嘎好吃吗？"福生说："没吃，没吃，苞谷饭、红豆汤倒是随便吃。"婆娘们说："好吃你也不要吃，那是死牛烂马，脏兮兮的，吃了，小心毒死你。"福生憨憨地笑，说："死牛烂马也没得，苞谷饭我就满足了。"婆娘们哈哈大笑，说："你这憨包哟，不吃肉你恁个卖力，叫她拿肉给你吃，不吃不干活。"

婆娘们打趣着福生，心里却酸酸的，五味杂陈。她们恨刘翠妮，全村的女人苦死累活，只有她一个人支使着一个憨包，轻轻松松就把地里的活干了。她们既羡慕又憎恨，既鄙视又渴望，内心里还是希望有人帮助的，但谁也不愿开这个口，谁也怕沾惹些闲言碎语和无端的是非。

酷热的天气，说变就变，还是一轮皓月遍地清晖，满天星斗眨着眼睛，忽地一阵旋风，乌云遍布，雷声滚滚，瞬间下起了瓢泼大雨。刘翠妮家的房子老旧，塌陷破损的瓦片没有人去翻捡，暴雨一来，她家就遭了殃，雨水把堂屋淹了，把房间淹了，睡在里间男人的铺盖床单全泡在水里，把人淋得瑟瑟发抖。刘翠妮把所有的盆盆罐罐找来接水，水一会儿就淹过脚背。她用盆朝外泼水，根本泼不完，一会儿连屋里的椅子、凳子都漂了起来，刘翠妮急得直哭，她屁股坐在泥水里，边哭边数落着自己的命运，几个娃娃也和她一起无助地放声大哭。这时，男的开口了，说："哭啥哭，快去叫福生来，让他翻一下瓦。"刘翠妮想这事也只有请福生了，她是上不了房、翻不了瓦的。

福生在雷雨交加的夜里还是睡不着的，他想着刘翠妮家的房子是又陈又旧，屋顶漏水是免不了的，他想去帮着捡一下，可人家没喊，半夜三更也不好去。福生是个善良的人，想着她家泡在水里，瘫痪在床的男人动不了，一家老小泡在水里，大人叫、娃娃哭，他还是着急。正纠结着，有人敲门，是刘翠妮，她浑身湿透，语无伦次，还没等她讲完，他就知道咋回事了。他二话不说，披上衣服就走。

福生从楼梯上爬上房顶，这房子确实太破败了，好些地点都塌陷了，椽子又朽，不小心就会踩坏房顶。他小心翼翼地翻捡瓦片，将一些瓦片捡来盖到漏处，但捡了瓦片又出现漏洞，他叫刘翠妮找些塑料布来铺盖上。天上雷雨交加，一会儿就将他淋成落汤鸡了，雨水打得他睁不开眼睛，他抹一下雨水又干起来。等他翻捡完已冻得脸色乌青，嘴唇发紫，连续打了一串喷嚏，刘翠妮看着心疼，要找一件干的衣服也找不到，她赶紧找了些柴生起了火，让他烤。福生在火边依然冷得全身发抖，衣服裤子上的水嘀嘀嗒嗒往下落，他知道感冒加重了，前几天他就得了感冒，但这种病他是从来不放在心上的，也不吃药，熬一熬就过去了，哪不妨被这雨淋了，这次倒真的严重了，人冷得像打摆子似的。

回是回不去了，福生只得在刘翠妮家过夜，没有睡处，刘翠妮只得陪着他坐在火边，她要不断地往火里添柴，使火不至于熄掉。她想把他的衣服拿在火上烤，福生忸怩着不好意思脱，她说："就是脱衣服嘛，你还不好意思。"福生的衣服又湿又脏，他是很少洗衣服的，他怕光着身子，还怕这臭烘烘的衣服熏到人。刘翠妮坚持让他脱了衣服，可他无论如何也不愿脱掉裤子，刘翠妮想反正都湿了，不如把它洗了。她将他的衣服洗干净，拿到火边烤。福生赤裸着上身，不好意思地抱着胸口，看也不敢看她。刘翠妮和他面对面地坐着，她也很局促很不安，毕竟是在这样的夜里，在这样的环境，福生身上的味实在太大了，他是很长时间不洗澡的，味道熏着人难受。她瞟了瞟他，见他一身的腱子肉，脸憨憨的，她想如果有个人帮帮就好了，他的生活也不至于这样潦倒。福生呢，竟管压抑自己不去看她，但也忍不住偷偷地瞟刘翠妮，刘翠妮个子不高，瘦瘦弱弱的，但长得精致，一头乌黑的长发，眼睛、鼻子秀气，嘴唇薄而红润，尤其是身材，胸口挺挺的，腰肢细细的，臀部很丰满，圆圆的，翘翘的，她坐在火边，衣裳还没干，把她的胸口衬得挺拔丰满。福生毕竟是男人，面对眼前的女人，他的身体还是有了本能的反应，距离太近，他很羞愧，他怕她发现他的异样，他怕控制不了自己，一下子扑过去。他使劲地掐自己，掐得生疼，但依然控制不住体内熊熊燃烧的大火，他都三十多了，说不到老婆，苦苦煎熬地过日子，谁会看得上他呢？他活到现在一直不知道女人的味道，方成造谣说他和羊干事，这让他很糟心。他这样的家世和背着这种谣言，让村里的女人见了他都躲得远远地，他虽然有些痴呆，但作为男人他一切都是正常的，他一直压抑自己。今天在这样的环境下，他的冲动强烈起来，内心煎熬，几经挣扎，他看见她似乎冲着他笑，他看看她扭了一下身子，胸口前的奶子动弹起来，他血脉偾张，欲火中烧，正想不顾一切冲过去，突然，一阵咳嗽声传来，那是她瘫痪在床的老公的声音，他一下子就瘫了。这是一个无助、无望、悲哀、绝望的人的声音，这是他最后的脸面和尊严，他爬起身，冲出门外，不顾外面还在下的雨。

五

村里变得不宁静，最近一段时间，村里潜来一些黑衣人，他们通常半夜来，有人放哨，有人负责偷东西，偷什么呢？偷狗。那阵子县城里流行吃狗肉，吃狗肉温补，味道鲜美，城里突然冒出好些家狗肉馆子，都是打着贵州花溪狗肉馆的牌子。贵州花溪的狗肉馆声名远播，他们有独特的烹饪秘方，据说是用几十种中药材和香料秘制而成。花溪狗肉汤鲜味美，肉质酥软饱和，绵而不烂，入口即化，味道确实鲜美；汤更好喝，没有一点腥膻，清冽透明，香味醇厚。尤其是烫米线，米线滚烫，绵软香糯，汤味纯冽，真是绝好的美食。一时间，小城兴起了一股吃狗肉的热潮，尤其是近初冬，人们邀约着亲朋好友，蜂拥而至，都说吃了身上阳气满满，晚上睡觉全身发热，十分舒坦。

需求量大，狗一时短缺起来，就有人到处买狗、打狗，县城周围的狗很快就被买完、打完，他们就将手伸向山区。狗肉价格高，他们不惜一切手段都要将狗弄到手。福生住的这个村家家都养狗，有的人家原来没养，因为男人们都外出了，村子空荡，无人守护，也就养起了狗。有了狗，空寂的村子因此有了生气，狗帮他们看守家园，走到哪跟到哪，撒欢追逐，犬声阵阵，让村里多了生活气息，尤其是晚上，狗忠实地守护着家园，女人们多了安全感。

开始有人上门收购狗，出的价钱也还可以，但是没有一家愿意卖。一是她们离不开狗，有了狗就有了安全感；二是她们和狗都有了感情，这些狗虽然是土狗，中原田园犬，对主人温顺、忠诚，除了守护家还会帮忙照顾娃娃。女人们下田上山，狗会照顾娃娃，不让他们到井边、河边，到危险的地方，跌倒在地，它们也会把他们弄起来，陪着他们玩，所以，跑遍一个村里，没有一家愿意卖的。

这个村的狗很壮很肥，他们都把狗当成亲人，人吃什么狗吃什么，每天都要多做一份，让狗吃好吃饱，狗自然就壮就肥。买狗的人很眼馋，这些好狗是能卖出好价钱的，可惜看得到买不到。于是，就有人动了歪心思。不卖，不卖就偷，其中有一个人平时就会小偷小摸，他纠集了几个和他一样的人来这里偷狗。他们先是瞄准方成家的狗，方成家大业大，别人养一条他家养两条，两条狗个大体肥，毛色油亮，卖给狗肉馆能卖出好价钱。这两条狗白天对人很温顺，到了夜里就很凶猛，他们把狗用链子拴着，链子长足够守住围墙和大门，偷狗的人来了以后根本近不了身。它们狂吠、扑、跳、跤、撕，有人想用木棍把狗打晕，可刚到身边，就被凶狠的狗咬住了手腕，疼得鬼哭狼嚎，好不容易挣扎掉，手腕上被咬掉了一块肉，吓得其他人躲在远处瑟瑟发抖。

方成家婆娘和娃娃早被狗叫声惊醒，村里的人其实也早被惊醒，但他们都不敢起来看，家里只有女人、小孩和老人，偷狗的人都选择月黑风高或者雷雨交加的日子，这样的天气在屋里都感到害怕，何况外面。这几个偷狗的贼是不甘心的，高昂的价钱使他们铁了心也要偷到狗。他们采取了另外一种方案，买了无色无味的毒药，又买了肉包子，把药放在包子里。他们到达村子后，狗依然狂吠，让他们近不了身。他们把肉包子丢到狗的面前，狗是警觉的，虽然肉包子很香，它们还是疑惑着，左嗅嗅，右嗅嗅，扒拉来，扒拉去，觉得没啥问题，终于抵抗不了诱惑，还是把肉包子吃下了，吃下也觉得没啥问题，倒是主动讨要肉包子了。两条狗分别吃了几个肉包子，渐渐地，药性发作，狗就疼得满地打滚，一身痉挛，伏地抽搐。他们见状大喜，赶快把狗装在带来的口袋里，急匆匆地逃离村庄，到了山下小河边，忙用手电筒照着狗开肠剖肚，把内脏全部掏出丢掉，这样狗肉才新鲜且无毒性。

方成家丢了狗，方成婆娘既痛心又惊恐，她很焦虑，连狗都保不住，这些贼东西不知下步会干啥呢？要说富，她家在村里也是首屈一指的，这些贼人恐怕是早就踩好了点，瞄准了她家，要不然咋不去偷别家呢？狗丢了不说，下步恐怕就是入室偷窃了，这是让她最担忧的，她听过很多这类案子的恐怖，她不仅担心东西被偷，更担心他们伤害到人。男人不在，就只有年幼的娃娃，出了这样的事就后悔不及了。这个时候，她多么怀念男人在家的日子。男人是怎样的人她是知道的，他仗着身上有手艺，仗着收入比其他人多和村里的刘翠妮有那么一腿，这事她是知道的。他不仅和刘翠妮有一腿，他到处走村串寨，和外面的女人也乱搞，这是个到处拈花惹草的骚公狗。她虽然也和他吵过闹过，但始终奈何不了他，家里靠他挣钱，家里的衣食无忧全靠他，渐渐地她也就睁只眼闭只眼了。他对她没有感情，没有兴趣，偶尔做一次也是匆匆忙忙应付了事，她其实也是正值盛年，也正是需求高的时候，但男的不待见她，心里全放在外面的女人身上，这让她很失落、很寂寞、很悲伤也无可奈何。

尽管如此，有男人和无男人是多么地不同，男人在家就有了顶梁柱，大事、小事、难事都有男的扛着，家里也有安全感，现在男人不在家，家里所有的事都得自己撑起来。更为糟糕的是缺少安全感，这种安全感不仅是来自生活里，更多来自内心，和村里所有女人一样，她不仅要忍受孤独寂寞的生活，还要忍受来自生活的恐慌。

她去找福生，福生说有啥事进来说嘛，她满脸嫌弃地说就在门外说吧，天怪热的。她是嫌弃福生狗窝似的屋子，人在外面一股酸臭味扑面而来。福生对方成家本来就反感，是方成拿着嘴巴到处乱说，让自己背了莫名的黑锅，方成的老婆也帮着到处乱讲，他不情愿地走出来，穿着一条大裤衩，披着件烂衣，胸口手臂裸露着。他晓得这样见一个女人是不太合适的，可是这是方成的婆娘，他也就不管了。

女的说："我家的狗被贼偷了。"福生说："被偷了？"女的说："连续几天呢，狗叫得瘆人，我也不敢出去瞧。"福生说："谁也不敢去。"女的说："偷狗倒是小事，我怕他们得逞了来家里偷，偷也罢了，就怕伤到娃娃。"福生说："是呢。"女的说："村里只有你一个男人了，想请你去守夜。"福生说："这咋个要得，到你家守夜合适吗？"女的说："合适，咋个不合适，又不叫你进屋，就在大门外守。"福生说："你的狗被偷了，让我到大门外守？"女的说："我抱铺盖给你，总比你这里强，再说，那棚棚还在。"福生一听恼了："不去，不去，你是把我当成啥了？"看福生生气，女的说："你别进去嘛，不是白看的，按天数给钱。"福生说："给多少钱也不去，我是个人哩，不是狗。"女的说："谁说不是哩，谁不知道你是个真正的男子汉，村里婚丧嫁娶、大事小事，哪样离得开你，村里只剩你一个壮男子汉了，你更要担起保护村子的责任，你说是不是？"

福生本来十分厌恶十分不情愿，但被女人一番说辞，让福生油然升起一股自豪感，原来他也不是彻底无用的废人，他也能担负起别人担负不了的责任，像方成家这样有钱的人家，一样地求到自己。见福生开始松动，女的说："去吧，不会让你吃亏的，守夜的钱我让大家都出一点。"福生又不高兴了，说："我不是叫花子，不要大家捐钱打发。"女的说："也好也好，你不要钱我心里过意不去，但一日三餐，保证让你吃好吃饱。"

方成家的狗棚还是很宽大、很气派的，角铁焊的支架，上面是铝合金的铁皮盖顶。女的去抱铺盖垫褥，眼睛看了一下狗棚，说："其实宽敞得很哩，娃娃些还在里面睡过哩。"福生咬着嘴唇不说话，脸色难看起来。女的说："好哩，好哩，我们福生是个男子汉，你要咋睡就咋睡吧，只是家里没有空的床，你就将就点得了。"福生说："你去找几块木板来，没有木板硬纸壳也可以。"

福生就这样睡在方成家房檐下了，方成婆娘也没亏待他，家里吃啥他就吃啥，每天都有肉，只是从来不喊他进去吃，福生也不愿进去，方成家什么人家？进他的屋没事惹一身腥哩。

开头两天，有福生守夜，这个村子确实清静了很多。偷狗的贼来了又去了，他们见一个粗莽的男子汉赤裸着上身坐在屋檐下，朦胧的夜色中见得到这汉子浑身肌肉，身边还有手臂粗的木棍，他们也就不敢造次，空跑了两次，他们实在不甘心，总不能让这粗莽的汉子断了财路，他们想，他守的是这户人家，其他人家他不至于也管吧。

那天晚上村里的狗又狂吠起来，都说是一犬吠而百犬吠，狗叫声此起彼伏，醒了的人都不敢起床，没有男人的村子里的人是脆弱、惧怕的，他们想方成家请了福生，他不至于只管她家而不管其他吧。偷狗的人商量好了，由一个人出来和福生搭话，这人从黑暗里出来，说："兄弟在这里守夜?"福生不搭话,他眼睛直直地看着这人,这人个子高大,和他一样粗蛮,他下意识地伸手拿住了手臂粗的木棍。这人说:"你莫这样凶嘛,你守你的夜,我们做我们的事,各行其道,我们到别家去,你千万别管闲事哈,这家我们保证不动一丝一毫。"

福生不搭话,他也是第一次遇到这种事,不知道怎样应对。他们不准他管其他人家的事,他知道他们不只是一个人,这些人都是些凶狠之徒,管了会有什么结果他是知道的。他似乎看到他们拔出身上的匕首朝他乱捅,他的背上、腹上、腿上被捅得鲜血直流,肠子也流了出来,他疼得一头冷汗。这人走近他,朝他丢来一根烟,冷笑着说好好待着吧,看好这家就行了,要不然……反正这村只有你一个男的,对付你我们还是绰绰有余的。福生被他的话激怒了:"杂种些,是欺负村里只有孤老弱女呀,老子是男的,虽然只有我一个,我也要担负起守村的责任,不能让村里的女人笑话自己,站着屙尿的就是站着屙尿的。"

这人潜入夜色之中,随即他听到全村的狗叫得更凶了。这些狗都是被主人拴在门口的,它们各守各的家,但也限制了狗的行动,它们不能出来抱团作战。福生听到王云芳家门口的狗叫得尤其凶,不仅是叫得凶,是被殴打后凄厉地惨叫,是一种击中脑袋痛入骨髓的惨叫声。他知道这些狗杂种是在痛下杀手了,他们蔑视村里没有男人,更蔑视他的存在,直接不把他当作人。他被激怒了:"老子明明就在眼前,明明就在守夜,你们这些杂种真是太欺负人了。"他抄起木棍,凶狠地走去,到了王云芳家门口,他看见她家的狗已被打烂脑壳,脚也奄拉着了。他抡起棍子呼呼地冲上前去,那些人听到呼呼声闪开了。他们是四个人,形成扇形包围着他。他们手中有棍子也有匕首,开头和他说话的那个人说:"兄弟,不是说好各做各的事,各守各的夜,你不听劝告硬要多管闲事,就不要怪我们不客气。"福生说:"这个村是我的村,我不管谁管?"那人轻蔑地说:"你看你这样子,叫花子都比你讲究,还说这个村是你的村,管好你就不错了,再不闪开,老子们就不客气了。"福生说:

"除非我没看见，见到了就要管到底。"那人说："好吧，让你管，弟兄们上。"几个人一齐挥舞着手中的凶器扑上来。福生虽然粗蛮，虽然被激怒后涌出无比的勇气和力气，他手中的木棍也击中了其中的人，但他终究是一个人，寡不敌众。他已经连续挨了几下棍棒，不是打在手臂上就是打在脚杆上，疼痛更加激起他的怒火，他疯了一样抢着木棍乱扫，突然，他被什么刺中，一下扑倒在地，任由那些人疯狂地殴打。

正在这时，背后传来一阵凄厉的叫声，这叫声凄厉阴森，仿佛来自地狱，接着就是噼里啪啦的棍棒扫击，这几人惊恐中觉得不对劲。他们从背后受到伏击，唯恐村里人出来围打，急匆匆抱头鼠窜而去。福生趴在地上，见那人头上围着块黑毛巾，只剩下眼睛，仿佛电视中的侠客。那人说："来晚了，来晚了，听见你的叫声，知道你被打了。"福生听声音是刘翠妮，心里十分感动，说这太危险了，你咋不怕。刘翠妮说："怕，咋个不怕，但我听到你在惨叫，就不怕了。"刘翠妮说："别说话了，我看看你的伤。"刘翠妮用手电筒仔细检查一遍，伤很多，好在没伤到骨头，说："你呀你呀，这几个贼你一个人和他们打啥呢？人家王云芳又没请你管家看院，你操啥心。"福生说："一个村的人，咋能不管呢？村里只有我一个男的，我不能装没看见呀。"刘翠妮说："都说你傻，你真是傻到家了。"

刘翠妮将他扶回去，她说："你躺着，我去给你拿药。"她起身回去。福生心里又感动又温暖，今晚若不是她，自己说不定就被这帮贼打残了。村里狗叫得这么凶，这些贼打他的声音这么大，为啥没有一个人出来看一看呢？人人都害怕，岂不是他一个人吃亏吗？福生心中又是一阵悲凉。

过了一阵，刘翠妮来了，她端着一碗热气腾腾的糖水煮鸡蛋，说："快吃了吧，吃了对伤有好处。"福生心里涌起一股暖流，这个孤苦无助被人嫌弃的人，此刻心里真是五味杂陈，被人怜惜被人疼的感觉他是从来没有过的，他急不可待地端起糖水鸡蛋，往嘴里扒去，滚热的鸡蛋烫得他不断地哈气，差点吐了出来。刘翠妮拍着他的背，说："慢点吃，慢点吃。"这亲昵的举动，让他心跳加快，血脉偾张，他一把抓住她的手臂把她揽入怀中。刘翠妮涨红了脸，挣脱了开来，说："你这一身是伤，不要伤到筋动到骨。"见他无比遗憾的样子，说："好好养伤，以后会有机会的。"

她给他擦了带来的外用涂膏，给他服了治跌打损伤的云南白药，扶他躺下，又把带来的被子给他盖上，这才转身离去。

六

第二天福生睡到大晌午，肚子太饿饿醒的，一身火辣辣地疼。直到现在没有一个人来看他。他知道昨晚的事村里的人肯定都知道了，狗咬得这么凶，他和贼搏斗的声音这么大，他们不可能不知道的，即使不知，天亮看到被打死的狗和搏斗的现场，他们也应该知道了。

福生心里很不是滋味，他想他是不是大家说的，他太憨了，别人不管的事他要管，并且是冒着被打死的风险去管的，可大家对他的态度，让他心里冰凉。他想以后不能再这样了，在村里人眼中他就是一个可有可无的憨包，谁也没把他当人看的，关键时候只有一个人出来，帮他打跑了偷狗的贼，还煮糖水鸡蛋给他吃，还拿白药给他擦。想到这里，他的心里又泛起了一阵温暖。

方成老婆来了，手里提着一个饭盒，把饭盒丢给他，说："你是咋个搞的？我出钱请你看家护院，你护到别人家去了，这回好了，你是帮别人家被打伤的，这跟我没关系，我看看你伤在哪里？"她看了他的伤，还是难过得啧啧叹息："看你这一身还有块好皮肉吗？伤到骨头没有？"福生说没有。她总算放心了，说："没伤到骨头就好，我说你呀，人家说你憨你果真是憨，又没有哪个请你去看家护院，你多管这种闲事干啥子？瞧吧，人被打伤了也不见哪个来看你。"福生说："都一个村的，看见了总是要管的。"她说:"管吧,管吧,你管他们,鬼老二管你。"

方成婆娘也算有点良心,她想福生是为守护村子,守护王云芳家被打伤的,村里的人尤其是王云芳家是应该有所表示的,总不能不把人当人看,福生再憨也是人。她起身去王云芳家,王云芳家大门紧闭,门口被打死的狗早不见踪影,敲开了门,见是她,说:"是嫂子,我还以为是福生呢。"方成婆娘:"云芳妹子,看样子你是晓得福生被打伤的事了,你晓得福生是为你家的事被打伤的,你看这事咋办?"王云芳心虚,这事她肯定知道是因她家而起的,她不知道福生伤势如何,她怕伤重了讹上她家,她家本来就穷,男人打工去了,一个老婆婆长年卧床,娃娃又多,家里日子拮据得让她心焦。她说:"我又没有叫他管闲事,他伤不伤和我有什么关系,倒是你家是请过他的。"方成婆娘生气,说:"你这话就昧良心了,我家是请过他,如果是为我家,我肯定全部负责,不会昧良心的。"云芳哭丧着脸,说:"我也不是昧良心的人,只是你晓得我家的情况的,上有老下有小,婆婆一天都离不开药;死鬼打工去到现在都没寄回一分钱,说要到年底结算才有钱;娃娃些要买校服,不买老师不让去学校,你看我都快愁死了。"方成老婆知道她家的情况,她叹了口气,说:"我也晓得你实在困难,但一码归一码,我实话给你讲,我去看过福生了,伤得确实严重,但还好是皮外伤,没伤到骨头,他体质好,养一段时间就会好的。只是我们不能装不知道,那就太叫人寒心了。这样吧,你拿点东西我们去看他吧。"

云芳捡了一筐鸡蛋,又拿了两把面,几只鸡在院里追逐吃食,她瞄了一眼,心有所动又有些不舍,犹豫了一会儿,下决心去捉了一只,她说:"钱我没有,就送这些东西吧。"方成婆娘说:"可以了,可以了,这些东西够他吃几天了。"

福生见她们来,很惊奇也很高兴,他为昨天的事纠结懊恼,感慨人心冰凉,她们来让他心里一阵温暖。方成婆娘说:"福生,人家云芳知道你因她家的狗被打伤了,一直挂念着呢,她不好意思一个人来,约我一起来看你了。"福生说："不消，不消，也不是重得很，没伤到骨头呢。"云芳看了他的伤，说："贼杀的些，咋这样歹毒，都伤成啥样了，福生兄弟要不还是到乡医院检查一下吧。"福生说："没事的，我自己有数，伤到骨头就动不了了。你们看我这里也没个坐处，让你们站着。"她们说："你别操这心了，好好躺着。"方成婆娘看了床上的那床花被子，心里嘀咕，还有人比她们关心他，竟然送了被子。

云芳环顾了一下他的屋子，这是啥住处呀，简直像个狗窝，几样不成样子的家具，东倒西歪，到处蒙满灰尘，锅锅家什生了霉淤，铺上乱七八糟，除了那床显眼的花被子，他的铺滚成了一团渔网，垫的东西看不清颜色，一股酸臭味扑鼻而来。云芳说："我们帮你收拾一下屋子吧？"福生忙说："不消不消，这咋行呢，我会自己收拾。"方成婆娘说："客气啥，这是云芳妹子的心意哩。"

她们忍住恶心，帮他收拾起屋子来。云芳说："水也没有了，我去挑水。"她去村里的井里挑了水来，帮他洗洗涮涮，扫扫抹抹，屋子不大，很快就收拾好，看上去舒心了。只是他床上不好收拾，只得等他能腾地点再说。

方成婆娘和云芳约着去村里串门，她俩商量好让村里的人都去看一下福生。方成婆娘甚至想大家伙出钱请福生看夜，福生一个人花不了多少钱，表示点心意就行。她们去了几家，大家都不太热心，她们想他又不是为我们受伤的，有什么必要去看望，一提到凑钱请福生看夜，大家更不愿意，说看啥夜，一个脓包看好他自己就得了，他能看好夜就不会挨打了。她们想你有钱你去出，何必扯上我们。云芳不肯多嘴，她只是陪着她来，她怕别人说福生是为你家被打伤的，你何必冒充好人，拿别人来做人情。

走了一圈下来，也有几家愿意的，说请福生守夜也好，只是不要再被人打伤了，打伤了我们负不了责任，也无钱管他。方成婆娘心情沮丧，说："算了，算了，大家都不愿出钱，只想人家义务守村，有这样的好事吗？我家也不需要守夜的，再去买两条狗得了，省得出了钱还有人说闲话。"云芳说："大姐你别灰心，不是还有人愿意吗？我也愿意，虽然我困难一点，但人家为我家受了伤，我是真心感谢的。"方成婆娘说："算了，这事就不提了，只是我俩有时间去看看福生，给他送些吃的，送点药，他命苦，无人疼无人爱，还忠心耿耿地帮大家做事，不要忘记他呀。"

七

福生的伤渐渐好了，他依然是到处闲逛，他的生活依然是毫无规律，睡到大晌午，起来胡乱煮点或者烧点洋芋吃。很少有人叫他去做活，尽管缺少劳力的留守妇女们太需要有人帮忙，但她们怕说闲话，也忌惮福生的大海量，他吃一顿要当几个人呢，人也邋遢，又憨，况且，方成说他和羊干事，这事在她们心里始终是个阴影。村里只有刘翠妮偷偷叫他去做活，尽管如此，这事还是瞒不了村里女人，大家都一脸鄙夷，说臭猪头遇到齄鼻子，臭到一起了。

福生晚上睡不着，他就到处瞎逛，他在村巷里、小河边、田埂上，甚至乱坟岗里乱走。夜空漆黑，萤火虫闪烁，阴风阵阵，他也不怕，他只是觉得孤独和无聊，有时他会在某个坟头坐一夜，嘴里喃喃地讲些什么，嘴上讲着他心里就会舒坦一点，这样就成了习惯，村里的人觉得他是越来越痴傻了，见了他，忙着避开。

这个村子地点选得不好，它在半山腰之上，就是一块稍微平坦点的凹地。更主要的是村子背后是座陡峭笔立的悬崖，悬崖到处都有，问题是这座悬崖不是花岗岩石，而是破碎的泥石堆积的，天干下雨总会有泥石垮塌，只是规模小，时间长了，大家也就习以为常了。

福生在村里闲逛无聊，就去爬悬崖，这悬崖正面陡峭，正对着村庄，其他几面是缓坡，上去也不难。福生没有吟风弄月、感慨自然万物的雅兴，他只是无聊，随意地走，随意地看，寻觅着可以吃的野果，什么桑葚呀，野杏呀，救军粮呀，酸得掉牙的野杨梅呀，都要采来尝一尝。这天他发现灌木丛中有一道几指宽的地缝，这条地缝像蜿蜒的长蛇延伸到崖壁，他也不在意，天干时候，这种地缝是随处可见的。几天过后，他再来时，地缝又变宽了，有巴掌宽，他也没在意，想这是天旱了，地面收缩出现的。又过几天，他见这条延伸到崖体的裂缝有的地方有一尺多宽了，他觉得事情有些不对，这条裂缝再发展下去，崖壁就会坍塌了，一坍塌，下面的村子就危险了。他惊出一身冷汗，他决心把这危险告诉村里的人，让大家及早防备，以免被崩塌的山崖掩埋。

福生一家一家敲门，敲得脆响，如果在平时，他是不敢这么敲门的。门开了，见是福生，她们既惊讶又愤怒，这么个人，怎么能肆无忌惮地敲门呢？敲得凶狠而激烈，让人难以忍受。她们不耐烦地问："你有病？你敲门干什么？门是这样敲的吗？"福生结结巴巴地将裂缝的事讲了，她们听了嗤之以鼻，冷笑着说你："一天闲得抓干疮，无事找事地骚扰别人，我们不像你，正事都忙不过来还有心肠管什么裂缝不裂缝。"福生急得红头紫脸，说："我不是管闲事，裂缝越来越大，弄不好哪天垮下来，把人都埋了。"人家说快闭上你的乌鸦嘴，没得的事都要被你咒出来，滚，滚远点，不要在这里戳眼睛。

一连去了几家，福生都遭到同样的待遇，大家都认为他是无事找事做，一个自己都混得一塌糊涂的憨包，管起全村人的生死大事来了，这简直就是笑话，如果被他戏弄，那全村人都痴傻了。只有方成婆娘说："福生你讲的是真的？这不是开玩笑哟，说话要负责。"他说："最近我上去几次了，裂缝一次比一次宽，都一尺多宽了，不信你去瞧。"方成婆娘说："我哪有时间去瞧，如果是真的，你讲过也就行了，出了事跟你也没关系，你又不是村里的守护人。"福生说："跟我是没关系，但那是一村人呢，是活生生的人命呢。"

他对刘翠妮说："我最不放心的就是你了，这崖迟早要垮，你不如早点搬出去避一下,你带着娃娃,又有个瘫痪男人,到时咋办?"刘翠妮相信他的话,但她忧心忡忡地说:"搬到哪里?我只有靠你了,背是背不动的,跑是跑不赢的,你帮我。"福生说:"行,我一定帮你,我不帮谁帮呢。"

他上山去的时候越来越多,裂缝不断扩大,越到后面,扩大的面积越来越大,他感到头晕目眩,心跳加快,再不撤出,这个村就完了。

接连几天的雨,把山峦、河流、田野、村庄淋个透,三伏天的雨,来势猛,电闪雷鸣,暴雨倾盆而下。福生心急如焚,他天天冒雨上山查看,裂缝是越来越大,宽的地方他都可以钻进去了。他想这事不能再等,肯定很快就会出事。福生冒着大雨挨家挨户去喊,风声、雨声、雷声掩盖了他的声音,他急得眼睛充血嘴唇乌青,他喊得口干舌燥声音嘶哑,有人打开门,说:"福生你回去吧,这事我们经历得多了,不会出事的。"福生说:"这回不同,我去查看过了,裂缝越来越宽,人都钻得进去哩。"人家说这大下雨的,搬到哪里去,等等再说。

夜越深雨越大,福生敲开刘翠妮家的门,说:"今晚恐怕要出事,裂缝大得很了,我已经听到裂缝在断裂的声音。"刘翠妮带着哭腔,说:"那咋办?床上躺着的,屋里睡着的,我咋搬得动?"他说:"我去背床上的,你去拉娃娃,赶快去河边窑里。"把她一家安顿好,他又去敲方成家的门,他一个人去劝大家撤离力量太小,方成婆娘果然没睡,她说:"我晓得你会来的,我家有面锣,死鬼赶乡场卖耗子药时敲的,你敲锣,我敲脸盆,再叫上王云芳,敲烂也要把他们敲出来。"

暴风骤雨的山村,响起了震耳欲聋的锣声、脸盆声,响起了几个人声嘶力竭的叫声,响起了用木棒、石块砸门的声音,终于,在他们的努力下,一家一家的人开始撤离。他们背着老的,牵着小的,步履艰难地朝村外撤去,有人想拿东西,被福生厉声喝住,命要紧还是东西要紧。那人乖乖放下,转声背人去了。

临近天亮,在更加发黑的夜空里传来一声震耳欲聋的巨响,巨响持续了几分钟，村庄背后的山崖轰然倒塌，落石滚滚，地震天塌，村里人惊得目瞪口呆，半天回不过神来。等回过神，一声哭声响起，接着所有人都哭出了声，他们惊魂未定，他们痛心疾首，他们心疼他们世代居住的家园一夜被埋在倒塌的山体下，他们庆幸终于捡回一条命，而这个拯救全村人的人，正是被他们看不起的福生。

回首人生已成梦

在鲁甸

我历来喜欢种花，前前后后、断断续续种了几十年。按照这样的经历，不说是种花专家，起码也在这个行业中有点影响了吧，可是到如今，我的种花水平，依旧停留在业余水平。我种花只是热爱，一种本能的近乎执拗的热爱。这源于我对大自然的热爱，山川树木、晴雨雾霾、小河溪流、野草野花，凡一切生物都能引起我浓浓的兴趣，都能使我驻足凝视，心生欢喜。

记得二十世纪七十年代末，我在鲁甸文化馆工作，几经周折，终于拥有了一间房间。虽然只有十多平方米，虽然窗子外是高高的堡坎，光线阴暗，但那是我工作后拥有的属于自己的空间。在那时，是何等的奢侈，足以让很多人羡慕。

屋里一桌一床，再无他物，难免显得空寂，了无生意。心想若有点花草点缀，定能使房间多些生机。可是，那个年代是不兴种花养草的，所有的机关单位，所有的居家住房几乎都看不到花草的痕迹，没有花鸟市场，没有人种花，就讨不到一株花苗。说来可怜，我那时对花的认识几乎是零，甭说牡丹、芍药、荷花、菊花、月季、绣球、美人蕉、南天竺等，就是寻常的花草，也是知之甚少，究其原因，是没有实物可见。唯独见过的，是一位老师的门前，种了一棵金银花，知道金银花有黄色、白色，花香浓郁，使人喜爱。

我喜欢早上携一本书去野外看，这个地方出门即野外，房子在山脚下，走一小段路就是山脚，这座山生态算是好的，县城就在脚下，光秃秃一座山成什么样子？于是在禁砍禁伐上就有了措施，山林有专人看护，山顶至山腰郁郁一片葱葱，也算赏心悦目，山脚是草坡，有不少坟堆掩映其间，天空湛蓝，树木葱郁，也不算荒凉。

看书累了，就随意游走。野花是有的，但品种单调。有一种开着单瓣黄色的花，至今我也没弄清叫什么名字。灌木类、花丛大，坡脚石埂上随处可见，叶片丛生、郁郁葱葱，黄色花瓣间杂其中，也煞是好看。其他小花也散布在草坡上，有蓝色的、金黄色的、粉红色的，多为草本，不能移植的。

在几座坟的空地中，我看见了一片扁竹兰，恕我植物学知识的浅显，至今不知道它的学名叫什么，什么种，什么属，但我知道家乡人都叫它扁竹兰。这种花生长性极贱，不怕干不怕涝，冬末春初，一片枯叶遇到一阵春风就蓬蓬勃勃地生长起来了，再遇一场春雨，就势不可阻地四处蔓延，流光溢彩般成图画了。

扁竹兰叶子是长条形，碧绿挺直，很好看。花是蓝色的，开得很随意，很散漫，一点不矫饰。我不知道为什么扁竹兰多开在坟墓前，是它自己长的，还是主人种的？但我在很多墓地都看到它，绿色的叶片，蓝色的花，一株接一株，一片连一片，虽然葳蕤，却给人阴郁之感。这大概和它的生长环境有关，坟墓里躺着天人永隔的亲人，他们的灵魂在山间林下、树丛草地上游荡，我们却永远不能再见，岂不让人戚戚然、哀哀然。扁竹兰生长于这样的环境，营造的氛围自然是阴郁而忧伤的，再加上蓝色容易给人肃穆、庄严、平静、忧伤的感觉，站在扁竹兰边，惆怅、忧伤之情油然而生。

但我却热爱这种花，一是没有别的花可爱、可供选择，二是这花造型不错，叶片挺直，碧绿纤巧，蓝色花瓣平静而略带忧伤，正合我的心意。我拿出随身携带的小刀，小心翼翼地顺着根刨了起来，根下的土太干燥，一刨动竟然有灰扬起来，我有些震撼，也有些感动，在这个干燥的季节，扁竹兰竟然能够生存下来，并且长得蓬蓬勃勃，让人赞叹于它顽强的生命力。我想，它是为了让孤寂的灵魂多些诗意，才萌生出来的吧。

那个年代没有卖花的，也就没有卖花盆的，与之相应的与花有关的东西：花盆、腐殖土、红土、肥料、农药，以及剪花的剪、松土的铲，包括花卉的专业书籍、杂志等，是后来才有的。我不明白，那个年代人们的心灵会如此荒凉，爱美之心全部泯灭，一座城市、一座宅院，包括机关单位，不种一棵花草，人们狂热和偏狭，人出奇的暴躁，对同类无同情悲悯之心。

没有花盆，我找了一个白瓷的长方形的画碟，那时我在画画，画油画、水粉画，大幅大幅的，多为宣传而画。县里要开农业学大寨工作会了，就画脸膛彤红、胳膊粗壮、气吞山河的工农兵。画这样的画在宿舍是不行的，我住的前面是县里的电影院，那是全县标志性建筑，也是全县政治、文化中心。所有电影院都有一个高朗轩昂的前厅，那里正是我画画的好地方，画这样的画用颜料多，调色非大的器皿不行，于是我想到了医用瓷盘，在医药公司买了几个，这种瓷盘大而扁平，盛了土正好。土堆得高高地冒出瓷盘，成丘状，种上花正好，又找来青苔覆上，立即生机盎然。

我那时单身，好客且朋友极多。我身在鲁甸，虽然隔昭通不远，也就是六十华里，骑车两个小时就到了，但毕竟隔了县，也就是在异乡了。那时有一大批从昭通来鲁甸插队的学生，其中不乏喜欢画画的，喜欢文学的，他们进县城，我这里就成了他们的驿站。遇到县里开大会要画大幅宣传画，我就通知他们来，他们欢天喜地，进城画画，一是可以记工分，免了风吹日晒之苦，称之为"泡工分"，即不费力就得到的。二是有颜料任你涂抹，有画纸画布任你挥写。在那个年代，买得起画布、画纸、颜料的人毕竟是少数。我在机械厂做学工时，酷爱画画，但买不起画布、画纸，从小学校借了块小黑板，放在集体宿舍里，用粉笔画《红色娘子军》《白毛女》，线描、人物造型很好，画了擦掉，可以无限循环，反复作画。三是可以在县委食堂吃会议餐，吃会议餐是很奢侈的事，不交伙食费，权当作误工费吧。

县委大院里的会议餐是一大景观。参加会议的是村、公社、县三级干部，俗称三干会，代表会则是选出来的先进分子，上千人吃饭，何等壮观。我见过有的是在学校煮，学校宽敞；有的就在机关大院煮，用土基垒了几人才抱得过来的"蛤蟆灶"支起门板长的案板，有的灶上在蒸饭，大甑子，几人才围得拢的，饭有苞谷饭、米饭，煮熟混杂，称两掺饭。那年头长年吃苞谷饭，能吃上两掺饭也是很幸福的了。菜用大铁锅炒，铲子是工地上铲沙的那种，当然是新的，两人相对而立，你铲过来，他铲过去，就均匀了。会议餐最大特点是有肉，大多数是炒回锅肉，放了辣椒、蒜苗、生姜，加上豆瓣酱或者昭通酱，油汪汪、颤巍巍，红艳欲滴，那种香味，馋得人直流口水。其他菜多为炒豆腐、炒莲花白、炒洋芋，汤是炒洋芋或炒莲花白时剩下一部分，提桶倒水下去，加些酸菜则更好了，也撒几大把葱花。

吃饭是八人一桌，没有饭桌，席地而蹲，围成一圈，菜用洗脸的新瓷盆，一盆一盆端来放在地上，那时来开会的代表或基层干部，不少人还披披毡。他们披着白色、黄色的披毡往地下一蹲，仿佛一朵朵盛开的菊花，煞是好看。回锅肉下两掺饭，那是一绝，油汪汪、肥腻腻、香辣扑鼻，入口即化，真是个爽。平时清汤寡水，饥肠辘辘，吃上这么好的伙食，真是有福了。

我们画画的几个人，则去厨师那里领了新瓷盆，由他们给我们舀肉、打饭，端到我的宿舍去吃。大家将桌子移到中间，有的坐床沿，有的坐条凳，多少有些吃席的感觉了。没有酒，用土大碗盛了茶水，像模像样吃起来。吃完，横七竖八、东倒西歪、睡的斜睡、歪的歪靠，信口开河满天胡吹，真是不亦乐乎。那时我们人年轻，既勤奋又懒散。在画画上是勤奋的，冒着烈日，顶着寒风，在很高的墙壁上画画，爬高下低，不惮其烦。但在生活上却是慵懒而随意的，吃完饭，我们也不把盛饭盛菜的瓷盆送回去，随便丢在床下，以至于隔一段时间清理，瓷盆竟有十几个，土大碗则不计其数。

再说种花的事。我的窗台上自从有了那盆扁竹兰，一下子就使得凌乱、昏暗的房间多了几分生气，多了几分雅致。那花也极贱，尽管阳光并不充足，只有中午时分有一抹阳光斜斜射进，但那花依然长得茁壮，长得蓬勃，隔一段时间，竟然抽出花薹，开出蓝蓝的有着淡淡忧伤的花来。朋友们说这花不能栽，它是长在坟前的，色彩阴柔，花朵忧伤，是会伤元气的，可是我觉得没伤元气，因为我以及来的人，都是血气方刚，激情高涨，亢奋异常。在那些日子里，我们不知疲倦地画画、唱歌、吹牛、谈天，常常彻夜不睡，个个争强好胜，为争论一个问题，争得脸红耳赤，谁也不服谁，有时甚至差点打起来，但这并不妨碍我们的友谊，过后一如既往地友好，也一如既往地争得翻天。

这盆长着绿色叶片、蓝色花朵、有着淡淡忧伤的扁竹兰，正中和了我们的狂躁、狂热，使我们在凝视它的时候有了片刻的宁静，使我们的心中有一股清凉之风吹过，使我们的灵魂有了那么一些平静，使我们少了些暴戾之气，多了些温情。这盆扁竹兰，伴着我度过了青春岁月，兴衰枯荣，随着大自然的规律而更替，枯了发，发了枯，直到我调离，它仍然郁郁葱葱，顽强地活着。

在地区文化局

1980 年我调到了当时的地区文化局，供职在戏剧创作室，这是昭通有史以来第一家专职的写作机构。昭通有几百万人口，人才也不可谓不多，能到专业创作机构从事写作的人，也就三人，其中一人是不写的，负责组织创作的事。这是何等的幸事，能调入的人是凤毛麟角，少之又少，其中想调入的，不乏在本地已经久负盛名的作者，也不乏在高校（师专）中任系主任的人，我何才何德，一个名不见经传、只有小学学历、才初试写作的人竟然能被擢拔，简直令人难以置信。

事情其实很简单，我在鲁甸文化馆时，既醉心于画画，又醉心于读书。我的阅读习惯是很早就形成的，喜欢读书，抓到什么就读什么，好读书而不求甚解，我在去鲁甸之前就读了不少书。但那时是禁锢的年代，所有的书都被查封了，能借到、找到书看简直就是莫大的幸福。外国文学是禁书，古典文学是禁书，几乎所有人类文明的结晶——书籍都是禁书。调到鲁甸文化馆，这家单位是没有独立的房屋的，只有两间房，大的一间是图书室，小的一间是借阅室兼财务室，我被分到图书室里住，至于有一间房是后话，当时领我去的人说委屈你了，没有房，你就住这里吧。我一看是图书室，满架满架的书立地而起，积满厚厚的灰尘，一股浓烈的、只有仓廪才有的陈腐味扑面而来。我惊呆了，狂喜之情溢满胸间，饥不择食地拿起书，这本翻翻，那本翻翻，弄得满头满脸的灰，直到天色暗了下来，肚子饿得不行才停下。后来，春风吹拂，冰河裂隙，书店里的书逐渐多了起来。后来我也有了几架书，却再也没有这种如饥似渴的感觉。书也在看，却挑剔了起来，再也不是见什么读什么。这使我想到在饥饿年代，我到父亲在的乡下供销社，那里有凭票供应的红糖，是很金贵的，我天天去偷来吃，一扇红糖装在口袋里，躲到无人处大口大口地吃，一个夏天的暑假不知吃了多少红糖，后来父亲发现红糖少了很多，心里很着急，知道是我吃的也奈何不得，只得想办法弥补。现在各种糖：红糖、冰糖、白糖、水果糖、巧克力啥的堆积着，我却再也没有吃的欲望。

在图书馆里架一张床，开始了我的没日没夜、兴奋而疯狂的阅读。

正是那段时间阅读，使我的知识面大大拓宽。外国文学、古典文学、史学、哲学、美学、山川地理、民情风俗、异域风情、建筑风格，什么都看，以至于我对什么都不专，什么都知道点，成了杂家。当然更多的还是文学类书籍，古典文学、外国文学、近现代文学，苏联的批判现实主义文学：《红与黑》《罪与罚》《悲惨世界》《牛虻》《安娜·卡列尼娜》《战争与和平》《静静的顿河》《普希金诗选》《契科夫全集》《莎士比亚全集》等，大量阅读，丰富了我的知识，拓展我的视野，燃起了我的创作之光。

七十年代末，我开始尝试写作，写短篇小说、花灯小戏，主要是以短篇小说为主。我在画画、写作上没进过大学，没有师承，都是自己摸索，属于野狐禅，完全凭感觉，没有理论支撑，其浅薄幼稚可想而知。当我听说地区文化局戏剧创作室需要人时，竟不知天高地厚，请已退休的杨力先生转送两篇短篇小说给时任地区文化局领导的朱君和先生。朱君和先生曾是昭通地下党领导之一，学历高，知识渊博，在昆明求学时，时常聆听闻一多、李公朴、沈从文等大家的讲座，他在新中国成立初期就写了大量的文学作品，发表在公开刊物和报纸上。我调到地区文化局后，他对我关爱有加，帮我看稿，耳提面命，让我走上了正确的创作道路。很荣幸的是，在他去世之前，我去看望他，他让老伴拿出一个用布包着的包裹，郑重地交给我，什么也没说。包裹里是先生各个时期写的手稿，有小说、诗歌、散文、戏剧作品。捧着手稿，我觉得重若千斤。先生一生大起大落，曾经辉煌过，也曾经沦落过，起起伏伏、坎坎坷坷，大半人生被耽误了。先生曾对我说过，五十年代初期的全国第一次作代会，他被选为代表了，通知进京开会，到地委请假，不准，他当时是县委书记，一切服从组织。至今想起来，他说如果争取一下，走上从文的路，他也许会有不少作品，会成为一个作家。当时他曾被抽到与昭通相邻的四川大凉山工作团，任办公室主任。其时写《欢笑的金沙江》的作家李乔，到凉山采风还是他接待的呢。人生有很多无奈，也没有如果可言，先生的笑里有些苦楚和遗憾。

我请杨力先生转送稿后，就不再关心这事，仍然一如既往地读书、画画。我心里其实是没抱一点希望的，知道自己学历低、功底浅，没发表过作品、寂寂无闻，只是凭胆子大敢闯罢了。谁知，在一个星期天的早上，我突然接到电话，让我去昭通，去朱君和先生家里，我心里忐忑，也不知啥事，我和朱君和先生之前连面都没见过一次，会是啥事呢？

朱君和先生家当时就住在地区师范校前面的院子里，在围墙里面有两家机关：地区教育局和地区文化局。一个四合院似的院子，竟有两家大的机关。朱君和先生就住在朝东那栋楼的一层，上下左右都是办公室，外面一间、里面一间，是办公室的格局。朱君和先生神清气爽，个子偏高，蔼然可亲，一身的书卷气，见我来，让我坐下，又让老伴泡了茶水。我第一次见到这么大的领导，第一次面对面地和极有学问的领导坐着，显得局促不安，手也不知道怎样放，更不敢说话。朱君和先生问了我的一些情况，譬如年龄、家庭、结婚已否等，很随便，像隔壁邻里的长者，又问了我读过些什么书，写过些什么之类，末了，他站起来，说行了，你可以回去办调动手续了。他说你的作品我看了，写得稚嫩，写得浅，但有灵气，只要努力，会成功的。

在地区文化局戏剧创作室，我的任务主要是写剧本，但我对剧本不感兴趣，这就真是对不起对我厚爱有加的朱君和先生了。为啥不感兴趣呢？对戏剧没研究，也没在剧团待过，写京剧吧，京剧博大精深，非要在剧团长期待过，受其浸淫不能写。生旦净丑末、青衣、花旦、小丑、花脸啥的都分不清，怎么写？对传统戏起码熟悉，还要几十年熟稔于心，对舞台非得熟悉得很才能写。汪曾祺先生能写，写得非常好，但世间只有汪曾祺，他是西南联大毕业，又是世家子弟，博古通今，没人能学得了。八个样板戏只有《沙家浜》最好，那唱词，通俗易懂，切合人物身份，生活气息极浓，至今仍然脍炙人口。

我也找了很多戏剧方面的书来看：莎士比亚的、易卜生的、契诃夫的以及近现代的剧本，但看来看去终是不得其法。布莱希特的戏剧理论限制太大，三一律像是桎梏，使人展开不了想象的翅膀。其实我更想写小说，小说限制少，从一个地方切入进去，天马行空，只要符合人物的行为逻辑，只要抓住人物形象发展的线条，只要能使人物形象生动丰满就行。就这样，我一边看戏剧的书，一边写小说，我也写了些小戏，只是不上心，多为敷衍之作，这样就引来多方的指责，甚至把矛头指向了朱君和先生。朱君和先生从来没说过我半句，他默默地忍受着各种责难，任我自由发展。

写了小说，我就拿去给朱君和先生看。他尽管很忙，但总会抽出时间看我那些非常稚嫩的文章，总会在星期天叫我去，耐心地给我讲小说的成败得失，使我受益匪浅。讲完小说，他总是神采飞扬地讲在昆明求学的往事，讲闻一多、李公朴、朱自清、沈从文、刘文典等的讲座和一些文坛轶事。记得那年汪曾祺先生的小说一下风靡文坛，我买了一本《晚饭花集》，也读了汪曾祺先生发表在其他刊物的文章，非常喜欢，也就模仿汪曾祺先生的风格写了小说，自己很满意，期待着朱君和先生的肯定。朱君和先生看完后对我说，汪曾祺的文章你是学不来的，即使有点像，也是皮毛，汪曾祺先生的文化小说，是非有深厚的学养、博览群书、学贯中西的根基才行的，是浑然天成、自成一家，从里面散发出来的，所以还是要从根本上着手，多读书，使学养深厚方可为。朱君和先生的话使我深受教育，自此在打基础上加大力度，不急于求成，有深厚的学养浸润，自然水到渠成。

八十年代初期，外国现代派风潮渐入中国，许多翻译作品成为大学校园和创作者的抢手书，我也找了一些来读。意识流、荒诞派、魔幻现实主义、象征、寓喻、抽象、各种理念，五花八门，叫人眼花缭乱，我忙着赶时髦，也写了一些所谓的现代派小说。朱君和先生对我说，现代派不是新鲜玩意，五四时期早已有之，搞写作还是要立足于现实主义，现实主义是文学创作的根基。这就像写书法，楷书写不好，就写行书、草书是不会成功的。也像一个木匠，你连一块木板都推不平，一个榫眼都凿不好，就忙着做什么古典家具、西洋家具、徽派、浙派，那就啥都弄不成。你还是认认真真地写好现实主义，在此基础上再融合各种风格、流派的元素，自然就成功了。

自此我记住了朱君和先生的话，一直坚持现实主义的写作。虽然也遭受了各种各样的嘲讽和冷落，认为写得土、不入潮流、登不了大雅之堂，但我仍然不改初衷。朱君和先生说的以现实主义为主，兼容各种风格、各种流派我是做到了的，所以，我的小说不是传统意义的现实主义小说，是开放的，兼容并收的新现实主义小说。《好大一对羊》里面就是以现实主义为主，同时运用了魔幻、隐喻、黑色幽默等元素的中篇小说，《飞来的村庄》《土里的鱼》等，依然如此。

地区文化局和教育局同建在一个院落里，是地区师范校大门内的一块空地所建，四合院式的，很逼仄，就没有空地搞绿化。我的办公室采光仍然不好，我喜欢种点花草，但那时还没有种花草的风气，也没有哪间办公室种花草，我渴望办公室有一抹绿色，有一点生机，但苦于没啥可种。我于是穿梭于师范的校园，在一堵围墙下，我看见了几株蕨状的植物，这种植物在山上多得不计其数，漫山遍野都是，但在城市里却极少见，它喜欢阴凉潮湿的地方，有腐殖土长得更好。我小心翼翼地将它撬了起来，也不知道会不会活，怀着试一试的心理，拿回来，如法炮制，用长方形的画画的瓷盘连同墙根的泥土种上，覆盖了青苔。原想这缺少阳光的窗台恐怕是长不好的，能活就是万幸，没想到长得蓬蓬勃勃，姿态婀娜。蕨类羽状的叶片是极好看的，很舒展、优雅，使办公室平添了很多雅致。到过我办公室的人都说这盆植物好，优雅、茂盛、蓬勃而舒展。他们说这蕨类只有山上有，而且不容易活，你是怎么弄来栽活的？我没告诉他们是学校墙边弄来的，这长在闹市的野生植物，因其围墙的隐蔽无人发现、无人问津，即使被发现了，恐怕也引不起任何关注，更不会把它引堂入室，置于办公室的。

进入机械厂

我本卑微鄙俗、无依无靠之人，生于贫贱之家，从小过着极其贫穷困顿的生活，没受过良好的系统教育，小学毕业就到机械厂当学徒，身体孱弱，先天不足。小学临毕业因当时伟人畅游长江，全国掀起游泳热潮，工农兵学商、男女老少幼都要游泳。游泳我们俗称洗澡，在一个酷热的中午，炎炎赤日，暑热难挡，我们小学组织学生到省耕塘游泳。那时从城里到省耕塘有几华里路，路上全是苞谷林，密不透风，热得衣服后背全湿。到了省耕塘，还没稍稍歇息、消下凉，老师立即赶鸭子似的赶大家下水，我也随队跳入水中，天气太热，水太凉，我觉得掉进了冰窟窿，全身痉挛，手脚抽起筋来，赶紧爬上岸来。

这次游泳，使我的左眼差点失明，当天晚上就发了高烧，左眼起了翳，像白内障的蒙皮，只有光感，看不见东西了。关于这事，我写过一篇散文《眼睛》，记述了左眼失明后全家人的焦虑、痛心，尤其是父亲、母亲的悲伤和着急，他们想尽办法、倾尽全力，到处求医，终于使我的左眼恢复了视力，只是一只大、一只小，左眼眼角永远地留下了一块不注意就看不见的翳子的痕迹。使我永远难以忘怀的是，我的父亲，一个一生善良、勤劳的人（祝他在天堂的灵魂安好），在我恢复视力的过程中，每天迫不及待地、不知疲倦地竖起他的手指，检测我视力的恢复情况，从手掌到五指，从五指到四指，天天看，时时看，几乎把手举肿，把手掌举得难以弯曲。

我还有着难以言喻的、戳心戳肺的，从不对人言说，也从不见诸文字的隐痛，这个伴随了我大半生，给我的生活带来极大的痛苦，也给我带来无限的隐痛、羞辱、歧视和嘲讽，这便是残疾，我的左脚在十三岁时瘸了，直到现在。我的左脚在华西医院做了手术，是国内顶尖级的专家做的，用德国进口的器材，换了髋关节和股骨头。我说过我是个命运舛、苦难伴随一生的人，但我也是一个异常顽强、异常坚毅的人，并且是个异常自信、顽强拼搏的人。这次手术很成功，我现在与常人无异，除了不能长途跋涉之外，每天我都坚持走一个多小时的路，和以前的我判若两人。在华西医院做手术的时候，家人都不敢签、不愿签字，因我什么指标都高，还有好几种病，风险极大，死在手术台上的可能性极大。但想到一生的痛苦，一生的耻辱，一生的哀伤，我还是决定冒险做。做的那天，我悄悄地写了个纸条放在贴身衣袋里，类似于遗嘱，我想如果有什么不测，家人肯定会检查我的衣物，如果好好的，就把它撕了。

手术很成功，我不得不佩服华西医院，这个由华西医学院创办的医院，现在属四川大学，这个学校培养了很多医术精湛、医德高尚的医生。民国时期，昭通地处偏僻，交通滞后，经济、文化各方面都极其落后，但那时昭通就有华西培养的医学博士，或是华西毕业的医生。新中国成立时期第一任昭通地区医院吴院长，就是一位由华西培养出来的医生，他是苗族，据有关资料说他好像是孤儿。他在高寒贫瘠山区出生，成为华西毕业的博士，成为受人尊敬的医生，这中间有多少跨越。昭通人人熟悉的"陈院长"，也是华西毕业的儿科专家，医术精湛、蔼然可亲，凡六十岁以下的人，莫不接受过他的治疗。

手术第二天即出院，随即回到昭通市第一人民医院康复科，我没挂过一天拐杖，三个月后就恢复正常，走路稳健，和常人完全一样。正因为这样，我才有勇气正视我的腿。从十三岁到做手术的几十年间，我对左腿的残疾讳莫如深。一方面我是个自尊心极强的人，讳疾的同时忘记了自己左腿残疾，又极其敏感，害怕别人嘲讽，几十年来我极少听到有人叫我跛跛，但我知道背后还是有人说的。前些年我收到一封来自昆明的信，是五个昭通籍的女大学生联名写的，她们说夏老师您是我们非常尊敬的作家，您获得鲁迅文学奖为昭通争了光，是所有昭通人的光荣，但您是不是和XXX有过节，他在背后说您是XX的跛脚羊，希望你们能和解，昭通文学来之不易。看了这封信使我肝肠寸断，心如刀绞，泪如泉涌，几年了我一直不能原谅这人，啥我都可以原谅，唯独这不能原谅。文学圈内不知啥原因，各种猜测都有，随着岁数的增长，更主要的是我的左脚已恢复如常，我的心态也渐渐平和。现在已经原谅了这人这事，参加了他在昭通搞的活动，他敬酒，我虽不喝酒，还是把一小盅牛眼睛大的杯子里的酒喝了，相逢一笑泯恩仇，从此冰释前嫌，平和相处。

我挖到的这棵蕨类植物，原本生于山沟阴湿之地，混杂于其他植物，不播种、施肥、剪枝、管理，却也郁郁葱葱，蓬蓬勃勃地活得极好。因偶然的原因，种子落入城市的两堵墙之间的阴湿逼仄之地，竟也能顽强地生长，活得自在，活得潇洒。如果没人发现它，它将在这阴湿晦霉的墙之间的空间，寂寂无声地生长、衰败、死亡，但被我发现了，我不问它从哪里来，是何种植物谱系，更不问尊卑，可否出现在种花的记录中，将它移来，置于办公室中，也可谓登堂入室了。于它而言，显示了它存在的价值，每天都有人来看它，欣赏它翠绿的、亭亭玉立的叶片，使它从卑微的墙角之物变成有观赏价值的植物，这也是它的造化了。这就使我想到我的身世，想到我的遭遇，我一生命运多舛，自出生起就病痛灾难不断。据我的母亲讲，我从出生起就长哭不止，不是婴儿的正常啼哭，而是一整天一整天、一整夜一整夜地哭，哭得声音嘶哑，气绝眼翻，几欲晕厥，这种哭不是三天两夜，而是长时期的。父母想尽办法，看遍医生，在街头巷尾、厕所边上贴满了"天皇皇，地皇皇，我家有夜啼郎……"的黄色帖子。也根据生辰八字拜了保爷，也请阴阳先生驱过邪，但均无效。他们只能轮流抱着，从陡街走到西街，从西街走到陡街，不停息地走，走得他们疲惫不堪，昏昏欲睡。

我猜度，那时我的啼哭，恐怕是身体虚弱，什么病入侵，虽然疼了、痛了，但讲不出来，只能以啼号表示。另外，它也是我困顿人生、坎坷命运的预示。从身体方面看，我现在年近七十，人生七十古来稀，我没想到我还能活到现在，虽然各种毛病不少，但总归身体还好，精神旺健，还能写作、画画，尽管速度大不如前，依然不断有作品问世。我衷心地感谢上苍，感谢一直关心我、爱护我的人，也感谢自己良好的心态，感谢几十年一如既往地坚持善念，做了不少或大或小的善事，使我内心宁静，心态良好。

我第一次生病是在十三岁，那次生病差点要了命，后来虽然没死，却也落下了残疾。在过去的几十年里，我对我的病讳莫如深，不愿讲也不想想，许多惨痛的记忆，犹如凝固了的伤疤，揭开来，无疑是淋漓的鲜血。现在我终于敢正视发生了的一切，是岁月的风化还是心智的成熟？

我有过很多痛苦的、不堪回首的往事。光从疾病来说，我一生风刀霜剑、严寒酷暑，各种摧残接踵而至。我极像一根拮拗扭曲、百孔千疮的树根，作为树根，好看则好看矣，但它是病态的扭曲的美，电光石火、刀劈斧削造就了它，成为人们赏玩的根艺；作为人，这种摧残则是疼痛至极、铭心刻骨、鲜血淋漓的，它不仅是肉体的，更是心灵的，心灵的创伤伴随你一辈子，使你自卑、哀怨、伤感，它像病毒一样，时刻侵蚀、摧毁你的自信、自尊，影响你的人格健全。好在我是个自愈能力极强的人，好在我是极其自尊、自爱、自强的，我随时忘记，甚至本能地认为我是健全的人，认为我是能超越别人的，认为我能做得比别人更好，做出成绩，用实力立足于世。我好强的性格让我克服了许多困难，让我赢得了人们的尊重，也让我取得了一定的成绩。

那是 1966 年，那场席卷全国的"文化大革命"刚要开始的时候，我因左眼一度失明，没有考取初中，恰值昭通地区机械厂要办一个半工半读的学校，这个学校有点类似技工学校，但又不是。当时半工半读，半农半读刚刚兴起，昭通机械厂顺应潮流也办了这么一个班。没有学校，教室就在原来已经成为废墟的炼钢车间的一间房里了，宿舍则在机械厂马车队的一间长方形的干打垒的房子里。几十个人几十张床，排成几排。老师的办公室则在下面一个水塘的侧边，小小的，也就十多平方米的样子。一个现代化的工厂，运输靠马车，没有一辆汽车，是我很长时间弄不明白的事。我们去的时候，马车队还在，一个四合院的院子，四合院右边横着的一排，还喂着十几匹马，其他则住了人。我们爱去马厩玩，马厩里永远有股浓烈的、挥之不去的尿臊味，和任何马厩一样，里面都有一个合抱大的火塘，里面的火永远烈焰腾腾、热气逼人，这和赶马人爱喂茶有关系。他们有马车，烧的自然不成问题，他们的火塘上永远有一个噗噗冒着热气的漆黑的大茶壶，火边还经常炕着洋芋，我们去一是可以蹭火烤，二是还可以混点烧洋芋、烤苞谷籽吃。当然不是经常混得到吃的，他们的粮食也有限，有时人少，和他们聊得开心，可能会得到一两个洋芋。

马车队的前边是机械厂的发电车间，发电是很好的工种，车间的前面有个长方形的露天水池，天热时我的同学都去那里洗澡，在半工半读的人多数是成绩不太好的，体格健壮，调皮好动，钓鱼摸虾，打鸟玩牌都很熟练，其中不乏游得很好的，可以来回游几圈，还会钻"溺子"，即把头闷在水中。

那时的生活很贫困也很快乐，地区机械厂是在北郊叫马脖子的一片土坡上。当初建厂时应该很荒凉，厂的圈子很大，从头走到尾要走很长一段时间，什么叫圈地，那就是圈地。很长的围墙里面除了几栋厂房和办公地点，就剩下很多空地。每年，厂区的波斯菊开得实在壮观，实在绚丽。这种花有的叫格桑花，有的叫松毛花，但它的学名应该叫波斯菊。我写过一部中篇小说《绚丽的波斯菊》，就是写这种花的。这种花有粉红色、红色、白色、单瓣、复瓣的都有，如果是单株并不十分好看，但是一片一片的，海洋一般壮观，高可及胸，那就蔚为大观了。这种花极贱，深秋结了种子，随风一吹，第二年就一片一片地长起来了，花开时节，繁花似锦连成片，风一吹，高低起伏，摇曳多姿，海浪般鼓涌，真是壮观极了。我常常去花海里观赏、游览，但这样壮观、绚丽的花并没有人观赏，那时的人忙于生计，也因政治热情高涨而消耗了他们的审美情趣，大片大片的花寂寞地生，寂寞地凋零，只有我在流连忘返，这就引来了嘲笑、讥讽。

机械厂靠生活区的围墙边有一条水沟，里面的水终年潺潺淌流、奔涌不息。这条水沟水量很大，清澈见底，沟边杂花闪烁、野花摇曳，是条赏心悦目的沟渠，这条沟即是昭通著名的官沟，整个昭通就是靠它养育的。它出自大龙洞，经二十五孔桥引渡流入昭通城。我们沿着沟边走到厂区大礼堂去吃饭，厂里的食堂设在大礼堂侧边，大礼堂侧门建有房子，与大礼堂相连，打饭的窗口在大礼堂前边。这个食堂很大，是供几百人吃饭的食堂，晚上也开伙，是供上夜班的工人吃饭的。我在一篇散文里写过，这个食堂有厨师班，有班长，大概十几二十个炊事员。炒菜用大铁锅，炒菜的铲子像工地上用的，当然是新的，两人站在灶上相向而立，用力翻炒。常常吃的菜是洋芋、莲花白、茄子之类，洋芋是毛皮洋芋，炒熟了就分离，圈是圈，肉是肉。吃饭时窗口的柱子下会有一大桶汤，汤是将菜舀了留一点，倒上两桶水，抓几把葱花撒进去，桶一提出，立即围了一大圈人，有经验的人把长把勺往桶里轻轻舀，就可舀到白菜、莲花白或者洋芋，舀到的人喜形于色，其他人则挖苦，说你不如脱掉裤子到桶里捞。食堂里有无数土大碗，我们分别去拿两个，一个装饭盛菜，一个盛汤，吃完洗净，找个自己认得的地方放下，但总有人会拿走，于是有人就不洗，这样就没人拿了。

那时吃得实在太简陋，但我们人年轻，正是长身体的时候，粗粝的苞谷饭照样吃得很香。食堂有时候有生辣椒，我们就会悄悄偷两个，蘸点盐生吃，真刺激，真香，直到现在我还有吃生辣椒的习惯，生辣椒的清香辣味是很好吃的。

后来我们各自从家里带了瓷碗、大号口缸来，为了怕丢失，我们就洗干净，顺着沟回宿舍。我们把碗、口缸放在沟里，人在埂上走，碗在水中游，很有情趣。我们中顽劣的人不少，他们用石头把瓷碗或口缸砸翻沉没，人就只得跳进齐腰深的水里去捞，弄得衣裤全湿，引来一阵阵笑声。

那时机械厂每星期吃一次肉，或是炒回锅肉，或是蒸香肠。蒸香肠真是好吃，红得发亮、半透明的香肠，香味浓郁，引得肠胃蠕动，口水直流。打了香肠我舍不得吃，吃上一两片赶紧盖紧搪瓷缸盖子，忙着回七八里远的城，拿去给弟妹们分食。他们看到那香肠，眼里冒出火花，馋巴巴地等着分食。

机械厂还能生产一种烤苞谷粑，有点类似今天的烤面包之类的东西。其实就是制作烤炉，烤炉就在墙壁里面，有些类似抽屉的铁匣子，把苞谷面和上水及放点糖精，放在烤炉里一烤，又泡又焦，又香还甜。尤其是出炉前，那种香味很远就能闻到，诱得人馋涎欲滴，朝食堂跑，排起长队。当时整个北郊只有机械厂做这种苞谷粑，甚至整个昭通城大概也只有机械厂做，所以很有名。我不明白北郊这么多厂为什么不仿效机械厂，它的制作工艺并不复杂。他们会托人来买，我每个星期会拿饭票买很多回去，分别送给祖母、外祖母，她们吃了直夸赞。

我曾经在厂里的墙角发现几丛野小蒜，欣喜若狂，小心翼翼地挖了来，用小刀切碎，放点盐，那个辛辣、那个香，就着苞谷饭，吃个底朝天，至今难忘，所以写了篇野小蒜的散文，至今想来仍然是很诱人的。用热水瓶煮稀饭、煮面条也是我们的最好。那时整天饥肠辘辘，恨不得连板凳脚也啃了，也不知是谁最先发明的，去食堂提了开水，抓一把从家里带来的米丢进去，闷上几十分钟，倒出来竟也成了稀饭，虽然半生不熟的，仍然是稀里哗啦吞下去，畅快无比。依法炮制，抽一小把面条放进热水瓶，盖上盖，差不多了倒出来，放点盐，真是鲜美，吃得热汗淋漓，遍体通泰。

我那时爱看书，找到一本书或者借到一本书简直欣喜若狂。借书是有时限的，说好两天或者三天还书，到时一定要还的。我常常坐在我们那马厩改造成的大宿舍里看书，几十张床之间，有的人在吹笛子，有的人在吹牛，更多的人在打扑克，沸沸扬扬，热闹无比，这就养成了我在任何环境下都可以看书的习惯。看书并不妨碍别人，可也有人不高兴，大家都在瞎混，只有你不瞎混，装什么装？于是就有各种讥讽和嘲弄，于是就有孤立和打击，我依然我行我素，依然不停息地看书。

机械厂礼堂前有两排黑板报，厂大了，啥人才都有。现在在昭通行书写得很好的刘全金，就是金工车间的工人，我曾和他在厂里的宣传科搞宣传，我画画，他写字，把大字报专栏办成北郊所有厂矿乃至全城都算好的专栏，那是后话。先是厂里有一位叫张碧荣的工人，因宋体写得好被经常抽出来办黑板报，他的仿宋字真是写得好，仿佛是印刷出来的，他的黑板报设计生动、编排精美，标题字也写得好，还有很好看、很精致的题花、尾花，大礼堂、黑板报，高大的白杨树，潺潺而流的溪水，真是一道好风景。每天下班，大礼堂是必经之地，几百工人蜂拥而来，有的匆匆而过，有的驻足而观，看的人不在少数，发出啧啧的赞叹声，我看着心里好生羡慕。年轻时，我是个虚荣心极强的人，好出风头，喜欢被别人关注，被别人称赞。现在想来，虚荣心、好出风头不是件好事，可反过来想，正是我困顿、卑微的人生使我强烈地想出人头地，也正是因为想出风头，成了我年轻时代的动力，因此我孜孜不倦地学习，百折不挠地奋斗。出风头总是要有本领，没有本领出啥风头呢？年纪大了，心情淡泊了，把名利也看淡了，这是阅历，这是沉淀。我反对年纪轻轻就把一切看淡了，把一切看成虚无，把人生看成幻影，把生命终归消失看成是最终归宿，不思进取，浑浑噩噩，得过且过的生活态度，对生命、对生活还是要有积极的态度。

我在读小学时仿宋字就写得极好，虽然书本卷得像麻花，但并不妨碍我的作文和仿宋字经常被老师表扬，并不妨碍我的作文经常被老师当成范文朗诵，看到厂里被人赞叹的黑板报，我心里痒痒的，表现欲嗖嗖地窜出来，很想表现一下。也不知是什么原因，我终于得以去写黑板报。我那时十三岁，写黑板报必须抬个凳子，我极其兴奋，极其认真，天寒地冻，北风飕飕全无感觉，几大块黑板报，先设计，再用长尺打格子，设计得精致而美观，仿宋字写得一丝不苟，尾花、题花精致生动。从上班起就开始写，弄到快下班了，也快写完了，我却开始磨蹭，拖延时间，目的是想让下班到食堂吃饭的人看我的作品，获得称赞。果然，下班人流如潮，他们看见一个年纪不大的人写的黑板报，便赞叹，啧啧称奇，不吝赞美，让我的虚荣心得到无限满足，我的名字被不少人记住，以后的日子，我对办黑板报热爱至极，疯狂至极，全然不顾天气寒冷或烈日暴晒。

很快，命运发生重大转折，这次转折影响了我的大半生，给我的青春、爱情、事业、生命造成了巨大的影响，让我在几十年的时间里踽踽前行，身体和心灵受到巨大伤害。

我生而孱弱，自幼多病，先天不足，后天失调，体质不强健，但并不妨碍少年时代的我是个非常顽劣的人，天性好动，时刻闲不住，不是毁坏这样就是毁坏那样。下乡去，总要在人家的瓜上挖个洞，塞进过年时留下的爆竹，把不大的瓜炸个稀巴烂。在父亲供销店的泥土地上，挖曲曲折折的细细的过道，再挖个圆圆的土坑，覆盖上泥巴，捉几十只蛐蛐放进去，让它们互相撕咬。乡下萤火虫多，每次捉几十上百只萤火虫放在蚊帐里，漆黑的夜里，满天的"星星"闪闪烁烁。也会捉很多青蛙，分别关在瓶瓶罐罐里，让它们无望地鸣叫。还会在土路上挖坑，用树枝泥土覆盖，弄得和土路路面几乎一样，耐心地在不远处守候着，让人脚陷了进去，破口大骂起来，于是开心地笑。

好景不长，快乐而顽劣的生活很快离我而去。

那是一个铅云低垂、北风呼啸、冰雨纷纷的日子，厂里组织我们这群刚进厂半工半读的学生植树。厂区很大，种的是苹果树，树种好了，要为树浇定根水。我不知道那时为什么不用抽水机，作为机械厂想必是有抽水机的，帆布水管铺陈好，马达一响，可以毫不费力就把树浇透。

我们采用的是最原始的办法，几十个人排成一排保持可以传递的距离，用洗脸盆装水运送。水是在一个泥塘里舀的，这种泥塘是把土挖起来，蓄着水，供厂里的工人师傅洗毛巾用的。千万不要认为是洗脸用的毛巾，是工人用以擦拭机器的毛巾，这种毛巾是黑漆漆、油腻腻的，水塘的水面上永远飘着一层漆黑的油垢，刺鼻难闻，由此就可以知道这水有多脏。

要抬水就要有人下到水塘里舀水，那时北风正吹得紧，站在塘边人都冷得打哆嗦，大家正犹豫，我抢先跳到水塘里去了，水塘里结着一层薄冰，人一下水，冻得透心凉，全身起了一层鸡皮疙瘩。那时正是学雷锋的时代，雷锋精神已经深入我们的骨髓，加之我好出风头，想赢得老师和同学们的赞扬，于是就毫不犹豫地抢先跳进水里。在冰冷的水里，开始是扎心扎肺的凉，渐渐地就没有感觉了，其实是被冻麻木了，我在水里机械地、热情不减地舀水、抬水，如果我不是在狂热中坚持舀水，如果我下到臭水塘只是个把小时，大概也不会导致我生一场大病，落下终身残疾。越被称赞，我越是劲头十足，不顾双脚已经麻木，不顾全身酸疼、双手已不听使唤。

当天晚上我发起了高烧，烧到四十一摄氏度，已经烧得糊涂，浑身发抖，大汗淋漓，甚至抽搐起来，讲起了呓语。是我们大宿舍的同学发现情况不对，将我送到了卫生室，那时已是半夜。厂卫生室的医生为我做了诊治，吊起了盐水，服了药，仍不见好转，第二天，将我送到了地区医院。

从那天起，我住了三四个月的医院，经历了生与死的考验，经历了我与命运之神的搏斗、抗争。老天可怜见，终于大难不死，但却留下了伴随我大半生的左脚残疾。

在医院里，最先要解决的是我的高烧问题，每天都是四十一摄氏度、四十二摄氏度的高烧，就是钢铁也要变形了，为了治疗我的高烧，医生采用了在当时最好的针水，就是不停地输液，每天从早上八点输到十二点。我的父亲说你输掉的盐水，恐怕有一卡车了。一卡车是夸张的说法，一马车是绝对有的。输液的时间长了，左手的血管输不进，换右手；右手输不进，换左脚；左脚输不进，换右脚；最后是额头。直到现在我的血管很细，每次做化验抽血，年轻的护士要扎几次，扎得我龇牙咧嘴，扎得她们胆战心惊。

我的病让全家陷入惊恐不安、极度伤心的状态，整个生活秩序全部打乱。父亲在乡下供销社，他随时跑来陪护，但他毕竟有工作，长达几月的治疗他只能尽可能地来。我们家弟兄姊妹众多，仅靠父亲微薄的薪资是养不活的，母亲既要做事，又要长期做各种各样的活：织布、纺羊毛、织草席、打线（用手摇的机器将几股线并成一股）、纳鞋底、挑土方、敲石子，在小城，几乎可以做的都做过，又要管其他几个年纪尚小的弟妹的生活。可想而知，我从小就知道生活的艰辛，也知道体恤父母的辛苦。在散文《机杼声声》里，我写到母亲常常织布到深夜，我多次喊母亲早点睡，母亲总是说还早，还早。有时半夜醒来，织布的声音依旧在清寂的夜里回荡，让我的心隐隐疼痛。我病了，她早早晚晚地跑，要做饭、送饭，从我的家到医院很长一段路，但她总要坚持送，怕医院的饭不好吃，不合我的口味。

陪伴我最长的是我的外婆，这是个慈祥、善良、蔼然、耐心极好的老人，她白天晚上陪伴我，为我端尿倒屎，几个月我吃住都在床上。晚上，没有陪护的床，她就在床脚伏着睡一会儿。现在，她早已进入天国，每年清明，我都会在她的坟前深深地鞠躬，为她点上几支好烟。她生前嗜烟，父亲有时会给她几包劣质香烟，更多的时候是用报纸卷揉碎的树叶抽。我在《烟蒂》这篇散文里写过，我曾在街头巷尾转悠，只要发现一个烟蒂，马上就去捡起来。有时，一天就能捡到十多个烟屁股，回去把烟丝撕出来，让她重新卷了吸，她总是疼爱我，说我乖，说我懂事。我病了，疼痛时刻侵扰着我，性格变得极为乖张、暴躁，随时对她发脾气，她总是默默地站着，任我去吼去叫，有时我不愿再输液，执意要拔掉针管，她急得哭起来，按着我的手臂，百般劝慰。有时病房里的病人都看不下去了，说你咋个能这样对老人呢，她白天黑夜地守着你，为你操碎了心。她总说娃娃病了，一天睡到黑，疼得很了，吼下没关系，吼下他就好过点了。

我几次病危，医院下了病危通知，医生悄悄对我的亲人讲该做好最坏的准备了。我的父亲神情沉重，心情难受，蹲在地上不停地吸烟，我的母亲在病房外的走廊里偷偷哭泣，哭得压抑而悲伤。外婆是个一字不识的人，这时她有了少有的镇静和智慧，她说我们是善门人家，没做过伤天害理的事，娃娃又是个懂事有孝心的人，他不会有事的。厂里接到通知，组织了我们班的同学来看我，也来了一些领导。平时打打闹闹、调皮捣蛋的同学，神情肃穆，列队而过，仿佛是参加告别仪式，我则浑然不觉。每天发烧、做梦、讲呓语，但所有的梦都和死亡无关，有的梦甚至很昂扬、向上，多是驾驶飞机腾云驾雾，拿着画笔画五彩缤纷的画，赶着白云一样的羊群在山谷里飘游。果然，我命不该绝，在经历了和死神的抗争之后，活了下来。高烧退后，我的双腿，从脚踝到大腿根全是一道道绳索捆过的痕迹，至今犹在，外婆说娃娃命大，在阎王殿里打了滚，受了刑，还是活了下来。

我的左脚当时诊断为髋关节结核，病情严重时，医生说要截肢，否则连命都保不住。母亲和外婆坚决反对，外婆说好好的一个娃娃，把腿截了以后咋个生活。母亲不断地哭，外婆则跟医生吵闹，闹了几次，医生说你们不同意截肢，生命出了危险和医院无关。外婆坚定地说，出了事不要你们管，我们负责，这才免了截肢。

医生判断我的左脚会萎缩，也就是说会短一截，他们为我做了牵引术，我估计这是比较古老的牵引术，在脚下放一个从脚底到大腿根部的细钢筋扎的架子，把脚扎起来，下面放两块砖，以后又慢慢增加，用物体的重量把脚拉长。这不算痛苦，痛苦的是我一天当中有大半时间在输液，手上、脚上、额头上全扎遍了。一边在输液，一边在做牵引，人不能动。左侧、右侧，翻身被限制，像一块石头。这种罪没经历过的人难以想象，并且不是一天两天，而是几个月之久。试想，就是一截木头，也腐烂长草了。

睡的时间长了就要生褥疮。褥疮疼痛并且会扩大，要适时翻身，上了牵引是不能翻身的，不管怎样的疼，怎样的烦躁，只能忍着。至今想来，我的意志算是坚强的。手、脚扎烂了，血管变细了，扎一次要扎几针，但我从来不哭不叫，以至于医生都一致称赞我，说我是个勇敢的人。他们越称赞，我越要做出无畏的样子。但病就是病，意志固然重要，我的身体也不可逆转地衰竭。长期在床上，手上扎着针，腿上做着牵引，屁股上生着褥疮，千疮百孔，到处是病，导致我体能下降厉害，到后来已吃不下东西，吃啥吐啥，人虚弱得气若游丝，有时连喊几声都没回音。父亲、母亲再次陷入绝望，绝望之中毫无办法，只能在病房外偷偷哭泣。

又是外婆挺身而出，她几次要求医生拆除牵引架未果，牵引架下已吊了四块砖，眼见我越来越虚弱，生命危在旦夕，她果断地将牵引架拆了，她知道这事只能由她做，医生一定会震怒，要骂就骂她吧，她一个老年人，医生也不好太过分的。果然，医生发现牵引架被拆了，自然十分愤怒，但对一个老人家又能怎么样呢？只得发发脾气罢了。

我知道医生的任何举措，都有科学依据，都是为病人好，他们殚精竭虑，为治我的病费尽了心思，可是，如若不拆除，我很可能小命不保，拆除了，脚可能会短一截，二者之间孰轻孰重，外婆凭她的智慧和勇气选择了拆除。至少我还活着，不能不感谢一生善良，虽不识字，却有决断的外婆。

几个月后，我的高烧渐渐退了，但尚不彻底，我住的外科请了医院的包继臻医生为我开中药调理。包医生那时三十岁左右，但已是名医，他中等个子，人极为精干。中医一般以年高者为佳，因为阅历、辨识、经验、学养皆已成熟，而包医生在这个年龄却已成名，可见其医术之精湛。我吃了他的几帖药，高烧就彻底退了。一些年后，我在医院看到一张小小的讣告，他死时竟然只有五十来岁，正是医生的黄金年纪，如果天假以年，他定能在医术上有更大的成就，造福桑梓，泽被患者。

住了几个月的医院，终于要出院了，出院前医生为我打了裤形石膏，就是把石膏从脚底打到腰部，这大概也是预防左脚萎缩的措施。那时的石膏打得厚，大概有二三十斤重，人固定在里面，真正的像截石头了，翻身要两个人，翻个身，咕咚一声，跟石头翻身是完全一样的。

地区医院新中国成立前是教会医院，修得极好，住院部是长方形的四合院格局。虽只一层，却修得坚固、精致、温馨而实用，青色筒瓦、砖墙、百叶窗、木地板，医院里树木森森，鲜花簇放，是滇东北最好的医院，贵州的威宁、毕节等地的病人都来这里就医。

打石膏那天是个晴天，打了石膏要迅速晾干，否则容易变形。在那个青砖铺地的院子里，我望见天空深邃湛蓝，白云悠悠，也望见墙外的树影和偶尔飞过的小鸟，我的心既惆怅又悲凉，不知以后还能不能像小鸟一样飞翔。我是折了翅膀的小鸟，恐怕只能匍匐于地，与天空再也无缘。

重返机械厂

我出院回家休息，又是三个月，石膏拆除了。其间，遭受的磨炼难以言说，人像一块石头直杠杠地睡着，吃喝拉撒都在床上，长时间不能洗澡，皮肤奇痒无比，更痛苦的是外面是坚硬如石的石膏裤，手又伸不进去挠挠，那种难受只有自己知道。到后期，为了减轻重量，我把石膏拆了几层，石膏裤是纱布弄湿涂抹和稀释做成的，一层一层加上的，拆石膏虽然是违反医生规定的，好在是在家里，我擅自一层一层地撕，父母看我太难受，也没加以干预。最后拆薄了，总算轻松一点，但是不是影响治疗，我不清楚。

三个月后全部拆除，我已站不起来，不会走路了，又是在父母的鼓励和我自己的努力下，在他们的搀扶下，一点一点，一寸一寸，半步半步地挪。再好一点，用双拐，练了好久，终于挂拐上街了。当我挂着双拐从陡街走到辕门口，我真是太激动了，看到万家灯火，看到人流如潮，看到夕阳下的余晖，那种感觉，真是劫后余生、大难不死的感觉。凤凰涅槃是再度辉煌，而我却是折了翅膀的鸟，虽然如此，也是满心欢喜，决定挣扎地活下去，活出精彩，但，这可能吗？

光是我的生计，也是前途就出了大问题。在我病了很长时间，逃出了生命的死刑之后，想回厂里去。母亲走了很远的路去厂里表达我的想法，厂里很快来了人，大概是人事科的，他们说我不用回去了，以后自己在家学习，这就意味着厂里不要我了。这对于我和家里不啻晴天霹雳，我才十多岁，就被社会抛弃了。我的母亲是个文化不高的人，她一生勤劳，性格刚烈，她往返于城里和厂里之间，坚决要求厂里收回我。她说，来的时候，娃娃是好的，在厂里弄病了，残废了，你们就不要了，这说得过去吗？那时是不是有劳动法，不得而知。即使有，母亲基本是文盲，她也不会把劳动法用作武器，她只是用简单的道理，一遍一遍地表达自己的理由。

返厂无望，父母悲愤至极，绝望至极。家里人口众多，生活极为困难，更重要的是他们为我的命运担忧，为我的前程担忧，年纪轻轻就流落社会，以后何以为生？他们的愤怒是因为我十三岁进厂，四肢健全，虽不算健壮，也没什么病，进厂里病了，九死一生，虽然活了下来，一只脚却残废了，而厂里却不要了，这是他们不能容忍的。

对于社会底层无权无势的人，他们维护自身利益的唯一办法，就是先陈述、讲理、提要求，万般哀求。不行，只得闹，一般一个家里都是女的、老年的先出头去讲去闹，女性是弱势群体，容易博得同情，即使得不到同情也不致遭遇暴力强行阻止。我的母亲以及外婆去过几次无功而返，在绝望和愤怒、悲哀中，他们决定采用一个不是办法的办法，把我送到厂里去，至于后面如何，他们也无法管了。

那天，送我去的是母亲和大舅。从城里到机械厂，有七八里路，我不能行走，也没公交车啥的，只能背我去。那时我已十三岁多，虽然瘦弱，毕竟也有百把斤，母亲和大舅轮流背我，大舅那时年轻，身体强健，基本都是他背，我在他们的背上看到他们额上的涔涔热汗，背脊和我肚子连接的地方湿漉漉的一片。天太热，毒辣的太阳晒得人昏昏沉沉，大舅气喘吁吁，一边还要说些安慰我的话。他们告诉我，去了以后如果有人要送我回来，坚决不回。母亲怕我挨饿，又塞了些钱给我，说吃不上饭就去小卖部买点吃的，我看见她眼泪汪汪，差点哭了。他们不知道我去了会遇上什么，能不能吃上饭，会不会遭受各种打击。我知道他们的担心，尤其是母亲，她内心的担忧和痛苦可想而知。

一切如预料，没有任何人欢迎我们的到来，他们将我送到那间大宿舍，找了张空床，放下我的行李，交代我几句后匆匆就走。母亲和舅舅走走停停，不断回头，我知道此刻母亲肯定是心如刀绞，她的所有担心都是怕我受委屈，遭冷眼，受排挤，生活无着落。出于无奈她只得这样做，硬着心肠丢下我后，她的担心和痛苦是难以言说的。她走走停停，不断回望，难舍难分，孤独后怕，焦虑忧伤。最后是我的大舅硬拽着她走的，怕她后悔，又冲回来接我走。

好在我的同学中不乏善良的人，他们用他们的饭票到离宿舍很远的食堂打饭给我吃，使我不至于挨饿。好在，厂里并没有强行将我送回去，听之任之，似乎没发生过这件事。过了一段时间，事情终于发生了转机，厂里的一个年轻工人李鸿森进了厂革委会，好像是厂里派他来分管我们的。这位年轻的工人师傅是个善良、热情而有正义感的人，他年轻好学，后来成了小城著名考古学家张希鲁先生的女婿，跟张希鲁先生学习历史、收藏和绘画，他的国画已画得相当不错，后来还改行到地区京剧院当美工，因为遭遇了人生的一场变故，以后画也没画了，令人感慨唏嘘。

　　他把我留了下来，让我做一些力所能及的事。后来的日子，我在机械厂管过俱乐部，当时是"文化大革命"时候，也没多少事可做，每天放放广播，邮递员送来信件，摆在俱乐部任大家来取，俱乐部原来有很多书的，也被封存了，不知去向。有一天我看见俱乐部的一个正方形的天窗豁着，突然生出想上去探探的想法。我搬来凳子重叠起来，那时的房子只有一层，并不高。爬上去，上面黑漆漆的，一股股尘封已久的灰尘扑面而来，呛得人直打喷嚏，待视力逐渐适应后，我看见了一堆堆的书，散乱地堆在顶棚上。我欣喜若狂，就像一个饥饿的人看见一堆食物，不敢多拿，提了一捆匆匆下来。那些书是"文化大革命"开始后被查封的，里面有文学书《青春之歌》《林海雪原》《三家巷》《红岩》《野火春风斗古城》《铁道游击队》等；也有外国文学《普希金诗选》《雪莱诗选》《拜伦诗选》《战争与和平》《安娜·卡列尼娜》《静静的顿河》等；当然还有一些古典名著《三国演义》《红楼梦》《水浒传》《西游记》等；更多的是些技工方面的书。想必是当初俱乐部针对阅读对象采购的书，我挑出自己喜欢的文学类书籍，如饥似渴地看了起来，当然是在晚上，白天是不能看的，这些书当时是禁书。

　　很快我就丢掉了双拐，双拐不仅是影响形象的问题，在我的内心，我是个争强好胜不服输的，是个倔强、坚韧、顽毅的人，这个性格影响了我的一生，使我能在底层社会顽强挣扎，不惧艰难，不怕失败，坚忍不拔，自强不息，通过顽强努力改变命运，驾驭命运，成为命运的强者。所以，在以后的几十年里，我从来没有把自己当成残疾的人，我不需要任何怜悯、同情，需要怜悯的其实是生活的弱者，我要做的是生活的强者，不仅不需要怜悯和同情，而且可以有能力去同情别人、怜悯别人、帮助别人，这些我都做到了。在以后的几十年里，我帮助过不少人，发现过不少人，帮他们走向文学之路，帮他们调到合适的岗位，改变了命运。

　　那段时间，我天天晚上在俱乐部外的球场上练习走路，夜深人静，四周寂静，只有远处传来厂里机器的轰鸣声，那是值深夜班的工人还在工作。最先我试着丢掉一只拐，这还好办些，虽然失去平衡，一下不习惯，毕竟还有一支支撑着，虽然走得艰难，走得趔趔趄趄，左脚疼得全身出汗，但我还是坚持着，一圈一圈地走，也记不清走了球场多少圈，直到疼得不行，累得站不住，才回去休息。练得差不多了，我就试着丢掉双拐，没有拐杖的支撑，行走就特别艰难，疼和累自不用说，最主要的是容易摔倒，我先是扶着俱乐部的墙走，走了一段时间就不再扶墙，我不知道摔过多少次，膝盖、手掌和接触地面的部分瘀青，疼得直抽冷气，咬紧牙关也要爬起来，再艰难也半步半步地挪动。有一次踩到一个烂梨子，摔得很厉害，额头都触地了，疼得汗水涔涔，伤口火辣辣的，半天爬不起来，歇了一阵我还是咬紧牙关爬起来，我在内心里呼唤自己，不能服输，要做一个坚强的人，一定要重新站起来，做一个正常的人。

我在深夜里练了很长时间，其间不知吃了多少苦，摔了多少跤，流了多少汗，疼得咬牙切齿，但终究我还是丢了双拐，像正常人一样行走、工作，虽然左脚有些瘸，但我努力地掩饰着，尽量保持着正常。

以后，我在钳工车间当过学工，学习怎样使用锉刀和其他工具。使用锉刀是锉工最基本也最重要的技能，把一个零件用老虎钳夹着，要用锉刀锉得平整光洁，要能锉出各种精准的角度，譬如六角形的螺丝。也许是天性使然，我自来对机械之类的东西比较排斥，觉得那是坚硬的、冰冷的、没有生命的东西。我对农村、土地和土地上一切生物都有浓厚兴趣：天阴天晴，四时更替，山川河流，雾岚雨霾，茂密的春雨，潺潺的溪流，高高的白杨林，成片的稻田，青蛙、蟋蟀、蜻蜓、流萤，发芽的小草，拔节的玉米。我去机械厂本就出于无奈，由于眼疾没考取正规中学，为了减轻家庭负担去了机械厂，没料到生了一场大病，左脚落下残疾。在工厂，我是个不称职的学工，和其他半工半读的同学比起来是比较差的一个。

　　我参加组装昭通有史以来制造汽车的工作，其实那辆汽车除了外壳、车厢之外，都是其他车辆上的，如发动机，是制造不了的。那是一个什么重大的庆典，机械厂制造汽车作为献礼产品，时间紧，任务重，连夜加班加点，终于赶在庆典前制造出来了。记得那天艳阳高照，彩旗飘飘，北郊的公路上人流如潮。机械厂、织布厂、面粉厂、玻璃厂、运输公司、食品公司、汽车总站以及更远的厂矿的员工都出动了。一路上旗帜交织、人如长龙、锣鼓喧天、口号震天。所有队伍中最突出、最抢眼的是机械厂的汽车，据说是结束了昭通不能制造汽车的历史，具有划时代的意义。汽车开到北正街转半边街的时候，突然熄火了，这可急坏了相关的人，紧急抢修，仍然启动不了。好在汽车在坡顶，驾驶员掌着方向盘，众人发力，终于将车推到清官亭广场。

　　对学技术不上心，但我仍然对学习充满浓厚的兴趣。我自幼喜欢画画、读文学类书籍，于是，在工余时间大量地读书，同时学习画画。我在前面说过，我画画没有师承，也没有相关的画册和美术书籍，完全是瞎摸索。在白纸上画，当然是小张的，在笔记本上画，没有资料，仅凭当时出版的《红灯记》《红色娘子军》《白毛女》等连环画。《红色娘子军》和《白毛女》上画的是芭蕾舞剧形象画，人物造型完美，线条流畅，形象生动，极富动感。我从小学校借了一块小黑板，每天照着连环画临摹，画了擦、擦了画，时间久了，竟然把人物画得生动准确了。

　　后来我得以被调到厂里的宣传科画画，得益于我的无师自通的学习和坚持不懈的努力。

　　在宣传科的日子，是我最开心、最充实的日子，因为干的工作是我最热爱的画画。宣传科在厂部的那间房是土基砌的一层房屋，水泥地面，大玻璃窗，有白色的顶棚，条件够好的了。宣传科只有我和刘全金先生，那时不兴叫先生，叫师傅，他的书法真好，隶书、楷书、行书、草书他都会写，尤以行书为好，并且擅长写榜书，几十年过去，他已七十多岁，人书俱老，书法已到佳境，在昭通及云南省内都是好书家之一。我负责画画，那时就二十岁左右，精力充沛，兴趣高涨，画起来不知疲倦，有时连星期天都不回家，在办公室兴致勃勃地画画。那时正值办专栏的年代，我们的专栏是北郊所有厂矿中办得最好的。书法是没有说的，画画还可以。我热衷于画大幅的画，六张或八张整纸用图钉拼接为一大张，画鲁迅的像，画工业学大庆、农业学大寨的宣传画，排笔很多，颜料尽管用，画得恣意而酣畅，常常忘了吃饭。画小的则是画连环画似的画，有一套画，内容是无稽之谈、荒诞不经的，但画得很好，国画风格，线条流畅，形象生动，人和景观都很好，我很喜欢这套画，认真临摹，手摩心追，画得很接近原作，让我对画画有了更大的自信，对画人物也有了一些心得体会。

那段时间，是我画画生涯中最美好的时光。星期天，我进城去找老师学习，那时没有培训班之类的，只有一些老师在自己的画室，其实是在宿舍教一些学生画画。地区二中的李维鑫老师的宿舍，是在学校大门的楼上，比较宽大。李维鑫老师是当时昭通少有的美院毕业的科班生，教授学生有一套方法，他在桌上摆了石膏模型和静物，让学生画，他自己也画，边画边做讲解，边指导，有的放矢，效果很好。我在这里跟着其他学生一起画静物，画石膏模具，画人像，得到他悉心指点，让我从临摹走向写生，帮助很大。

后来我又认识了一些画画的知青，因画结缘，我们经常一起出去画画，其中有一人基础很好，又特别能吃苦，只要有一点空闲他都在画，我从他们身上学到了吃苦耐劳、持之以恒的精神。有时下大雪，手都冻麻了，仍然坚持画。那时画速写很流行，我常常揣着一个小画本，到市场上，到石匠凿石的地方，到田间农民劳动的场地去画，也遭到一些人的嘲笑，认为是卖弄。但画速写不到现场是无法进行的，只有在现场抓住人物的动作特征才能准确表达动态，那种瞬间即逝的动作，需要很强的捕捉能力和概括能力，对创作很有好处。我当时的速写还是可以的，现在要拾起来，恐怕很难了。

我人生的两大爱好：画画和读书写作丰富了我的人生。自 1980 年我调到地区文化局戏剧创作室以后，我基本上就以写作为主了，但改变我人生的恰是绘画。

一个偶然的机会，几个绘画的朋友相邀到鲁甸画画。那时正值鲁甸要召开农业学大寨的大会，需要画一批宣传画。当时鲁甸画画的人很少，受到邀请我们很兴奋。当时，只要有机会画画，有画布、有颜料就行，不会讲什么条件的。记得那时正值寒冬，我们在县委会临街的门楼上画，里面很大，可以容许我们五六人同时画，我当时画的是油画《毛主席在大生产运动中》。那是很严肃的事，如果造型不准，很容易犯错，被人抓辫子、打棍子。画那张画时，我既兴奋，又小心翼翼，极其认真地画，到了晚上，我们还开着电灯画。那时的投入、狂热、执着，真是难以想象。

我们住在鲁甸的一间小旅舍里，管吃管睡，在食堂还可以吃到两掺饭和回锅肉，真是无比幸福，非常地满足。画到深夜回去睡觉，第二天很早又去画。几天后，大家的画差不多快画完了，大会也要召开了。那次是鲁甸所有大会中最有特色的一次，会堂内外挂着我们画的画，使大会变得生动活泼、亮丽多彩，为那个平淡呆板的年代增加了色彩。

我画的那张油画得到认可，恰巧鲁甸文化馆没有画画的人，当时的馆长问我愿不愿意到文化馆，我一口答应。当时也没考虑是什么企业、事业性质的单位，主要是特别想画画，在工厂毕竟是业余的，在厂宣传科的时间也不长，能到文化馆搞专业，让我喜出望外。在办手续的过程中，一位分管副厂长不签字，经不住我死缠硬磨，最后他才同意了。

到鲁甸

在我的文学作品中，人性的美，人性的善良，人的正义感和悲悯之心总是占据主流。我经历过很多磨炼，厄运总是形影不离，但总有人伸出援助之手，使我渡过难关。我由衷地赞美人性之美，但人性总是复杂的，有善良就有邪恶，有悲悯就有凶残，有光明就有阴暗，总体来讲，生活里善良、同情、悲悯是主流。所以，尽管我遭遇过不少困苦，但心里总是心存善良，不为邪恶所浸染。在以后几十年的日子里，我能帮助别人就尽量帮助，以己之力，做一些好事，心存善良，心里温存。

后来的日子是充实而愉快的。少年不识愁滋味，年轻真好，每天有忙不完的事，有使不完的劲，对未来充满憧憬，对生活充满激情，看完一本书，总想找人聊一聊。那时，外国名著在外面是找不到的，我在图书室有一张床，算是宿舍，我拥有不对外开放的图书室的资源，看了很多书，什么《基督山伯爵复仇记》《苔丝》《名利场》《约翰·克利斯朵夫》《悲惨世界》《九三年》《静静的顿河》《复仇》《战争与和平》《安娜·卡列尼娜》《普希金诗选》《契诃夫小说集》《莎士比亚戏剧集》等。和人聊天复述故事，讲得眉飞色舞，无非是卖弄，现在年纪大了，沉稳了，激情不在，连讲的兴趣也没有了，是可喜还是可悲？总感到吾生有涯，来日无多，对很多事情也就失去了兴趣，失去激情。年轻时的幼稚浅薄、无拘无束、无遮无拦，反而成为怀念。

那时，万马齐喑、寂寂无声，凭着年轻，凭着激情和充沛的精力，总想做些事。我和蒋仲文先生，现在应该称先生了，他已年近八十，当时他也就三十多岁，我二十来岁，另外有一个比我们更小的女士组成了一个文学沙龙，实际上我们也不知道沙龙是什么，就是一个爱好文学的小团体。我在散文《清官亭那棵柳树下》写过此事，我们俩在鲁甸，仲文先生在昭通，约定每个星期在鲁甸会面，开展活动。仲文先生骑辆破烂的单车来鲁甸，他车技不好，随时摔倒，到鲁甸，他揉着摔伤的脚，稍事休息，我们就到鲁甸城外的那条河去。那条河有粗大的柳树，有长满青草的河堤，我们买点桃子之类的东西，就在柳荫下陈述一周读过的书，讲读书心得，朗诵自己写的诗歌、散文，再做点评。我们兴致盎然，热情洋溢，陶醉别人，也陶醉自己，不时也有激烈的争执，但不妨碍我们的友谊。天近黄昏，我们兴犹未尽地回到宿舍，在食堂打了饭菜，虽然是两掺饭、炒莲花白一类，也吃得津津有味。仲文兄是回族，他自带干粮，吃完，他独自骑车回去，去之前，我们商定了下周的活动内容，有时是读哪几本书，有时是一个命题作文，写命题散文，下周诵读，评定优劣。

时光荏苒，岁月蹉跎，转眼几十年过去了。想起几十年前的青春年少的日子，真是百感交集，难以自已。人的一生，何其短暂，也何其漫长，在人生的一些节点上，稍微把握不好自己，就可能毁了自己。人只有到了晚年，生命已近尾声，人生的格局已成定局，才能说我这一生虽然困顿，虽然艰苦，但总算艰难地、不折不挠地奋斗，成就了自我，虽无皇皇功业，虽不能名重后世，但也活出了自己。

我们的朋友，那位极具才华、热情洋溢的女士，在后来的日子却不尽如人意。她如果坚持文学创作，如果不为家庭所累，矢志不渝地走到今天，她在创作上即使不能成为名家，至少也可以是昭通的一个重要作家。她因家庭生活的不和睦染上赌博，在这个巨大的陷阱中越陷越深，赢了想再赢，输了想扳本，陷阱的无形之力将她无限地扯下去，以至于到后期负债累累，无力自拔，别人也援助不了。

那时我已调到昭通，她时不时来昭通找仲文兄和我玩，请吃饭，这个时候我们知道她一定是赢了钱，豪情万丈地任我们点菜，那种一掷千金的派头，使我们甚为惊讶。我们曾多次委婉地劝她不要再赌了，她也满口答应，但赌博这事是身不由己的，别人早已设好的局，容得自己吗？

后来她出走了，这是必然。陷得很深能不出走吗？这一走就是几十年，她现在身居何处，情况怎么样，一概不得而知。仲文兄和我谈起她，真是百般惋惜，深深地怀念我们在一起谈文学、搞写作，生活虽清贫，却无比充实的美好日子。

我的文学之路开始很早，在七十年代中期其实就在悄悄地准备了，只是是一种没有明确目的的行为，完全是属于热爱，那个时候，没有如文联、作协这样的机构，没有刊物，更没有人关心、扶持，仅凭热爱，我们自发地组织了只有三人的文学小团体。这个小团体活动了很长时间，为我们的学习、交流、阅读、写作提供了很大的帮助。后来，我在鲁甸又和几位热爱文学的同仁创办了一份刊物《新篁》，是油印本，这是鲁甸真正意义上的一本纯文学刊物，要知道，当时全国没有一本文学刊物，创办刊物是要冒风险的。那时人年轻，不知世事险恶，即使知道也是无所畏惧的。

回忆过去的日子，我是心存怀念的。那时，生活极其清贫，但我们的精神生活还是很充实的，人在任何时候、任何地方，都能寻找到志趣相投的朋友，哪怕身处文化荒漠之中。在鲁甸，除了画画，我还有一帮文学朋友，有的是教师，有的在机关工作，还有一些知青朋友。我的宿舍，尽管只有十多平方米，但一人能拥有一间已是很奢侈的了。我是单身，一人吃饱全家不饿，又无家庭羁绊，自由度高，于是我那蜗居成为文化沙龙似乎再合适不过了。

现在想起来，简直难以置信。那时我们的兴致之高，热情洋溢，狂放不羁，阅读作品、讨论时事、画画写作，兴致高涨，有的时候甚至通宵达旦。我的宿舍有一盏我从昭通带去的上海产的300瓦大灯泡，常常昼夜不熄，直到我调离时才坏掉，使用了五年之久，烛照了我的青春岁月，见证了我的生命历程。现在条件好了许多，书店里的书如森林一般密集，要啥有啥，可却没有了买书的欲望，连文学也疏于谈及，偶有聚会，大家都少谈文学。青春远去，激情不再，大家忙于工作生活，谈文学成了不合时宜的事。

我们的刊物《新篁》，就是在那盏灯的照耀下从策划到撰稿，从设计到刻写、装订完成的。这本刊物的封面设计、内页排序、题图插花、刻印都是我独立完成的。这是一本高质量的油印刊物，我调动了我画画的最高水平，利用了我长于仿宋的刻写，一笔一画，图案插花都极其认真。完工后，大家一齐上阵，印刷、折叠、装订，一丝不苟。当大家捧着散发出油墨香味的刊物时，欣喜若狂，立即去分发。这本刊物是在百花凋敝、寒风瑟瑟的年代出版的，它像一抹新绿，一株破土而出的新篁，虽稚嫩，却充满勃勃生机。但这株篁必然是要夭折的，它的出现不合时宜，不合季节，不容于俗世，于是，诞生之日也就成了毁灭之日。

昭通文学兴于二十世纪八十年代中期，那时冰河裂隙、春风漾漾、百花盛开、百鸟争鸣。昭通虽然地处边地，依然群山染绿，河流喧腾，一时间，昭通的各个学校、文字社团纷纷办起各类文学报纸、刊物，林林总总不下百家。不少学生犹如当年的我们，激情飞扬，不惧困难，自掏腰包办刊物。没有经费，他们不惜节衣缩食，甚至把饭票卖了筹办刊物，让我感动不已。想起当初我们办文学团体、刊物的事，感慨他们经费的紧张，办刊的执着，也为二十世纪八十年代空前未有的文学环境而欣慰。